U0660493

野生鱼

刘庆邦／著

民主与建设出版社

野生鱼

目录

第1辑・友情

第2辑・亲情

第3辑・乡情

第4辑・心情

第5辑・风情

第6辑・文情

第1辑·友情

高贵的灵魂

2009年4月11日下午四五点时，徐小斌给我打电话，说林老又住院了，在同仁医院，约我一块儿去看林老。我们约定的时间是，第二天下午两点半在同仁医院门口见面。过了一会儿，小斌又打来电话，说林老已经走了，刚走，布谷正在给林老穿衣服。

我们晚了一步，我们再也不能和林老说话了。

我马上打电话把不好的消息告诉刘恒，刘恒说，他和李青去医院看过林老，林老当时还坐在病床上跟他说话。林老头脑清楚，还跟他说笑话，说他头发少了，作品多了。

然而我们晚了一步，我们再也听不到林老的声音了。我们早一天去看望林老就好了。

清明节前夕，我和妻子回老家为母亲扫墓。回头路过开封和朋友们聚会时，我看见了一种造型别致的陶制酒瓶，马上想到了林老。我说：这个酒瓶我要带回北京，送给林斤澜。林斤澜喜欢收藏酒瓶。妻子把易碎的酒瓶用软衣服包紧，完好地带回了北京。小斌约我去看林老，我打算一见林老就把酒瓶亮出来，让林老高兴高兴。林老爱酒，连带着对酒瓶也喜爱。林老不能喝酒了，还有什么比送给林老新奇的酒瓶更让林老高兴呢！

说来说去，我还是晚了一步。就算我这会儿把酒瓶给林老送去，林老再也看不见了。我早点干什么去了呢？真是的！

我不记得给林老送去多少个酒瓶了。2008年8月底，我从内蒙古回京，给林老捎回一个外面缝有羊皮的酒瓶，酒瓶里还装着满满一瓶马奶酒。8月30日下午，我去给林老送酒瓶时，约了章德宁和徐小斌一块儿去看林老。林老对带有游牧民族特色的酒瓶很欣赏，当时就把酒瓶摆放在专门展览酒瓶的多宝阁上。我们知道林老刚从医院出来，就问他是不是又住院了。他说没有，谁说我住院了！见林老不愿承认他住医院的事，我们就不再提这个话题。我问他还写东西吗？他说想写，写不成了。精力集中不起来了，刚集中一点，很快就散了。他说他现在只能看点书，看的是关于他家乡的书。不然的话，到死都不知道老家是怎么回事。我们请林老到附近的饭馆小坐。我们没敢要白酒，只让林老喝了点啤酒。喝了啤酒，林老一点儿都不兴奋，像是有些走神儿。小斌说：林老，您怎么不说话呀？林老笑了笑，说出的话让我们吃惊不小。林老说：我要向这个世界告别了！天飘着雨丝，我们三个送林老回去。他有些气喘，脚下不是很稳。看着林老的背影消失在楼道里，让人很不放心。

我认识林老有二十多年了，他是先看到我的小说，后看到我。1985年9月，我在《北京文学》发了一篇短篇小说《走窑汉》。林老看到后，认为不错，就推荐给汪曾祺看。汪老看了一遍，似乎没看出什么好来。林老对汪老说，你再看。汪老又看了一遍，说：是不错。随后，林老把我介绍给汪老，说：这就是刘庆邦。汪老看着我，好像一时想不起刘庆邦是谁。林老说：走窑汉。汪老说：你说走窑汉，我知道。汪老对我说：你就按走窑汉的路子走，我看挺好。

1986年3月26日上午，当上《北京文学》主编的林老，把我约到编辑部，具体指导我修改短篇小说《玉字》。他认为那篇小说写得过程太多，力量平摊了。有的过程带过去就完了，别站下来。到该站的地方再站。他给我举例，说比如去颐和园去玩，只站了两三个地方就把整个颐和园都看了，不能让人家每个地方都站。他跟我谈得最多的是小说的结尾部分。说那里不充分，分量不够，“动刀子动不起来。”还需要设计新的场面，设置较大的动作，增加生色的细节。他给我讲《红楼梦》里的尤三姐与贾珍、贾琏喝酒时那一场细节，哈，那是何等精彩！他说他曾和汪曾祺一起向沈从文请教写小说的事，沈从文一再说，贴着人物写。他要求我也要贴着人物写。林老差不多跟我谈了一上午，最后他明确地对我说：你要接二连三地给我们写稿子，我们接二连三地给你发，双方配合好，合作好。我听林老的话，果然接二连地给《北京文学》写起小说来。这多年来，我在《北京文学》发了5部中篇小说和26篇短篇小说。

后来林老不当主编了，仍继续关注着我的创作。1997年1月，我在《北京文学》发了短篇小说《鞋》，林老逐段逐句写了点评，随后发在《北京文学》上。2001年7月，章德宁约我给《北京文学》写了两个短篇小说，后面配发的短评就是林老写的。短评的题目是《吹响自己的唢呐》。在那篇短评里，林老说"庆邦现在是珍稀动物"。还说我是"来自平民，出自平常，贵在平实，可谓三平有幸"。

在创作道路上，得到林老的器重和提携，是我的福分。能在创作上走到这一步，林老对我是有恩的。

在2007年5月15日一个我的作品研讨会上，林老甚至说：我羡慕庆邦，他的读者那么多。我的读者不多，我的小说好多人说看不懂。林老这么说，我理解是抬举我。我的小说哪敢与林老的小说相提并论呢！如果说我的小说读者稍多一些，只能说明我的小说通俗一些，浅显一些。而林老的小说属于高端产品，读得懂的人当然会少一些。别说粗浅如我辈，就连学问很大的汪曾祺先生在读林老的关于矮凳桥的小说，也说："我觉得不大看得明白，也没有读出好来。""我下决心，推开别的事，集中精力读斤澜的小说。""读到第四天，我好像有点明白了。而且也读出好来了。"汪老说过："写小说，就是写语言。"汪老对小说语言已经够讲究了，可在我看来，与汪老相比，林老的语言更为讲究。或者说，林老的语言不只是讲究，简直是深究。在林老眼里，每一个汉字都是一口井，他朝井底深掘，要掘出水来。在林老眼里，每一个汉字都是一棵树，他浇树浇根，不仅要让树长出叶来，还要让树开出花来，结出果来。林老跟我讲过他和汪老的“一字之争”。汪老在一篇文章里写过“开会就是吃饭”。林老建议，应该改成“开会就是会餐”。他觉得有意味的是那个“会”字。汪老不愿意改，他对林老说：“要是改了，就是你的语言了。”汪老对林老关于小说语言的评价是：“林斤澜把小说语言的作用提到很多人所未意识的高度。”

更让人敬重的是林老的文学立场和创作态度。林老辞世当天，有记者采访我，让我谈谈对林老的看法。我说林老有着独立的人格，不屈的精神，高贵的灵魂。林老的作品庄严，炼美，而有力量。林老跟我们说过，作为一个作家，一生一定要有一个下限，这个下限就是独立思考。一没了下限，就没了自己。林老还说，在现实生活中你要和现实对抗，绝对对抗不过，对抗的结果只能是失败。但在创作中，我们可以和现实保持一种紧张的关系，可以不认同现实。林老的这些观点，在他的作品中最能体现出来。把林老的小说读多了，我仿佛看到一位饱经风霜的老人，朝已经很远的来路回望着，嘴里像是说着什么。他表情平静，声音也不大，一开始听不清他说的是什么。我仔细听了听，原来他说的是不，不！我又仿佛看到一棵树，一棵松树或一棵柏树，风来了，雨来了，树就那么站着，以坚忍不拔的意志和持久的耐力，在默默扩大着自己的年轮。霜来了，冰来了，树仍没有挪地方，还在那里站着。树阅尽了人间风景，也把自己站成了独特的风景。

林老的幽默也让人难忘。林老还在西便门住时，有一次我和刘恒一块儿去看林老。林老家的墙上挂着一幅用麻编织的猫头鹰，上面落有一些灰。刘恒指着猫头鹰说："这只猫头鹰……"刘恒的话还没说完，林老就说："猫头鹰都长毛了。"那年我们一块儿去云南，赵大年老师花50块钱买了四只"康熙碗"。赵老师把碗摞在一起，用一块手绢兜上，拿到林老面前显摆。林老只是笑了笑，并未指出他的买的碗是假货。过了一会儿，林老在去东巴的路上看见一摊新鲜的牛粪，用手一指，说快看，康熙年间的！没错儿，牛粪肯定在康熙年间就有了。联想到赵老师的一摞沉甸甸的"康熙碗"，我们都禁不住乐了。还有一次，我们和林老一块儿去越南游览，在河内的一个湖边休息时，几个越南小子凑过来，要给我们擦皮鞋。他们纠缠林老时，林老一言不发，只用眼睛盯着他们，把他们盯退了。而我没挡住纠缠，答应让其中一个小孩擦鞋。说好的擦一双皮鞋两块钱，那小子把我的皮鞋拿到手后，改口要二十块钱。我说不擦了，那小子拿着我的皮鞋就跑。没办法，我只好掏出二十块钱，把皮鞋换回来。后来，林老在北京看见我，说哟嗬，庆邦的皮鞋够亮的。我知道林老是拿我让越南小子擦皮鞋的事跟我开玩笑，我说那是的，咱的皮鞋是外国人给擦的。

林老的女儿林布谷说：林老最后是笑着走的，临终前对她微笑了五六次。我想，林老的笑是有意识的，也是无意识的。这是由他的内在品格决定的，他已经修炼到了这种境界。在内在的品格里，最能给人带来快乐的莫过愉悦健全的精神和高贵的灵魂。这种美好的品格可以弥补因其他一切幸福的丧失所生的缺憾。林老笑到了最后。

2009年4月13日于北京和平里

中国文学史上的里程碑

——祝贺莫言获诺贝尔文学奖

得知莫言获得诺贝尔文学奖的那一刻，我正和一行作家朋友在山东烟台栖霞市参加一个宴会。与会的作家有陈建功、赵本夫、柳建伟、石钟山、肖克凡、孙惠芬、衣向东、张陵等。我们都知道，2012年诺贝尔文学奖得主就在当晚的10月11日19时揭晓。在此之前，网上盛传莫言获奖的可能性很大，我们对此事都很关注，也衷心期望莫言能够获奖。

宴会开始，当地领导致祝酒辞时，我们有些心不在焉，最关心的是莫言获奖能够成为现实。宴会厅里没有电视，我们只能通过手机上的网络获取瑞典文学院在斯德哥尔摩发布的消息。第一个得到消息的是作家出版社的总编辑张陵，他们出版社事先排好了莫言的20卷本文集，单等莫言获奖的消息落实下来，文集立即开机印刷。应该说张陵的心情在期盼中还有一些紧张，在消息没落实之前，什么酒他都不想喝，什么好吃的都食之无味。当莫言获奖的消息传到张陵的手机上，他才笑了，高兴得眼睛眯成了一条缝。张陵把消息转达给我们时，并没有显得太激动，只是轻轻地说：莫言获奖了！是的，重大的事情用不着高调宣布，它本身的重大意义自然会在人们心中激起非同凡响的回响。

得到莫言获奖的确切消息，作家们顿时兴奋起来，我们频频举杯，一再向莫言表示祝贺。我们听说莫言当时正在他的故乡山东高密，我们恰在山东莫言的故乡“隔壁”，我们像是专程赶去为他祝贺，当晚的宴会也像是为祝贺莫言获奖而举办的。说来我们有些喧宾夺主，也有些不恭，一时间话题全都围绕着莫言展开，以致当地的领导也跟我们一起讨论起莫言来。我们到栖霞本来是参加“果都之约”活动，酒桌中央摆了不少鲜艳的苹果。孙惠芬说：那些苹果好像也在为莫言高兴，个个红光满面，笑逐颜开。

这样集体为莫言祝贺还不够，我应该给莫言打一个电话，单独向他祝贺一下。但我想到了，那一刻为莫言祝贺的朋友一定很多，媒体的采访也很多，莫言的手机不一定打得进去。我试了一下，莫言的手机果然处在关机状态。这时我的手机响了，是《北京日报》的记者打来的，记者要我谈一下对莫言获奖的感想。我把作家朋友们集体为莫言祝贺的情景简单描述了一下，说莫言的创作扎根本土，激情充沛，内容创新和形式创新结合得很好，是中国作家的杰出代表。莫言的获奖是实至名归。诺贝尔文学奖毕竟是全世界最有影响的文学奖项，莫言的获奖，标志着中国文学真正走向了世界。这不仅是莫言一个人的骄傲，也是中国文学界和中国人民的骄傲。对于中国文学史来说，莫言获奖具有里程碑的意义。它同时打破了诺贝尔文学奖神话，将使中国文学更加自信，并大大激发中国作家的创作热情。

接着又有一家东北的媒体采访我，要我谈一谈和莫言的交往。说起来我和莫言已认识20多年，平时交往不是很多，但多次一块儿参加文学活动，莫言还是给我们留下了不少细节性的印象。记得第一次和莫言一块儿参加活动，是在《北京文学》一个座谈会上。前有《透明的红萝卜》，后有风靡全国的《红高粱》，莫言当时的名气已经很大。但我看他并没有把名气变成自己的气，心平气和，呼吸还是正常的呼吸。有文学女青年眼巴巴地看着他，人家大概希望莫言也看人家一眼。但莫言的眼睛塌蒙着，颇有些目不斜视的意思。座谈会轮到莫言发言了，他的发言不长，我记得很清楚。他说，一个写东西的人，不要太把自己当回事，要保持一颗平常心。不管到什么时候，都不能忘记自己是从哪里来的，不能忘记自己是谁。1993年春天，王安忆在北京写作期间，有一次刘震云请王安忆在关东店长岛海鲜城吃饭，同时约请了史铁生、莫言、王朔和我等人。震云和王朔都是好嘴，酒桌上的话主要是他们两个说，莫言很少插嘴。震云拿长相和吃相调侃到莫言了，莫言才反击一两句。不知怎么说到了冰心家的猫，莫言说，他连冰心家的猫都不如。莫言还提到，他有一次回老家，被他家的狗给咬了，咬了四口。他家的狗只要看到干部模样的人就咬，曾咬过县委宣传部的一位副部长。但对穿得破烂的人不咬，以为是他家的乡亲。乡亲们说，这狗连自家人都不认识，是混眼狗，不能留，打死它。狗跪着求饶，眼泪吧唧的。但最终还是把狗打死了，打死后，当天就熬吃了。2002年盛夏，铁凝还在河北省当作家协会主席时，邀莫言、马原、池莉和我等人，到承德以北的塞罕坝草原参加一个笔会。笔会安排得很轻松，连一个会都没开，实际上就是到草原避暑。白天，我们看草原，到湖里划船。晚上，我们披着被子看篝火晚会，在宾馆里打牌。打牌时，我和莫言一头，池莉和她女儿一头。我知道莫言的牌技不错，但我们两个都没有很好地发挥。因为对手有一孩子，我们权当陪孩子玩耍。莫言和我偶尔也会谈到小说，他说他看过我的短篇小说《幸福票》，印象深刻。我告诉他，那篇小说的故事就是在他们山东淄博听来的。

最近一次和莫言一块儿参加活动，是2012年7月7日在北京召开的西班牙语地区国际出版研讨会。参加会议的多是一些来自世界各地的西班牙语翻译家，还有一些其作品被列为翻译成西班牙语对象的中国作家，作家中除了莫言，还有刘震云、麦家、李洱和我等人。主持人在开场白中说：这几位作家是中国最优秀的作家。莫言当即插话否认了这种说法，说中国的优秀作家很多，不能说这几个人就最优秀，要是传出去，是会被人笑话的。震云说：这就是一个说法，不必当真。如果换了另几个作家，主持人也会这么说的。于是大家都笑了。研讨会开始，莫言第一个发言。他首先向翻译家致谢，感谢翻译家所付出的辛勤劳动，说如果没有翻译家的翻译，外国人就读不到我们的作品，我们的作品就不能在世界上传播。莫言随后对翻译工作提出了自己的看法，他认为在选择翻译对象和翻译作品时，不必过度关注政治延伸，应把注意力集中在作品的艺术本身，和社会现实适当拉开距离。

作为同时代的作家，莫言的作品我读了不少。他的长篇小说我没有全读，他的短篇小说我差不多都读过。比如：《拇指铐》《月光斩》《白狗秋千架》《姑妈的宝刀》《倒立》，还有今年刚发表的《洗澡》等。莫言很重视短篇小说的写作。2012年10月10日，也就是莫言获得诺贝尔奖的前一天，他在接受《中华读书报》记者舒晋瑜访谈时谈到："我对短篇一直情有独钟，短篇自身有长篇不可代替的价值，对作家的想象力也是一种考验。前一段时间我又尝试写了一组短篇。短篇的特点就是短、平、快，对我的创作也是一种挑战。"莫言在访谈中还提到了我，他说："我一直认为，不能把长篇作为衡量作家的唯一标准。写短篇也可以写出成就。国外的契诃夫、莫泊桑，中国的苏童、迟子建、刘庆邦……不说长篇、中篇，单凭短篇也能确立他们在当代文学史上的重要地位——写短篇完全可以成为一个大家。”

我注意到，自莫言获奖以来，全国各地的报纸发表的对莫言和莫言作品的评价文章很多。因能力有限，我这里就不多说什么了。从个人的感受出发，我只简单说两点，这两点值得我好好向莫言学习。第一点，我认为莫言很善于向外国的优秀作家学习。他的学习在于他的化，他把外国优秀的东西化在中国厚实的土地里，化得浑然天成，不露痕迹，化成了自己独特的作品。我在此方面做得很不好。第二点，莫言几十年来一直保持着丰沛的创作激情，这一点也很难得。德国的汉学家顾彬曾质疑莫言写《生死疲劳》时写得太快。我觉得快和慢不是衡量作品品质的标准。也许正因为莫言写得快，才显示出他磅礴的创作活力，写出的作品才具有浩浩荡荡、一泻千里的气势。一个人羡慕别人，往往因为别人身上有超越自己能力的东西。也许我在这两点上有些力不能及，才愿意向莫言学习，不断向前努力。

2012年10月16日于北京

王安忆写作的秘诀

至少在两个笔记本的第一页，我都工工整整抄下了王安忆的同一段话，作为对自己写作生活的鞭策和激励。这段话并不长，却有着丰富的内容，且坦诚地让人心悦诚服。我看过王安忆许多创作谈，单单把这段话挑了出来。如果一个作家的写作真有什么秘诀的话，我愿把这段话视为王安忆写作的秘诀。王安忆是这么说的："写小说就是这样，一桩东西存在不存在，似乎就取决于是不是能够坐下来，拿起笔，在空白的笔记本上写下一行一行字，然后第二天，第三天，再接着上一日所写的，继续一行一行写下去，日以继日。要是有一点动摇和犹疑，一切将不复存在。现在，我终于坚持到底，使它从悬虚中显现，肯定，它存在了。"这段话是王安忆的长篇小说《遍地枭雄》后记中的一段话，我以为这也是她对自己所有写作生活的一种概括性自我描述。通过她的描述，我们知道了她是怎样抓住时间的，看到了她意志的力量，坚忍不拔的持续性，对想象和创造坚定的自信，以及使创造物实现从无到有的整个过程。她的描述形象，生动。在她的描述里，我仿佛看到了她伏案写作的身影。为了不打扰她的写作，我们最好不要从正面观察她。只看她的侧影和背影，我们就可以猜出她可能坐了一上午，知道了她的写作是多么有耐心，是多么专注。看到王安忆的描述，我不由想起自己在老家农村锄地和在煤矿井下开掘巷道的情景。每锄一块地，当望着长满禾苗和野草的大面积的土地时，我都有些发愁，锄板长不盈尺，土地一望无际，什么时候才能把一块地锄完呢？没办法，我们只能顶着烈日，挥洒着汗水，一锄挨一锄往前锄。锄了一天又一天，我们终于把一大块锄完了。在地层深处开掘巷道也是如此。煤矿的术语是把掘进的进度说成进尺，按图纸上的设计，一条巷道长达数百米，甚至逾千米，而我们每天所能完成的进尺不过两三米。其间还有可能面临水、火、瓦斯、地压和冒顶的威胁，不知要战胜多少艰难险阻。就这样，我们硬是在无路可走的地方开掘出一条条通道，在几百米深的地下建起一座座巷道纵横的不夜城。之所以联想起锄地和打巷道，我是觉得王安忆的写作和我们干活有类似的地方，都是一种劳动。只不过，王安忆进行的是脑力劳动，我们则是体力劳动。哪一种劳动都不是玩儿的，做起来都不轻松。还有，哪一种劳动都带有不同程度的强制性。我们的强制来自外部，是别人强制我们。王安忆的强制来自内部，是自觉的自己强制自己。我把王安忆的这段话说成是她写作的秘诀，后来我在她和张新颖的谈话中得到证实。王安忆说："我写作的秘诀只有一个，就是勤奋的劳动。”她所说的秘诀并不是我所抄录的一段话，但我固执地认为它们的意思是一样的，不过前者是详细版，后者是简化版而已。很多作家否认自己有什么写作的秘诀，好像一提秘诀就有些可笑似的。王安忆不但承认自己有写作的秘诀，还把秘诀公开说了出来。在她看来，这没什么好保密的，谁愿意要，只管拿去就是了。的确，这样的秘诀够人实践一辈子的。

2006年底，中国作家协会召开第七次作代会期间，我和王安忆住在同一个饭店，她住楼下，我住楼上。我到她住的房间找她说话，告辞时，她问我晚上回家不回，要是回家的话，给她捎点稿纸来。她说现在很多人都不用手写东西了，找点稿纸挺难的。我说会上人来人往的这么乱，你难道还要写东西吗？她说给报纸写一点短稿。又说晚上没什么事，电视又没什么可看的，不写点东西干什么呢！我说正好我带来的有稿纸。我当即跑到楼上，把一本稿纸拿下来，分给她一多半。一本稿纸是一百页，一页有三百个方格，我分给她六七十页，足够她在会议期间写东西了。有人说写作所需要的条件最简单，有笔有纸就行了。笔和纸当然需要，但一个最重要的条件往往被人们忽略了，这个条件就是时间。据说任何商品的价值都是时间的价值，价值量的大小取决于生产这一商品所需的社会必要的劳动时间的多少。时间是写作生活的最大依赖，写作的过程就是时间不断积累的过程，时间的成本是每一个写作者不得不投入的最昂贵的成本。每个人的生命在某种意义上说就是一个活的容器，这个容器里盛的不是别的东西，就是一定的时间量。一个人如果任凭时间跑冒滴漏，不能有效地抓住时间，就等于抓不住自己的生命，将一事无成。王安忆深知时间的宝贵，她就是这样抓住时间的。安忆既有抓住时间的自觉性，又有抓住时间的能力。和安忆相比，我就不行。我带了稿纸到会上，也准备写点东西，结果只是做做样子，在会议期间，我一个字都没写。一下子从全国各地来了那么多作家朋友，我又要和人聊天，又要喝酒，喝了酒还要打牌，一打打到凌晨两三点，哪里还有什么时间和精力写东西！我挡不住外部生活的诱惑，还缺乏必要的定力。而王安忆认为写作是诉诸内心的，她不喜欢和人打交道，她看待内心的生活胜于外部的生活。王安忆几乎每天都在写作，一天都不停止。她写了长的写短的，写了小说写散文、杂文随笔。她不让自己的手空下来，把每天写东西当成一种训练，不写，她会觉得手硬。她在家里写，在会议期间写，更让我感到惊奇的是，她说她在乘坐飞机时照样写东西。对一般旅客来说，在飞机上那么一个悬空的地方，那么一个狭小的空间，能看看报看看书就算不错了，可王安忆在天上飞时竟然也能写东西，足见她对时间的缰绳抓得有多么紧，足见她对写作有多么的痴迷。

有人把作家的创作看得很神秘，王安忆说不，她说作家也是普通人，作家的创作没什么神秘的，就是劳动，日复一日的劳动，大量的劳动，和工人做工、农民种田是一样的道理。她认为不必过多地强调才能、灵感和别的什么，那些都是前提，即使具备了那些前提，也不一定能成为好的作家，要成为一个好的作家，必须付出大量艰苦的劳动。在我看来，安忆铺展在面前的稿纸就是一块土地，她手中的笔就是劳动的工具，每一个字都是一棵秧苗，她弯着腰，低着头，一棵接一棵把秧苗安插下去。待插到地边，她才直起腰来，整理一下头发。望着大片的秧苗，她才面露微笑，说嗬，插了这么多！或者说每一个汉字都是一粒种子，她把挑选出来的合适的种子一粒接一粒种到土里去，从春种到夏，从夏种到秋。种子发芽了，开花了，结果了。回过头一看，她不禁有些惊喜。惊喜之余，她有时也有些怀疑，这么多果实都是她种出来的吗？当仔细检阅之后，证实确实是她的劳动成果，于是她开始收获。安忆不知疲倦地注视着那些汉字，久而久之，那些汉字似乎也注视着她，与她相熟相知，并形成了交流。好比一个人长久地注视着一块石头，那块石头好像也会注视她。仅有劳动还不够，王安忆对劳动的态度也十分在意。她说有些作家，虽然也在劳动，但劳动的态度不太端正，不是好好地劳动。她举例说，有些偷懒的作家，将生活中的东西直接搬入作品，给人的感觉是连筛子都没筛过。如同一个诚实的农民在锄地时不能容忍有“猫盖屎”的行为，王安忆不能容忍马马虎虎，投机取巧，偷工减料，得过且过。她是勤勤恳恳，老老实实，一丝不苟。如果写了一个不太好的句子，她会很懊恼，一定要把句子理顺了，写好了，才罢休。

王安忆自称是一个文学劳动者，同时，她又说她是一个写作的匠人，她的劳动是匠人式的劳动。因为对作品的评论有雕琢和匠气的说法，作家们一般不愿承认自己是一个匠人，但王安忆勇于承认。她认为艺术家都是工匠，都是做活。千万不要觉得工匠有贬低的意思。类似的说法我听刘恒也说到过。刘恒说得更具体，他说他像一个木匠一样，他的写作也像木匠在干活。从劳动到匠人的劳动，这就使问题进了一步，值得我们深入探究。在我们老家，种地的人不能称之为匠人，只有木匠、石匠、锔匠、画匠等有手艺的才有资格称匠。一旦称匠，我们那里的人就把匠人称为“老师儿”。“老师儿”都是“一招鲜，吃遍天”的人，他们的劳动是技术性的劳动。让一个只会种地的农民在板箱上作画，他无论如何都画不成景。请来一个画匠呢，他可以把喜鹊噪梅画得栩栩如生。王安忆也掌握了一门技术，她的技术是写作的技术，她的劳动同样是技术性的劳动。从技术层面上讲，王安忆的劳动和所有匠人的劳动是对应的。这是第一点。第二点，一个石匠要把一块石头变成一盘磨，不可能靠突击，不可能在短时间内完工。他要一手持锤，一手持凿子，一凿子接一凿子往石头上凿。凿得有些累了，他停下来吸颗烟，或喝口水，再接着凿。他凿出来的节奏是匀速，丁丁丁丁，像音乐一样动听。我读王安忆的小说就是这样的感觉，她的叙述如同引领我们往一座风景秀美的山峰攀登，不急不缓，不慌不忙，不跳跃，不疲倦，不气喘，扎扎实实，一步一步往上攀。我们偶尔会停一下，绝不是不想攀了，而是舍不得眼前的秀美风光，要把风光仔细领略一下。随着各种不同的景观不断展开，我们攀登的兴趣越来越高。当我们登上一台阶，又一个台阶，终于登上她所建造的诗一样的小说山峰，我们得到了极大的精神满足。第三点，匠人的劳动是有构思的劳动，在动手之前就有了规划。比如一个木匠要把一块木头做成一架纺车，他看木头就不再是木头，而是看成了纺车，哪儿适合做翅子，哪儿适合做车轴，哪儿适合做摇把，他心中已经有了安排。他的一斧子一锯，都是奔心中的纺车而去。王安忆写每篇小说，事先也有规划。除了小说的结构，甚至连一篇小说要写多长，大致写多少个字，她几乎都心中有数。第四点，匠人的劳动是缜密的、讲究逻辑的劳动，也是理性的劳动。一把椅子或一口箱子的约定俗成，对一个木匠来说有一定的规定性，他不能胡乱来，不可违背逻辑，更不可能把椅子做成箱子，或把箱子做成椅子。在王安忆对我的一篇小说的分析里，我第一次看到了逻辑的动力的说法，第一次听说写小说还要讲究逻辑。此后，我又多次在她的文章里看到她对逻辑重要性的强调。在和张新颖的谈话里，她肯定地说："生活的逻辑是很强大严密的，你必须掌握了逻辑才可能表现生活的演进。逻辑是很重要的，做起来很辛苦，做起来真的很辛苦。为什么要这样写，而不是那样写？事情为什么这样发生，而不是那样发生？你要不断问自己为什么，这是很严格的事情，这就是小说的想象力，它必须遵守生活的纪律，按着纪律推进，推到多远就看你的想象力的能量。”

以上四点，我试图用王安忆的劳动和作品阐释一下她的观点。其实这些都不重要。重要的问题在于，工匠的劳动是不是保守的？机械的？死板的？墨守成规的？会不会影响感性的鲜活，情感的参与，灵感的暴发，无意识的发挥？一句话，工匠式的劳动是不是会拒绝神来之笔？我的看法是，一切创造都是从劳动中得来的，不劳动什么都没有。换句话说，写就是一切，只有在写的过程中，我们才会激活记忆，调动感情，启发灵感。只有在有意识的追求中，无意识的东西才会乘风而来。所谓神来之笔，都是艰苦劳动的结果，积之在平日，得之在俄顷。工匠式的劳动无非是把劳动提高了一个等级，它强调了劳动的技术性，操作性，审美性，严肃性，专业性和持恒性。这种劳动方式不但不保守，不机械，不死板，不墨守成规，恰恰是为了打破这些东西。王安忆的大量情感饱满、飞扬灵动的作品，证明着我的看法不是瞎说。

但有些事情我不能明白，安忆她凭什么那么能吃苦？如果说我能吃点苦，这比较容易理解。我生在贫苦家庭，从小缺吃少穿，三年困难时期饿成了大头细脖子。长大成人后又种过地，打过石头，挖过煤，经历了很多艰难困苦。我打下了受苦的底子，写作之苦对我来说不算什么苦。如果我为写作的事叫苦，知道我底细的人一定会骂我烧包。而安忆生在城市，长在城市，父母都是国家干部，家里连保姆都有。应该说安忆从小的生活是优裕的，她至少不愁吃，不愁穿，还有书看。就算她到安徽农村插过一段时间队，她母亲给她带的还有钱，那也算不上吃苦吧。可安忆后来表现出来的吃苦精神不能不让我佩服。1993年春天，她要到北京写作，让我帮她租一间房子。那房子不算旧，居住所需的东西却缺东少西。没有椅子，我从我的办公室给她搬去一把椅子。窗子上没有窗帘，我把办公室的窗帘取下来，给她的窗子挂上。房间里有一只暖瓶，却没有瓶塞。我和她去商店问了好几个营业员，都没有买到瓶塞。她只好另买了一只暖瓶。我和妻子给她送去了锅碗瓢盆勺，还有大米和香油，她自己买了一些方便面，她的写作生活就开始了。屋里没有电视机，写作之余，她只能看看书，或到街上买一张隔天的《新民晚报》看看。屋里没有电话，那时移动电话尚未普及，她几乎中断了与外界的联系。安忆在北京有不少作家朋友，为了减少聚会，专心写作，她没有主动和朋友联系。她像是在“自讨苦吃”，或者说有意考验一下自己吃苦的能力。她说她就是想尝试一下独处的写作方式，看看这种写作方式的效果如何。她写啊写啊，有时连饭都忘了吃。中午，我偶尔给她送去一盒盒饭，她很快就把饭吃完了，吃完饭再接着写。她过的是饥一顿饱一顿的日子，我觉得她有些对不住自己。就这样，从四月中旬到六月初，在不到两个月的时间里，她写完了两部中篇小说。她之所以如此能吃苦，我还是从她的文章里找到了答案。安忆对自己的评价是一个喜欢写作的人。有评论家把她与别的作家比，她说她没有什么，她就是比别人对写作更喜欢一些。有人不是真正喜欢，也有人一开始喜欢，后来不喜欢了，而她，始终如一地喜欢。她说："我感到我喜欢写，别的我就没觉得和他们有什么不同，就这点不同：写作是一种乐趣，我是从小就觉得写作是种乐趣，没有改变。"是不是可以这样说，写作是安忆的主要生活方式，她对写作的热爱和热情，是她的主要感情，同时，写作也是她获得幸福和快乐的主要源泉。安忆得到的快乐是想象和创造的快乐。一个世界本来不存在，经过她的想象和创造，平地起楼似的，就存在了，而且又是那么具体，那么真实，那么美好，由此她得到莫大的快乐和享受。与得到的快乐和享受相比，她受点儿苦就不算什么了。相反，受点儿苦仿佛增加了快乐的分量，使快乐有了更多的附加值。

每个人有每个人的创作习惯，安忆的习惯对她的写作并没有什么决定性的意义，我就不多说了。我只知道，她习惯在一个大的笔记本上密密麻麻地写作，在笔记本上写完了，再用方格纸抄下来，一边抄，一边润色。抄下来的稿子其实是她的第二稿。她写作不怎么熬夜，一般都是在上午写作。她觉得上午是她精力最充沛的时候，也是她才思最敏捷的时候。在整个上午，她又觉得从十一点到十二点左右这个时间段创作状态最好。她还有一个习惯，可能是她特有的，也极少为人所知。她写作时，习惯在旁边放一块小黑板，用粉笔在黑板上写下一些句子。在北京创作中篇小说《香港的情与爱》期间，我见她写下的其中一句话是“香港是个大邂逅”，这句话在黑板上保留了相当长一段时间，我不知用意何在。小黑板很难找，我问她为什么非要一个小黑板呢？她说没什么，每写一篇小说，她习惯在黑板上写几句提示性的话。习惯是不可以改变的，我只好想方设法尊重她的习惯。

王安忆这样热爱写作，那么我们假设一下，她不写会怎样？或者说不让她写了会怎样？1997年夏天，我和王安忆、刘恒我们三家一块去了一趟五台山，后来我一直想约他们两个到河南看看。王安忆没去过中岳嵩山的少林寺，也没看过洛阳的龙门石窟，她很想去看看。2008年9月中旬，我终于跟河南有关方面说好了，由他们负责接待我们。我给王安忆打电话时，她没在家，是她的先生李章接的电话。我说了请他们一块儿去河南，李章说：“安忆刚从外地回来，她该写东西了。”李章又说：“安忆跟你一样，不写东西不行。”我？我不写东西不行吗？我可比不上王安忆，我玩心大，人家一叫我外出采风，那个地方我又没去过，我就跟人家走了。我对李章说，我跟刘恒已经约好了，让李章好好跟安忆说说，还是一块儿去吧。我说我对安忆有承诺，如果她去不成河南，我的承诺就不能实现。李章说，等安忆一回来，他就跟她说。第二天我给安忆打电话，她到底还是放弃了河南之行。安忆是有主意的人，她一旦打定了主意，任何劝说都是无用的。为了写作，王安忆放弃了很多活动。不但在众多采风活动中看不到她的身影，就连她得了一些文学奖，她都不去参加颁奖会。2001年12月，王安忆刚当选上海市作家协会主席时，她一时有些惶恐，甚至觉得当作协主席是一步险棋。她担心这一职务会占用她的时间，分散她的精力，影响她的写作。她确实看到了，一些同辈的作家当上这主席那主席后，作品数量大大减少，她认为这是一个教训。在发表就职演说时，她说她还要坚持写作，因为写作是她的第一生活，也是她比较能胜任的工作，假若没有写作，她这个人便没什么值得一提的了。当上作协主席的第一年，她抓时间抓得特别紧，写东西也比往年多，几乎有些拼命地意思。当成果证明当主席并没有耽误写作时，她似乎才松了一口气。我估计，王安忆每天给自己规定的有一定的写作任务，完成了任务，她就心情愉悦，看天天高，看云云淡，吃饭饭香，睡觉觉美。就觉得自己对得起自己，自己对自己有了交代，看电视就能够定下心来，看得进去。要是完不成任务呢，她会觉得很难受，诸事无心，自己就跟自己过不去。作为一个承担着一定社会义务的作家，王安忆有时难免会遇到这样的情况，她本打算坐下来写作，却被别的事情干扰了，这时她的心情会很糟糕，好像整个人生都虚度了一样。人说发展是硬道理，对王安忆来说，写作才是硬道理，不写作就没有道理。在我所看到的有限的对古今中外的作家介绍里，就对写作的热爱程度而言，王安忆有点像托尔斯泰。托尔斯泰把写作看成正常的状态，不写作就是非正常状态，就是平庸的状态。托尔斯泰在一则日记里提到，因为生病，他一星期没能写作。他骂自己无聊，懒惰，说一个精神高贵的人不容许自己这么长时间处于平庸状态。和我们中国的作家相比，就思想劳作的勤奋和强度而言，王安忆有点像鲁迅。鲁迅先生长期在上海写作，王安忆在上海写作的时间比鲁迅还要长，而且王安忆的写作还将继续下去。王安忆跟我说过，中国的作家，鲁迅的作品是最好的，她最爱读鲁迅。王安忆继承了鲁迅的刻苦，耐劳，也继承了鲁迅的思想精神。王安忆通过自己的思想劳作，不断发出与众不同的清醒的声音。写作是王安忆的第一需要，也是她生命的根基，如果不让她写作，那是不可想象的，所以我们还是不要做这样的假设为好。

写作是王安忆的精神运动，也是身体运动；是心理需要，也是生理需要。她说写作对人的身体有好处，经常写作就身体健康，血流通畅，神清气爽，连气色都好了。她说你看，经常写作的人很少患老年痴呆症的，而且多数比较长寿。否则的话，就心情焦躁，精神萎顿，对身体不利。我不止一次听她说过，写作这个东西对体力也有要求，体力不好写作很难持久。她以苏童和迟子建为例，说他们之所以写得多，写得好，其中一个原因是他们的身体比较壮实，好像食量也比较大，精力旺盛，元气充沛。我很赞同安忆的说法，并且与她有着相同的体会。我想不论是精神运动，还是身体运动，其实都是血液的运动。写作时大脑需要氧气，而源源不断供给大脑氧气的就是血液。大脑需要的氧气多，运载氧气的血液就得多拉快跑，保证供应。血流加快了，等于促进了人体内的血液循环，对人的健康当然有好处。拿我自己来说，如果一时找不到好的写作入口，一时进入不到写作的状态，我就头昏脑涨，光想睡觉。一旦找到写作的题目，并进入了写作的状态，我的精神头就提起来了，心情马上就好了，看什么都觉得可爱。我跟我妻子说笑话："刘庆邦真是个苦命的人哪！"我妻子说："你要是觉得苦，你就别写了。"我说："那可不行！"

朋友们可能注意到了，我翻来覆去说的都是安忆的写作，写作，没有涉及到她的作品，没有具体评论她的任何一篇小说。我的理论水平比较低，没有评论她作品的能力，这点儿自知之明我还是有的。一个高人评论一个低人的小说，一不小心就把低人的小说评高了。而一个低人评论一个高人的小说呢，哪怕费尽九牛二虎之力，所评仍然达不到高人的小说水平应有的高度。王安忆的小说都是心灵化的，她的小说故事都发生在心理的时间内，似乎已经脱离了尘世的时间。她在心灵深处走得又那么远，很少有人能跟得上她的步伐。别说是我了，连一些评论家都很少评论她的小说。在文坛，大家公认王安忆的小说越写越好，王安忆现在是真正的孤独，真正的曲高和寡。有一次朋友们聚会喝酒，莫言、刘震云、王朔纷纷跟王安忆开玩笑。王朔说："安忆，我们就不明白，你的小说为什么一直写得那么好呢？你把大家甩得太远了，连个比翼齐飞的都没有，你不觉得孤单吗！"王安忆有些不好意思，她说不不不。不知怎么又说到冰心，说冰心在文坛有不少干儿子。震云对王安忆说："安忆，等你成了安忆老人的时候，你的干儿子比冰心还要多。"我看王安忆更不好意思了，她笑着说："你们不要乱说，不要跟我开玩笑。"

写王安忆需要勇气。梦玮约我写王安忆，我说王安忆不好写，你别着急，容我好好想想。梦玮是春天向我约稿。直到秋天我才写出来。我一直对王安忆满怀敬意，我写得小心翼翼，希望每一句话都不致失礼。1993年，林建法也约我写过王安忆，我对王安忆说，我怕我写不好。王安忆说："没事的，你写好了。"又说："每个人写别人，其实就是写自己。"我想了想，才理解了安忆的话意。一个人对别人理解多少，就只能写多少，不可能超出自己的理解水平。如果有些地方写得还可以，说明我对安忆理解了。如果写得不好，说明我理解得还不够，接着理解就是了。

2009年9月3日至9月11日于北京和平里

追求完美的刘恒

2009年，刘恒被评为全国第四届专业技术杰出人才。中国的作家很多，可据我所知，获得这种荣誉称号的，刘恒是作家中的第一位。北京市人才荟萃，而在这一届全国杰出人才评选中，刘恒是北京市惟一的一位当选者。《人民日报》在简要介绍刘恒的事迹时，有这么两句话："刘恒长期保持了既扎实又丰产的创作态势，是中国当代作家中一位不可多得的、德才兼备的领军人物。"

我和刘恒是三十多年的朋友，自以为对他还算比较了解。既了解他的作品，也了解他的人品。我俩相识于20世纪80年代初期。一开始，他是《北京文学》的编辑，我是他的作者。经他的手，给我发了好几篇小说。被林斤澜说成"走上知名站台"的短篇小说《走窑汉》，就是刘恒为我编发的。后来我们越走越近，竟然从不同方向走到了一起，都成了北京作家协会的驻会专业作家。如此一来，我们交往的机会就更多一些。刘恒写了小说写电影，写了电影写电视剧，写了电视剧又写话剧和歌剧，每样创作一出手，都取得了非凡的成绩。刘恒天才般的文才有目共睹。当由刘恒编剧的电影《集结号》红遍大江南北，我们在酒桌上向他表示祝贺时，刘恒乐了，跟我们说笑话："别忘了我们老刘家的刘字是怎么写的，刘就是文刀呀！" 我把笑话接下去，说没错儿，刘恒也是"文帝"啊！

我暂时按下刘恒的文才不表，倒想先说说他的口才。作家靠的是用笔说话，他的口才有什么值得说的呢？不不，正因为作家习惯了用笔说话，习惯了自己跟自己对话，口头表达能力像是有所退化，一些作家的口才实在不敢让人恭维。在这种情况下，刘恒充满魅力的口才方显得格外难能可贵。他不是故意出语惊人，但他每次讲话都能收到惊人的效果。我自己口才不好，未曾开口头先大，反正我对刘恒游刃有余的口才是由衷的佩服。2003年9月，刘恒当选北京作家协会的主席后，在作代会的闭幕式上讲了一番话，算是就职演说的意思吧。刘恒那次讲话，把好多人都听傻了。须知作家都是自视颇高的人，一般来说不爱听别人讲话。可是我注意到，刘恒的那番话确实把大家给震了，震得大家的耳朵仿佛都支棱起来。会后有好几个人对我说，刘恒太会讲话了，刘恒不鸣则已，一鸣惊人啊！他们说，以前光知道刘恒写文章厉害，没想到这哥们儿讲起话来也这么厉害。此后不几天，市委原来管文化宣传工作的一位副书记跟作协主席团的成员座谈。副书记拿出一个纸皮的笔记本，在那里翻。我们以为副书记要给我们做指示，便做出洗耳恭听听的准备。副书记一字一句开念，我们一听就乐了，原来副书记念的正是刘恒在闭幕式上讲的那番话。副书记说，刘恒已经讲得很好，很到位，他不必多说什么了，把刘恒的话重复一遍就行了。散会后我们对刘恒说：你看，人家领导都把你的语录抄在笔记本上了。要是换了别人，真不知道该怎样回答。你听听刘恒是怎么说的，刘恒笑着说："没关系，版权还属于我。"

北京作家协会的七八个专业作家和二十来个签约作家，每年年底都要聚到一起，开一个总结会，报报当年的收成，谈谈来年的打算，并互相交流一下创作体会。因为这个总结会坦诚相见，无拘无束，简朴有效，不同于一般意义上的总结会，作家们对这个总结会都很期待。我甚至听说，一些年轻作家之所以向往与北京作协签约，很大程度上是因为口口相传的年终总结会对他们具有吸引力。这个总结会之所以有吸引力，窃以为，一个主要原因，是刘恒每年都参加总结会，而且每次都有精彩发言。在我的印象里，刘恒发言从来不写稿子。别人发言时，他拉过一张纸，断断续续在纸上写一点字，那些字就是他准备发言的提纲，或者说是几条提示性的符号。轮到他发言了，他并不看提纲，也不怎么看别人，他的目光仿佛是内视的，只看着自己的内心。在这种总结会上，刘恒从不以作协主席的身份发言，他只以一个普通作家的身份，平等而真诚地与同行交心。这些年，刘恒每年取得的成绩都很可喜。但他从来没有自喜过，传达给人的都是不满足和紧迫感。我回忆了一下，尽管刘恒每年的发言各有侧重，但有一个意思是不变的，那就是他每年都说到个体生命时间储备的有限，生命资源的有限，还是抓紧时间，各自干自己喜欢的事情为好。刘恒发言的节奏不急不缓，徐徐而谈。刘恒的音质也很好，是那种浑厚的男中音，透着发自肺腑的磁力。当然，他的口才不是演讲式的口才，支持口才的是内在的力量，不是外在的力量。一切源于他的自信、睿智、远见、幽默和深邃的思想。

北京作协2007年度的总结会是在北京郊区怀柔宽沟开的。在那次总结会上，刘恒所说的两句话给我留下了深刻印象。我认为这两句话代表着他对艺术孜孜不倦的追求，代表着他的文学艺术观，也是理解他所有作品的一把钥匙。他说："我每做一个东西，下意识地在追求完美。"我听了心有所动，当即插话说："我们在有意识地追求完美，都追求不到，你下意识地追求完美，却追求到了，这就是差距啊！"刘恒的意思我明白，我们的创作必须有大量艰苦的劳动，才会有灵感的爆发。必须先有长期有意识的追求，才会有下意识的参与。也就是说，对完美的追求意识已融入刘恒的血液里，并深入到他的骨子里，每创作一件作品，他不知不觉间都要往完美里做。对完美的要求已成为他的潜意识，成为一种近乎本能的反应。那么我就想沿着这个思路，看看刘恒是如何追求完美的。

追求完美意味着付出，追求完美的过程是不断付出的过程。刘恒曾经说过：“你的敌人是文学，这很可能不符合事实，但是你必须确立与它决一死战的意志。你孤军奋战。你的脚下有许许多多尸首。不论你愿意不愿意，你将加入这个悲惨的行列。在此之前，你必须证实自己的懦弱和无能是有限的，除非死亡阻挡了你。为此，请你冲锋吧。”刘恒在写东西时，习惯找一个地方，把自己封闭起来。为了排除电视对他的干扰，他连带着堵上电视的嘴巴，把电视也“囚禁”起来。他写中篇小说《贫嘴张大民的幸福生活》时，是1997年的盛夏。那些天天气极热，每天的气温都在三十六七度。他借的房子在六层楼上，是顶层。风扇不断地吹着，他仍大汗淋漓。他每天从早上八点一直写到中午一两点。饿了，他泡一袋方便面，或煮一袋速冻饺子，再接着写。屋里太热，他就脱光了，把席子铺在水泥地上写。坐在席子上吃饭的时候，他觉得自己太苦了，这是人干的事情吗？何苦呢！可又一想，农民在地里锄庄稼不也是这样吗！他就有了锄庄稼锄累了，坐在地头吃饭的感觉，心里便高兴起来。让刘恒高兴的事还在后头，《贫嘴张大民的幸福生活》一经发表，便赢得了满堂喝彩。随后，这部小说又被改成了电影和电视剧。特别由刘恒亲自操刀改编的电视剧播出之后，那段时间，人们争相言说张大民。这些年，每年出版的文学作品和拍摄的电视剧不少，但真正立起来的艺术人物却很少。可张大民以独特的艺术形象真正站立起来了。

在全国范围内，或许有人不知道刘恒是谁，但一提张大民，恐怕不知道的人很少。

2009年，刘恒为北京人艺写了一部话剧《窝头会馆》。在此之前，刘恒从未写过话剧，他知道写一部好的话剧有多难。但刘恒知难而进，他就是要向自己发起挑战。在前期，刘恒看了很多资料，做了大量准备工作。在剧本创作期间，他所付出的心血更不用说。他既然选择了追求完美，就得准备着承受常人所不能承受的压力和心理上的折磨。话剧公演之后，刘恒不知观众反应如何，有些紧张。何止有些紧张，是非常紧张。须知北京人艺代表着中国话剧艺术的最高品第，《雷雨》《茶馆》等久演不衰的经典剧目都是从人艺出来的。大约是《窝头会馆》首演的第二天，我和刘恒在一块儿喝酒。我记得很清楚，我们那天喝的是茅台。我还专门给刘恒带了当天的一张报纸，因为那期报纸上有关于《窝头会馆》的长篇报道。我问刘恒看到报道没有。他说没有，报纸上的报道他都没有看，不敢看。我问为什么。他说很紧张。他向我提到外国的一个剧作家，说那个剧作家因为一个作品失败，导致自杀。刘恒说他以前对那个剧作家的自杀不是很理解，现在才理解了。当一部剧作公演时，剧作家面临的压力确实很大。当时刘恒的夫人张裕民在加拿大多伦多大学儿子那里，还是张裕民通过互联网，把观众的反应和媒体的评论搜集了一些，传给刘恒，刘恒才看了。看到观众的反应很热烈，媒体的评价也颇高，刘恒的心情才放松了，才踏实下来。在《窝头会馆》首轮演出期间，刘恒把自己放在观众的位置，从不同角度和不同距离前后看了七场。演员每次谢幕时，情绪激动的观众都一次又一次热烈鼓掌。刘恒没有参加谢幕，观众鼓掌，他也不由自主地跟着鼓掌。我想我的老弟刘恒，此时的眼里应会有泪花儿吧！所谓人生的幸福，不过如此吧。

任何文学艺术作品，其主要的功能，都是为了表达和传递感情，情感之美是美的核心。刘恒要在作品中追求完美，他必须找到自己，找到自己和现实世界的情感联系，找到自己的情感积累，并找到自己的审美诉求。我敢肯定地说，刘恒的每部作品里所蕴含的丰富情感，都寄托着他对某人某事深切的怀想，投射着自己感情经历的影子。

刘恒创作《张思德》的电影剧本时，我曾替刘恒发愁，也替刘恒担心，要把一点有限的人物历史资料编成一部几万字的电影剧本，谈何容易！事实表明，我的担心是多余的。《张思德》的故事情感饱满，人物形象的塑造堪称完美。影片一经放映，不知感动得多少人流下了眼泪。把《张思德》写得这样好，刘恒的情感动力和情感资源何在？刘恒给出的答案是：“我写王进喜、张思德，我就比着我父亲写，用不着找别人。张思德跟我父亲极其相似。”我不止一次听刘恒说过，在写张思德时，他心里一直想的是他去世的父亲。通过写张思德，等于把对父亲的怀念之情找到了一个表达的出口，同时也是在内心深处为父亲树碑立传。刘恒在灵境胡同住时，我去刘恒家曾见过他父亲。那天他父亲拿着一把大扫帚，正在扫院子外面的地。刘恒的父亲个头儿不高，光头，一看就是一个淳朴和善的老头儿。刘恒说他父亲是个非常利人的人，人品极好，在人格上很有力量。他父亲退休后也不闲着，七十多岁了还义务帮人理发。在他们那个大杂院儿里，几乎所有男人的头发都是他父亲理的，包括老人和孩子。谁家的房子漏了，大热天的，他父亲顶着太阳，爬到房顶给人家涮沥青。在帮助别人的时候，他父亲感到很高兴。水有源，木有本。不难判断，刘恒不仅在创作上得到了父亲的情感滋养，在为人处事上也从父亲那里汲取了人格的力量。

看《窝头会馆》，看得我几次眼湿。我对妻子说，刘恒把他对儿子的感情倾注在"窝头"里了。我还对妻子吹牛："这一点别人不一定看得出来，但我能看得出来。"刘恒的儿子远在加拿大求学，儿子那么优秀，长得又是那么帅，刘恒深爱着儿子，却一年难得见儿子一次，那种牵心牵肝的挂念可说是没日没夜。在这种情况下，让刘恒写一个话剧，他难免要在剧里设计一个儿子，同时设计一个父亲，让儿子对父亲的行为提出质疑，让父子之间发生冲突。冲突发展到释疑的时刻，儿子和父亲都散发出灿烂的人性光辉。有人评论，说《窝头会馆》缺乏一条贯穿到底的主线。我说不对，剧中苑大头和儿子的冲突就是贯穿始终的主线，就是全剧的焦点。我对刘恒说出了我的看法，刘恒微笑着认同我的看法。刘恒在接受记者采访时承认："写苑大头和儿子的关系，那不就是我跟儿子的关系么！"

刘恒追求完美，并不因为这个世界有多么完美。恰恰相反，正因为这个世界是残缺的，不完美的，刘恒才有了创造完美世界的理想。而要创造完美世界，是很难的。这是因为我们每一个创作者都有局限性。我的胳膊有限，腿有限；经历有限，眼界有限；世俗生活有限，精神生活也有限。最大的局限是，我们的生命有限，我们每个人都只有一生啊！我早就听刘恒说过一个作家的局限性。他认为，我们得认识到这种局限性，承认这种局限性，而后在局限性里追求完美，追求一种残缺的完美。正因为有限，我们才有突破有限的欲望。正因为残缺，我们对完美的追求才永无止境。

刘恒写过一部中篇小说叫《虚证》，因为这部小说没有拍成电影，也没有改编成电视剧，它的影响是有限的。但文学界对这部小说的评价很高。刘恒也说过："一向不满意自己的作品，《虚证》是个例外，它体现了我真正的兴趣。"可以说这部小说是刘恒极力突破局限、并奋力追求完美的一个例证。刘恒的一个朋友，在身上坠上石头，跳进北京郊区一个水库里自杀了。在自杀之前，他发了几封信，为自己的行为辩解，说他自己是对的。可巧这个人我也认识，我在《中国煤炭报》副刊部当编辑时，曾编发过这个人的散文。应该说这个人是个有才华的人。自杀时，他才三十多岁，已是某国营大矿的党委副书记，前程也很好。他的自杀实在让人深感惋惜。他的命赴黄泉让刘恒受到震动，刘恒想追寻一下他的生命历程和心理历程。刘恒想知道，这个人到底走进了什么样的困境，遭遇了多么大的痛苦，以至于非死不能解脱自己。斯人已去，实证是不可能的。刘恒只能展开想象的翅膀，用虚证的办法自圆其说。刘恒这个小说的题目起得好，其实小说工作的本质就是务虚，就是虚证。刘恒将心比心，把远去的人拉回来，为其重构了一个世界。这个人从物质世界消逝了，刘恒却让他在精神世界获得新生。更重要的是，刘恒以现实的蛛丝马迹为线索，为材料，投入自己的心血，建起了一个属于自己的心灵世界。这个世界是心灵化的，也是艺术化的。它介入了现实世界，又超越了现实世界。它突破了物界的局限，在向更宽更广的心界拓展。刘恒之所以对这部小说比较满意，大概是觉得自己在突破局限方面做得比较成功吧。

对于完美，刘恒有自己的理解和标准。不管做什么作品，他给自己标定的目标都是高标准。为了达到自己标定的标准，他真正做到了扎扎实实，一丝不苟。一丝不苟不是一个陌生化的词，人们一听也许就滑过去了。但在形容刘恒对审美标准的坚持时，我绕不过一丝不苟这个词。如果这个词还不尽意，你说刘恒对完美标准的坚持近乎苛刻也可以。由刘恒担纲编剧的电影《集结号》，是中国近年来不可多得的一部好电影。在残酷战争中幸存下来的连长谷子地，一直在找团长，问他有没有吹集结号。他的问最终也没什么结果。谷子地无疑是一个悲剧性的人物，他的牺牲精神和浓重的悲剧感的确让人震撼。刘恒提供的剧本，直到剧终谷子地也没有死。可导演在拍这个电影时，却准备把谷子地拍死。刘恒一听说要把谷子地拍死就急了，他找到导演，坚决反对把谷子地拍死。一般来说，编剧把剧本写完，任务就算完成了，剩下的事都由导演干，导演愿意怎么拍，就怎么拍，编剧不再参与什么意见。可刘恒不，刘恒作为中国电影界首屈一指的大编剧，他有资格对导演说出自己的意见，并坚持自己的意见。加上刘恒在电影学院专门学过导演，还有执导电视剧的实践经验，他的意见当然不可等闲视之。通过对这个具体作品、具体细节的具体意见，我们就可以具体地看出刘恒所要达到的完美标准。这个标准的背后有着丰富的内容。除了在目前政治背景下对一部电影社会效果的总体把握，除了对传统文化心理和受众心理的换位思考，还有对电影艺术度的考虑。所谓度，就是分寸感。任何艺术门类都讲究分寸感，一旦失了分寸，出来的东西就不是完美的艺术。刘恒说："悲剧感的分寸，跟人生经验有直接关系。有时候我们经常看到一种情况就是，人物已经非常悲恸了，但我们的观众没有悲恸感。因为所谓的悲剧效果是他自己造成的。"在日常生活中，刘恒是一个很随和的人。朋友们聚会，点什么菜，喝什么酒，他都微笑着，说随便，什么都行。可在艺术上遇到与他完美艺术追求相悖的地方，他就不那么随和了，或者说他的倔劲就上来了，简直有些寸步不让的意思。不知他跟导演说了什么样的狠话，反正连导演也不得不服从他的意志，给谷子地留了一条生路。从电影最后的效果看，刘恒的意见是对的，他的“固执己见”对整部电影具有拯救般的意义。倘是把谷子地拍死，这个电影非砸锅不可。

刘恒在创作上相当自信。他所取得的一连串非凡的创作业绩支持着他的自信。有自信，他才不为时尚和潮流所动，保持着自己对完美艺术标准的坚守。同时，他对自己的创作也有质疑，也有否定。通过质疑和和否认，他不断创新，向更加完美的艺术境界迈进。刘恒的长篇小说《苍河白日梦》是部好小说。在写这部长篇时，他把自己投进去，倾注了太多的感情。以致在写作过程中，他竟然好几次攥着笔大哭不止。他的哭把他的妻子张裕民吓坏了，也心疼坏了，张裕民说：“咱不写了还不行吗，咱不写了还不行吗！”这样劝刘恒时，张裕民的眼里也满含热泪。但不写是不行的，刘恒哭一哭，也许心里就好受些。哭过了，刘恒擦干眼泪，继续做他的“白日梦”。回想起来，我自己也有过几次嚎啕大哭的经历，但都不是在写作过程中发生的。我写到动情处，鼻子一酸，眼睛一湿，就过去了。像刘恒这样在写一部小说时几次大哭，在古今中外的作家中都很少听说。

可后来刘恒跟我说，他对这部小说质疑得很厉害。依我看，这部小说的质量不容置疑，他所质疑的主要是自己的写作态度。他认为自己掉进悲观的井里了，“一味愤世愤世，所愤之世毫毛未损，自己的身心倒给愤得一败涂地。况且只是写小说，又不是跟谁拼命，也不是谁跟你拼命，把自己逼成这个样子实在不能不承认是太不聪明了。”于是刘恒要求变，要把自己从悲观的井里捞出来，从愤世到企图救世，也是救自己，救自己的小说。《贫嘴张大民的幸福生活》，是刘恒求变的作品之一。到这部作品，他“终于笑出了声音，继而前所未有的大笑起来了”。有人曲解了刘恒这部小说的真正含义，或许是故意曲解的。刘恒一点都不生气。谁说曲解不是真正含义的延续呢，这只能给刘恒增添更多笑的理由。我也不替刘恒辩解，愿意跟他一块儿笑。我对刘恒说：“你夫人叫张裕民，你弄一个人叫张大民，什么意思嘛！”刘恒笑得很开心，说这是他的疏忽，当时没想那么多。张裕民也乐了，说：“对呀，你干吗不写成刘大民呢，以后你小说中的人物不许姓张。”

刘恒对完美艺术的追求，还体现在他对多种艺术门类创作的尝试上。上面我说到他写了话剧《窝头会馆》，2009年，他还写了歌剧《山村女教师》。刘恒真是一个多面手，什么样的活儿他都敢露一手。2008年秋天，我们应朋友之约，到河南看了几个地方。去河南之前，刘恒说他刚从山西回来。我问他到山西干什么去了，他说到贫困山区的学校访问了几个老师。他没怎么跟我说老师的情况，说的是下面一些买官卖官的现状。刘恒的心情是沉重的，觉得腐败的现象太严重了。我以为刘恒得到素材，准备写小说。后来才知道，那时他已接下了创作歌剧的活儿，在为写歌剧做准备。刘恒很谦虚，他说他不知道歌剧需要什么样的词，只不过写了一千多句顺口溜而已。《山村女教师》在国家大剧院一经上演，如潮的好评便一波接一波涌来。很遗憾，这个剧我还没捞到看。我的好几个文学界的朋友看了，他们都说好，说很高雅，很激动人心，是难得的艺术享受。

在北京作协2009年度的总结会上，刘恒谈到了《山村女教师》。他说他的文字借用了音乐的力量，在音乐的支持下才飞翔起来。歌声在飞翔，剧情在飞翔，听歌剧的他仿佛也有了一种飞翔的感觉。他看到音乐指挥张开着两个膀子，挥动着指挥棒，简直就像一只领飞的凤凰，在带领听众向伟大的精神接近。那一刻，刘恒体会到，艺术享受是人类最高级的享受，也是人类最幸福的时刻。他说："我们都是凡人，从事了艺术创作，才使我们的心灵有了接近伟大的可能。"

这一切都源于一个根本，源于刘恒对完美人格的追求，源于刘恒无可挑剔的高尚人品。作家队伍是一个不小的群体，这个群体里什么样的人都有，有毛病的人也随手可指。但是，要让我说刘恒有什么缺点，我真的说不出。不光是我，在我所认识的人当中，有文学圈子中人，也有文学圈子以外的人，提起刘恒，无不承认刘恒是一个好人，是一个奉行完美主义的人。俗话说金无足赤，人无完人。在刘恒这里，这句俗话恐怕就要改一改，金可以无足赤，完人还是可以有的。我这样说，一贯低调的刘恒也许不爱听。反正我不是当着他的面说，他也没办法。刘恒有了儿子后，曾写过一篇怎样做父亲的文章，文章最后说："看到世上那些百无聊赖的人；那些以损人利已为乐的人；那些为蝇头小利而卖身求荣、而拍马屁、而落井下石、而口是心非、而断了脊梁骨的人……我无话可说——无子的时候我无话可说。现在我有了儿子，我觉得我可以痛痛快快说一句了：我不希望我儿子是这样的人！"这话看似对儿子的规诫，其实也是对自己的要求。

刘恒是一位内心充满善意、与人为善的人。如果遇到为人帮忙说好话的机会，他一定会尽力而为。有一个作家评职称，申报的是二级。刘恒是评委，他主张给那个作家评一级。刘恒的意见得到全体评委的认同，那个作家果然评上了一级。刘恒成人之美不求任何回报，也许那个作家到现在都不知道为他极力帮忙的人是谁。同时，刘恒也是一个十分讲究恕道的人。子贡问曰："有一言可以终身行之者乎？"子曰："其恕乎！己所不欲，勿施于人。"我和刘恒交往几十年，在一起难免会说到一些人，在我的记忆里，刘恒从不在人背后说人的不是。刘恒只说，他们都是一些失意的人。或者说，他们活得也不容易。对网络传的对某些人的负面评价，刘恒说：“我是宁可信其无，不信其有。各人好自为之吧！”

峣峣者易缺，皎皎者易污。据说追求完美的人比较脆弱，比较容易受到伤害。刘恒遭人嫉妒了，被躲在暗处的人泼了污水。好在刘恒的意志是坚强的，他没有被小人的伎俩所干扰，以清者自清的姿态，继续昂首阔步，奋然前行。刘恒的观点是，我们应尽量避免介入世俗的冲突，避免使自己成为小人。一旦介入冲突，我们就可能会矮下去，一点点变小。我们不要苍蝇和蚊子的翅膀，我们要雄鹰的翅膀。我们要飞得高一些，避开世俗的东西，到长空去搏击。

2010年3月5日至3月16日于北京和平里

文轩的力量

曹文轩获得国际安徒生奖的那一刻，现场一片欢呼之声。曹文轩微微笑着，并没有显得特别兴奋。他眼睛里闪耀着的也是喜悦的光芒，但人还是坐得稳稳地。我猜文轩在心里说的是，这没什么，不得奖没什么，得了奖也很正常。文轩早已修炼得宠辱不惊，在什么情况下都能做到从容，淡定。

是在北京作协的一次年终总结会上，我听到文轩反复说到淡定这个词，给我留下了深刻的印象。淡者，定也。只有把人世间的有些事情看得淡一些，才能始终保持安定平和的心境。

知道了文轩获奖的消息，我想我应该打个电话，或发个短信，向文轩祝贺一下。又一想，文轩一定处在各种媒体的包围之中，他已经被热闹闹得够呛，我就不打扰他了。以后还有见面的机会，等见面再当面向他祝贺吧。

20世纪70年代末期，我从矿区调到北京不久，就听陈建功跟我说起过曹文轩，知道曹文轩在北大中文系当老师，小说写得也不错。跟曹文轩第一次见面，大约是1987年秋天，在平谷的金海湖畔，我们一块儿参加《北京文学》的笔会。在那次笔会的座谈会上，文轩准备了稿子，作了重点发言。记得文轩主要谈的是文学中的审美，如何在并不太美的日常生活中捕捉美，表现美，创造美的心灵世界，给人以美的享受。有一位女作家对文轩发言的评价是，以前只听说过曹老师讲起话来激情四射，神采飞扬，很有感染力。如今得以领教，果然名不虚传。

之后北京作协换届，文轩和我都当上了作协的副主席，见面和交往的机会就多了起来。办全国煤矿作家培训班时，我曾请文轩讲课，文轩爽快地答应了。我主持讲课时，特意对学员们说：中国每一个从事写作的作者都渴望能到北大读书，但能到北大读书的人总是很少。今天我把著名的北大中文系教授曹文轩请来给大家讲课，大家也算到北大读了一次书吧。那次文轩着重讲的是读书和写作的关系。他说每个作者也都是读者，首先当好读者，然后才能当好作者。而要当好作者，并不在于读多少书，在于读好书，会读书。他认为好书有着高贵的血统，一个作者把具有高贵血统的书读多了，读透了，自己的心灵也会逐渐变得高贵起来，审美趣味就会提高。作品出于心，心灵高贵的人写出的作品就会有着高雅的格调，就不会流俗。

让人比较难忘的是，十多年前的2005年夏天，我和文轩，还有北京的十多位作家、评论家，一块儿去了一趟北欧五国，其中包括安徒生的祖国丹麦。我是先知道世界上有个作家叫安徒生，而后才知道安徒生是丹麦人。安徒生的名字和丹麦紧紧联系在一起，安徒生是丹麦一个巨大的存在，我们去丹麦，很大程度上是奔安徒生去的。在丹麦期间，我们的活动内容主要是围绕安徒生展开。我们参观安徒生故居，在安徒生戴着高筒礼帽的塑像前照相，在海边美人鱼的雕像前留影。记得文轩带了一台挺好的相机，他自己拍了不少照片，也为朋友们拍了不少照片。他在一座小木屋旁边为毕淑敏拍照时，我从小木屋的窗口往外一探头，他把我也拍了进去。文轩说那张照片挺好玩的。哪天我得跟文轩要那张照片。

后来我想到，我们那次同行的十几个作家中，只有文轩是从事儿童文学创作的。我们看了许多与安徒生有关的东西，看了也就看了，并没往心里去，心底没起什么波澜，没有把自己和安徒生联系起来，甚至连安徒生奖这个奖项都不知道。只有文轩是用心的，他的心是有准备的心。他定是提前做了功课，带着景仰、虔诚和学习的心情，在向安徒生致敬。文轩获得安徒生奖后，在一篇文章里提到了那次安徒生的故乡之行。他说当时网络上对安徒生的当代价值提出了疑问，以至不惜否定安徒生的现实意义。文轩的信念是坚定的，始终如一的。他认为安徒生的作品以及他的人文精神和文学精神，依然是人类所需要的，甚至是必需的。

多年来，在多种场合，文轩一直旗帜鲜明的反对低俗、庸俗和丑恶的东西，一直在强调文学作品的美学意义。他认为美的力量不亚于思想的力量，甚至大于思想的力量。这些几乎成了文轩的文学观，而且是成熟的、不变的文学观。当今的世界变化很快，完全可以用日新月异来形容。有的作家的文学观随之变来变去，以为能应变才显得有力量，才能跟上潮流。其实在巨变的激流中保持不变，则更需要坚如磐石般的力量，才经得起冲击，才显得更加强大。

2016年4月18日早上于福建泉州

在兰亭，给何向阳端酒

报社的朋友打电话向我约稿，我的第一反应是回绝。因为我手上正在写长篇。我习惯在写某一篇东西时不愿意中断，不愿意插进来写别的东西。可当朋友向我说明让我在妇女节前写写何向阳时，我却当即答应下来。正找不到机会向何向阳先生献殷勤呢，机会找上门来，岂能错过！

我认识何向阳是在20世纪的1999年秋天。其时，河南同时召开了两个文学方面的会。一个是中原长篇小说研讨会；一个是全省青年文学创作会。会议邀请在京的几位豫籍作家回故乡捧场，我有幸忝列其中。记得会上还安排周大新、阎连科和我，与青年作家们的座谈，田中禾兄出的题目是展望21世纪的文学。我忘了我在会上说了什么，好像“展望”得并不乐观。散会后，我在门口看见了何向阳。何向阳在等我，她说：“我们认识一下，我是何向阳。”“嗨，你就是何向阳呀！”我当时吃惊不小。何向阳的名字我早就在《奔流》等杂志上见过了，何向阳的文章我也读了不少，恕我孤陋寡闻，我一直以为何向阳是个男同志呢！这不能怪我，电影《平原游击队》里有一个著名的李向阳，那厮身挎双枪，纵横驰骋，好生了得！一定是他的名字在我脑子里先入为主了。这向阳不是那向阳，两个向阳反差太大了。我说："何向阳，你长得太美了！真的，我没有想到，你怎么这样美呢！"别人认为我为人比较拘谨，内向，或是说比较含蓄，这样一见面就夸一个女孩子长得美，好像不是我的一贯风格。可那天不知哪来的勇气，有点管不住自己似的，张口就把话说了出来。何向阳轻轻笑着，脸上红了一阵，没说什么。是呀，像我这么一个说话来不及斟酌的粗人，她能说什么呢！

以后和何向阳见面的机会就多起来了。每次一块儿参加活动，有机会我必主动要求与何向阳合影。2001年春天，在北京天安门宾馆参加全国青年文学创作会议，我与何向阳合了影。当年秋天去绍兴出席第二届鲁迅文学奖颁奖会，在颁奖台上，在鲁迅故居、沈园等地方，我都与何向阳合了影。请不要笑话我，爱美之心人皆有之，咱自己其貌不扬，跟何向阳沾一点"阳光"，不算过分吧！特别是在王羲之写《兰亭序》的地方兰亭，我与何向阳的那张合影更有特色，更让人难忘。兰亭是一个大的地方，里面有多处景点。其中一个景点曲径流觞，是王羲之与文友喝酒吟诗的所在。一脉流水，一条曲径，活水缓缓流动，曲径七拐八弯。取一些酒杯，里面斟了黄酒，置于水面，任酒杯慢慢向下游漂去。邀文友们坐于曲径两侧，待酒杯在哪位文友面前停下，文友须把酒端起，喝干，吟出一首诗。那些座位也很讲究，圆圆的蒲墩，簇拥在周围的是青碧的兰草，让人迟迟不敢坐。听了讲解员的讲解，我更不敢坐。我又不会作诗，万一酒杯在我面前停下来了怎么办。我看老诗人李瑛率先坐下，同是著名诗人的李瑛的女儿李小雨也坐下了，我才敢落座，有他们两位诗人在场，作诗就是他们的事了。巧了，一尊酒杯偏偏在我面前晃晃悠悠停了下来。不把酒端起来无论如何不合适，我打算要赖，把酒喝下再说，作诗就免了。又巧了，这时何向阳走过来坐在我旁边的一个蒲墩上。我便把酒端给何向阳。何向阳把酒接过去，喝了。何向阳等于救了我的场。酒是我转让给她的，她有理由不必考虑作诗的事。我有一个朋友，是电视台的记者。趁我给何向阳端酒之际，他把那一瞬间抓拍下来。因每个座位之间有一段距离，画面中心，我欲起欲坐，伸长手臂给何向阳递酒。何向阳呢，也得把双臂伸展，才能接到酒。耐人寻味的是，作为画面背景的是十几个人物。他们有男有女，有老有少，有小伙子，也有姑娘。他们或直眉瞪眼，或嘴巴微张，或呼之欲出。他们所瞅的目标只有一个，那就是身穿一袭白裙、端庄秀丽的何向阳。

真的，谁要不知道什么是端庄秀丽，见了何向阳就知道了。谁要不知道何为大家闺秀，见到何向阳就知道了。谁要不知道什么是高贵气质，见到何向阳就知道了。

您问何向阳的作品？她是全国屈指可数的青年文学评论家之

一，文章当然写得漂亮。她是写文学评论的，我对评论是门外汉，不敢对她的评论妄加评论。咱们这么说吧，她的文章要不写得出类拔萃，怎么能就得全国优秀评论鲁迅文学奖呢！她的获奖作品我拜读过，题目是：《12个：1998年的孩子》。她挑出当年的12篇小说，并挑出每篇小说里所刻画的一个孩子。一个一个加以分析。在这个浮躁的年代，在这个好多评论家不认真看书的年代，有谁像何向阳这样沉潜呢！这样用心呢！这样别出心裁呢！让本人深感荣幸的是，在何向阳所评论的12个孩子当中，就有我的一个孩子，那就是《梅妞放羊》中小姑娘梅妞。生梅妞的是我，打扮梅妞的却是何向阳。反正，梅妞原本并不惹人注意，经向阳一打扮，一点化，梅妞很快光彩照人，并登上了大雅之堂。

不光我崇拜何向阳，据说连外国人都对何向阳崇拜得几乎五体投地。第六届全国作家代表会召开之前，何向阳作为中国作家代表团成员之一，到印度访问。团长是王蒙。在作代会闭幕当天的那次宴会上，我听王蒙在饭桌上讲，何向阳把印度人大大震了一把。印度人崇拜观音，他们看见何向阳就像见到了观音。王蒙说，以后我国如果再与印度发生纠纷，就不用再派军队，只让何向阳一个人出面，就把印度人摆平了。

2005年3月1日于北京

“小文武”的道行

徐小斌出道挺早的，她在北京的文坛上大展身手时，我作为一个外省来京的生坯子，还只能在坛下远远地望着她。我也想为她喝一个彩，又怕她问我：你是谁？

不承想，后来一来二去，三来四去，我竟和徐大师认识了。且不说多次在国内一块儿登寨游沟，看山玩水，光外国我们就一同去了八九个国家。其中包括土耳其、埃及、丹麦、瑞典、挪威、冰岛，还有越南、俄罗斯等。交往多了，我对小斌的印象应逐渐清晰才是，真是奇了怪了，印象不但没有清晰，反倒愈发模糊。好比神龙见首不见尾，让我写小斌，无论写什么，都不能尽意，不过是云中所见一鳞半爪而已。

小斌本来是学财经金融的，但她肯定像贾宝玉和林黛玉一样，对仕途经济方面的学问不感兴趣，并心生叛逆，宁可当一个游仙，散仙，整天和艺术之类的东西厮混在一起。她艺术方面的异秉最早表现在绘画和制作工艺品上，后来在刻纸艺术创作上亦有独特建树。听说她曾在中央美院画廊举办过“徐小斌刻纸艺术展”，还得到了艾青先生的好评。好家伙，在中央美院举办画展，这可不是闹着玩儿的。如愚之辈，去美院看画都没资格，她却把个人画展办到了中国美术的最高学府，好生了得！

我听过小斌唱歌。有一年秋天，北京一帮作家被安排去郊区走访。在一个联欢晚会上，你方唱罢我登场之后，有人鼓动徐小斌来一个，徐小斌，来一个！小斌连连摆手，说她不会唱。但经不住大家一再鼓掌，一再推动，她还是走上台去唱了一支歌。小斌不唱则已，一唱就把那帮哥们儿姐们儿给震傻了。这个徐小斌，平日不显山不露水的，原来训练有素嘛，功底深厚嘛，专业水准嘛，山是高山，水是深水嘛！我很快就知道了，小斌曾在黑龙江生产建设兵团的宣传队当过女高音独唱歌手。哎呀，这就不难理解小斌为何唱得这样好了。我在公社和煤矿也参加过宣传队，知道挑一个女高音歌唱演员有多么难。唱女高音，后天的训练固然重要，更重要的是一个人的音乐天赋。如果天赋不行，恐怕努掉腰子都无济于事。无疑，小斌的音乐天赋是拔萃的，她没有接着唱真是浪费天才。好在她的音乐天赋在她的小说里得到了发挥和延伸，她的每一篇小说几乎都有着音乐的节奏、旋律、华彩、飞翔、超越和普世意义。到了最新出版的长篇小说《天鹅》，可以说把极难表达的音乐写到了一种极致。

小斌外语说得也挺溜，她常常一个人在国外独来独往，语言对她构不成障碍。2005年7月，北京一行十几个作家到北欧采风。在法兰克福机场转机时，因走错了路，我们被困住了。眼睁睁看着一个个大胖子在面前走过，我们无法向人家问路，不免有些焦急。走投无路之际，徐小斌站出来了。不知她滴滴溜溜跟德国人说了些什么，反正我们解困了，没耽误转机。同行的人纷纷赞许徐小斌，说小斌，你外语可以呀！小斌有些得意，说她也就是一个二把刀。

让人不可思议的是，小斌还会预测人的凶吉祸福，甚至敢于预测人的寿命。她悄悄对我说过我们所熟悉的一位作家的大限，着实把我吓了一跳。我感谢小斌对我的信任，同时又觉得小斌的预测是冒险的。我在心里记下那个数字，绝不会对别的任何人提及。一年又一年过去，眼看小斌的预测就要破灭。我一边为那位作家祝福，一边准备好了要笑话一下小斌，我会对她说：尊敬的小斌同志，怎么样，失算了吧！然而然而，你不想承认都不行，你不想倒吸一口凉气也不行，到头来，还是被小斌预测准了。再见到小斌，我对她说：小斌，你太可怕了！小斌的心情有些沉重似的，按下我的话，没让我往下说。

朋友们，你们看看，这个叫徐小斌的作家是不是有点儿神？她跟神灵是不是有点接近？

话题归结到小斌的小说上，小斌的小说如得天启，有如神助，每一篇小说都是很神的。我和小斌多次聆听林斤澜老师的教诲。林老说，写小说没什么，就是主观和客观轮着转。有人写主观多一些，有人写客观多一些。有时主观占上风，有时客观占上风。以林老的意思判断，小斌写主观多一些，我写客观多一些。客观是雷同的，因主观的不同而不同。因我的主观能力比较薄弱，多年来，我的小说一直被现实的泥淖所纠缠，不能自拔。而小斌的主观能力足够强大，近乎神性，所以她的小说如羽蛇行空，菩萨散花，总是很超拔，很空灵。

“小文武”是林斤澜老师为小斌起的名字。林老有一篇小说分别以章德宁和徐小斌为原型，一个叫小“小立早”，一个叫“小文武”。我觉得“小文武”这个名字挺好的。有文有武，就得有文武之道。但“小文武”的道不是所谓宽严相济、劳逸结合的一张一弛，而是一种神道。不能把神道说成神神道道，一重叠就离谱了。至于“小文武”的道行如何，一切尽在不言中。把白居易的两句诗送给小斌：“道行无喜退无忧，舒卷如云得自由。”

2014年5月6日于北京和平里

莹然冰玉见清词

——付秀莹小说印象

我国从乡村走出来的男作家很多，多得数不胜数，恐怕很难数清。相比之下，真正从村子里走上文坛的女作家要少一些，曲着指头从北国数到南国，从“北极村”数到“歇马山庄”，也就是可以数得过来的那些个。从华北平原深处的“芳村”走出来的付秀莹，衣服上沾着麦草和油菜花花粉的付秀莹，是其中之一。

之所以会出现这样的情况，与庄稼人长期以来重男轻女、不让女孩子上学有关。拿我们家来说，我大姐、二姐各只上过3年学，我妹妹连一天学都没上过。我敢说，我的姐姐和妹妹天资都很聪慧，倘若她们受过一定的教育，也拿起笔写作的话，说不定比我写得还要好一些。因后天条件的限制，也是迫于生计，她们的天资生生地被埋没了。人只有一生，我为她们的天资没能得到发挥感到惋惜。好在总算有一些同样是出生在农村的姐妹，她们的家庭条件好一些，父母也不反对她们读书，使她们有机会受到教育，并代表着千千万万农村的姐妹，一步一步走上了写作的道路。

我看过一些当过下乡知青的城里女作家写的农村生活的小说，由于对农村的风土人情缺乏足够深入的了解，她们有的小说显得不够自信，不够自由，不够自然，还常常露出捉襟见肘的痕迹。像付秀莹这样有过童年和少年农村生活经历的女作家就不一样了，她们写起农村生活来才入情入理，入丝入扣，纯朴自然，读来给人以贴心贴肺的亲切感。

读付秀莹的小说，我心中暗暗有些称奇，这个作家的小说写得怎么像我们老家的事呢，不仅地理环境、四季植物、风俗民情等，和我们老家相似，连使用的方言，几乎都是一样的。比如，我们老家把唢呐说成响器，在付秀莹的小说里，唢呐班子写的也是响器班子。再比如，我们老家把客说成且，来客了说成来且了。付秀莹小说中的乡亲们也是这么说的。方言是什么，方言是一块地方的语言胎记，方言一出，人们即可把说话者的来路判断个八九不离十。读了付秀莹的小说，我几乎可以判定，付秀莹的老家和我的老家相距不会太远，至少从地域文化上说，我们有着共同的文化源头。及至见到付秀莹，随着和付秀莹有了一些交往，证实我的判断大致是不错的。我的老家在大平原，她的老家也是大平原；遍地金黄的麦子是我们老家的风景线，也是她们老家的风景线；麦秸垛是我们老家故事的一个生长点，也是她小说故事的生长点之一。只不过，我的老家在豫东平原，她的老家在华北平原。她的老家在黄河以北，我的老家在黄河以南。有东必有西，有南来必有北往，一条波浪宽的大河隔不断两岸的文化，或许正是两岸平原文化的源泉和纽带。

付秀莹人很好，与我读过她的小说之后对她的想象是一致的。她敏感，羞怯，娴静，内向，优雅而不失家常，微笑中充满善意。她就像人们常说的邻家女孩儿，或者说像叔叔家的堂妹，堂弟的弟媳。付秀莹的小说写得也很好，一如她本人的本色。我无意全面评价付秀莹的小说，也无能对付秀莹的小说细致梳理，我只想说一点，读付秀莹的小说，你才会领略到什么叫文字好，什么是好文字，你才会为精灵一样的文字着迷，眼湿。

人们说一个作家的作品好，一个重要的评判标准是说他的语言好，我却说付秀莹的文字好。虽说文字是语言的基础，语言好的作家文字也不会差到哪里去，但我觉得这二者还是有微妙区别的。与语言相比，文字的单元更小，更细分，更有颗粒感，也更具独立性。好比一穗儿高粱和一些高粱种子的关系，如果说高粱穗儿是语言，那么高粱的种子就是文字。取来一穗儿高粱，谁都不能保证穗儿头里的高粱没有秕子，没有虫眼，谁都不会把每一粒高粱都当作种子。而美好的文字呢，恰似一粒粒种子一样，饱满，圆润，闪耀着珠玑一样的光彩，蕴藏蓬勃的生命力。每一粒种子都能生根，发芽，开花，结果。这么说吧，我们赞赏一位西方作家，可以说他的语言好，但不会说他的文字好。他们用拼音字母拼成了语言，但每一个字母都不能独立，都称不上是文字。只有中国的文字，每一个字都是有根的，有效的，都可以自成一体，作品中既有语言之美，也有文字之美。

付秀莹的文字是日常化的。我国的四大名著当中，《三国演义》的文字是历史化的，智慧化的。《水浒传》的文字是传奇化的，暴力化的。《西游记》的文字是戏剧化的，魔幻化的。而只有《红楼梦》中的文字才是日常化的。付秀莹所倾心的是《红楼梦》的文学传统。“世事洞明皆学问，人情练达即文章”。风霜雨雪，春播秋收；吃饭穿衣，油盐酱醋；男婚女嫁，生老病死；家长里短，鸡毛蒜皮。村头的一缕炊烟，池塘里的几片浮萍；石榴树上的一捧鸟窝，柴草垛边的几声虫鸣。这些日常的景观，构成了付秀莹文字的景观。它遵守的是日常生活的逻辑，一切发生在逻辑的框架内，受逻辑的约束，从不反逻辑。它是道法自然，重视人和自然的关系，重视环境对人的心灵的影响。这样的景观洋溢的是泥土气息、烟火气息、家庭气息和生活气息。

付秀莹的文字是心灵化的。付秀莹说过，她喜欢探究心灵的奥秘，愿意捕捉和描摹人物内心汹涌的风景和起伏的潮汐。要实现这样的愿望，须有一个前提，那就是必须使用心灵化的语言和文字。心灵化不是现实化，不是客观化。它从现实中来，却超越了现实的时间和空间，使日常生活发生在心灵的时间和空间内。现实世界是雷同的，表现在文学作品中，因心灵的不同而不同。对小说而言，没有实现心灵化的文字是僵硬的，表面化的，毫无艺术意义。只有心灵化的文字才是灵动的，飞扬的，充满欢腾的艺术生命。从付秀莹的小说中随意截取一段文字，我们都能看出，那些文字在付秀莹心灵的土壤里培育过，用心灵的雨露滋润过，用心灵的阳光照耀过，一一打上了付秀莹心灵的烙印，变成了“秀莹式”的文字。那么，心灵化的文字是怎么炼成的呢？付秀莹也有着明确的回答。她认为作家的写作是从内心出发，探究别人，也正是探究自己。付秀莹说的是心里话，也是交底的话，说得挺好的。

付秀莹的文字是诗意化的。我国是诗的国度，诗的成就是文学的最高成就。作家对诗意化写作的追求，也是最高的追求。沈从文说过，作家从小说中学写小说，所得是不会多的。他主张写小说的人要多读诗歌。我相信，付秀莹一定喜欢读诗，一定受到过古典诗词的深度熏陶，不然的话，她的小说不会如此诗意盎然。我原本不打算引用付秀莹小说中的文字了，但有些禁不住，还是引用一段吧。“夏天过去了，秋天来了。秋天的乡村，到处流荡着一股醉人的气息。庄稼成熟了，一片，又一片。红的是高粱，黄的是玉米、谷子，白的是棉花。这些缤纷的色彩，在大平原上尽情地铺展，一直铺到遥远的天边。还有在花生、红薯，它们藏在泥土深处，蓄了一季的心思，早已膨胀了身子，有些等不及了。”如果把这些句子断开，按诗的形式排列，谁能说它们不是诗呢！如此饱含诗情画意的文字，在付秀莹的小说里俯拾即是。这样诗意化的文字至少有三个特点：一是短句，节奏感强，字里行间带出的是作家的呼吸和气质；二是以审美的眼光看取万事万物，有诗的意境和诗的韵味；三是摒弃一切污泥浊水，保持对文字的敬畏、珍爱和清洁精神。

我对秀莹的建议是：除了日常化、心灵化、诗意化，还要注意对哲理化的追求。

2015年9月16日于北京和平里

第2辑·亲情

父亲的纪念章

我写过一篇《母亲的奖章》，记述的是母亲当县里劳动模范的事。在纪念中国人民抗日战争胜利70周年之际，我该写一写父亲的纪念章了。父亲是一位抗战老兵。在这个世界上，如果他的子女不提起他，恐怕没人会记得我们的父亲了。以前，我从没想过要写父亲。父亲1960年去世时，我还不满9周岁。父亲生前，我跟他没什么交流，父亲留给我的印象不是很深。因为我们父子年龄差距较大，在我很小的时候，就觉得父亲已经变成了一个老头儿。他不像是我的亲生父亲，像是一个与我相隔的隔辈人。不熟悉父亲，缺少感性材料，只是我没想写父亲的次要原因。更主要的原因是，长期以来，父亲给我的心灵留下的阴影太大，或者说我对父亲的历史误会太深。别的且不说，就说我初中毕业后两次报名参军吧，体检都合格，一到政审就把我刷了下来。究其原因，人家说我父亲在国民党的军队里当过军官，属于历史反革命分子。一个反革命分子的儿子，人家当然不许你加入革命队伍。我弟弟跟我的遭遇是一样的，他高中毕业后报名参军，也是政审时被拒之门外。在当时强调突出政治和阶级斗争天天讲的情况下，国民党军官和历史反革命分子的说法是骇人的，足以压得我们兄弟姐妹低眉自危，在人前抬不起头来。

对于父亲的经历和身份，我们不是很了解。让我们不敢争辩的是，我们在家里的确看到了父亲留下的一些痕迹。比如有一次，惯于攀爬的二姐，爬到我家东间屋的窗棂子上，在窗棂子上方一侧的墙洞子里掏出一个纸包来。打开纸包一看，里面包的是一张大副的黑白照片。照片上的人穿军装，光头，目光炯炯，一副很威武的样子。不用说，这个看上去有些陌生的男人就是我们的父亲。看到父亲的照片，像是看到了某种证据，我和大姐、二姐都有些害怕，不知怎样处置这样的照片才好。

母亲也看到了照片，母亲的样子有些生气。像是要销毁某种证据一样，母亲采取了果断措施，一把火把父亲的照片烧掉了。母亲的态度是决绝的，她不仅烧掉了这张照片，随后把父亲的所有照片，连同她随军时照的穿旗袍的照片，统统烧掉了。后来听母亲偶尔讲起，烧毁与父亲相关的东西，不是从她开始的，父亲还活着时自己就动手烧过。父亲刚从军队退休时，每年都可以领取退休金。领取退休金的凭证是一张张卡片，卡片上印的是宋美龄抱着小洋狗的精美图案。卡片是活页，连张，可折叠，可打开。折叠起来像一副扑克牌，一打开有一扇门板那么大。随着国民党政权撤离大陆，退居台湾，无处领取退休金的父亲就把那些卡片烧掉了。

那么，父亲的遗物一件都没有了吗？一个人戎马一生，可追寻的难道只是一座坟包吗？幸好，总算有两枚父亲佩戴过的纪念章，被保存了下来。也许因为纪念章是金属制品，不大容易烧毁。也许母亲不知道纪念章往哪里扔，担心被别人捡到又是事儿。也许因为纪念章比较小，隐藏起来比较方便。不管如何，反正两枚纪念章躲过了一劫或多劫，一直存在着。纪念章先是由当过生产队妇女队长和县里学习毛主席著作积极分子的二姐保存。二姐出嫁后，趁我从煤矿回家探亲，二姐就把两枚纪念章包在一方白底蓝花的小手绢里，交给了我。我把纪念章带到工作单位后，把纪念章夹在我参加工作后的第一本工作证里，仍用原来的手绢包好，放在箱底一角。之后我走到哪里，就把纪念章带到哪里。1978年开春，我从河南的一座煤矿调到了北京，就把纪念章带到了北京。

我没有忘记纪念章的存在，但我极少拿出来看。父亲的历史不仅影响了我参军，后来还影响了我入党，我对父亲的纪念章有一些忌讳。我隐约记得纪念章上有文字，却不敢辨认是什么样的文字。我的做法有一点像掩耳盗铃，好像只要我自己不去辨认，纪念章上的文字就不存在。纪念章的事情还考验着我守口如瓶的能力，妻子跟我结婚四十多年了，我从来未对妻子提及纪念章的事，更不要说把纪念章拿给妻子看。妻子的父亲当年参加的是共产党领导的八路军，跟我父亲不在一个阵营。若是让妻子知道了我父亲的历史，我怕妻子不大容易接受。

进入2015年以来，随着中国人民纪念抗日战争胜利70周年的声浪越来越高，随着报刊上发表的回忆抗战的文章越来越多，随着一些网战发起的寻找抗战老兵活动的开展，5月17日那天下午，望着办公室窗外的阵阵雷雨，我心里一阵激动，突然觉得到时候了，该把父亲的纪念章拿出来看看了。

我终于把父亲的纪念章看清楚了，一枚纪念章正中的图案是青天白日旗，纪念章上方的文字是“军政部直属第三军官大队”，下方的文字是“同学纪念章”。另一枚纪念章的图案是一朵金蕊白梅，上方的文字是“中央训练团”，下方的文字是“亲爱精诚”。纪念章像是被砖头或棒槌一类的硬物重重砸过，纪念章背面的铜丝别针，一个扁贴在纪念章上，一个已经没有了。可纪念章仍不失精致，仍熠熠生辉，像是无声地对我诉说着什么。

亏得有这两枚纪念章的存在，我才能够以纪念章上的文字为线索，追寻到了父亲戎马生涯的一些足迹。父亲刚当兵时还是一个未成年人，在冯玉祥的部队当号兵。冯玉祥的部队被整编后，父亲一直留在冯玉祥当年的得力干将之一孙连仲的部队。孙连仲是著名的抗日战争将领，率领部队在华北、中原一带的抗日战场上转战，参加了良乡窦店、娘子关、阳泉、信阳、南阳等抗日战役。尤其在台儿庄大战中。孙连仲2万余人的部队在伤亡14000多人的情况下仍顽强坚守阵地，为最后的大捷赢得了时机。孙连仲也因此名载中华民族抗日史册。

可以肯定地说，我父亲作为孙连仲部下的一名军官，听从的是孙连仲的指挥，孙连仲的部队打到哪里，我父亲也会打到哪里。曾听随军的母亲讲过抗战的惨烈。母亲说她亲眼看见，一场战役过后，人死得遍野都是，像割倒的谷捆子一样。热天腐败的尸体很快滋生了密密麻麻的绿头大苍蝇，有一次，母亲和随军转移的太太们乘敞篷卡车从战场经过时，绿头大苍蝇蜂拥着向她们扑去。为了驱赶疯狂的苍蝇，部队给每位太太发了一把青艾。她们的丈夫们在与日本鬼子作战，她们在和苍蝇作战。到达目的地时，她们把青艾上的叶子都打光了。经过那么多的枪林弹雨，父亲受伤是难免的。听二姐说，父亲的脚受过伤，大腿根也被炮弹皮划破过。父亲没有死在战场上，算是万幸。

抗战胜利后的1946年正月，母亲在部队驻地新乡生下了我大姐。有了大姐不久，母亲就带着大姐回到了我们老家。此时，担任了河北省政府主席的孙连仲，把他的部队从新乡调往北平。父亲本可以在北平继续带兵，但由于祖母对我母亲不好，母亲让人给父亲写信，强烈要求父亲退伍回家，如果父亲不回家，她就走人。为了保住妻子和孩子，父亲只好申请退伍。

父亲叫刘本祥，在部队时叫刘炳祥。在国民党的军官档案里，应该可以查到我父亲的名字。父亲生于1909年，如果活到现在应是106岁。要是父亲还活着就好了，我会让他好好跟我讲讲他的抗战经历，他的儿子手中有一支笔，说不定可以帮他写一本回忆录。然而，父亲已经去世55年，他已经走得很远很远了。

父亲，今年是中国人民抗日战争胜利70周年，您注意到了吗？您留下的两枚纪念章，我怎样还给您呢？

2015年6月12日于北京和平里

母亲的奖章

母亲去县里参加劳动模范表彰大会的时间，是1957年的春天。几十年过去了，母亲也已经下世十多年。时间如流水，这个时间我们兄弟姐妹之所以记得确凿无疑，因为它有一个标记，或者说有一个帮助我们找回记忆的参照点。母亲生前不止一次跟我们说过，她是抱着我弟弟去参加劳模大会的。弟弟那年还不满1周岁，正在吃奶，还不会走路。我们家离县城五六十里路，那时没有汽车可坐，母亲一路把弟弟抱到县城，开完劳模会后又把弟弟抱回。我说的参照点就是弟弟的生日，弟弟是1956年7月出生，母亲去参加劳模会可不就是1957年嘛。

从县里回来，母亲带回了一枚奖章，还有一张奖状，奖状和奖章是配套的。奖章上不刻名字，奖状上才会写名字，以证明母亲获得过这项荣誉。而我只对奖章有印象，对奖状没有什么印象。或许因为我只对金属性质的奖章感兴趣，对纸质的奖状不感兴趣，就把奖状忽略了。

那枚奖章相当精美，的确是一件不错的玩意儿。我们小时候主要是玩泥巴，没有什么像样的东西可玩。母亲的奖章，像是为我提供了一个终于可以拿得出手的玩具。母亲把奖章放在一只用牛皮做成的小皮箱里，小皮箱不上锁，我随时可以把奖章拿出来玩一玩。箱子里有母亲的银模梳、银手镯，还有选民证、工分什么的，我不玩别的东西，只愿意把奖章玩来玩去。奖章拿在手里沉甸甸的，恐怕把十片红薯片子加起来，都比不上奖章的分量重。奖章是五角星的形状，上面的图案有齿轮、麦穗儿什么的。麦穗儿很饱满，像是用手指头一捏，就能拣到一支麦穗儿。奖章的颜色跟成熟的麦穗儿的颜色差不多，只不过，麦穗儿不会发光，奖章会发光。把奖章拿到太阳下面一照，奖章金光闪闪，好像变成了一个小太阳。整个奖章分三部分组成，上面是一个长条的金属板，金属板背面是别针。中间是红色的、丝织的绦带，绦带从一个金属卡子里穿过， 把别针和下面的奖章联系进来。我没把奖章戴在身上试过。因没见母亲戴过，我不知把奖章戴在哪里。有一次，我竟把奖章挂在门口的石榴树上了，好像给石榴树戴了一个大大的耳坠儿一样，挺逗笑的。

我不仅自己喜欢玩奖章，别的小孩子到我们家玩耍，我还愿意把奖章拿出来向他们显摆，那意思是说：你们家有这个吗？没有吧！我只让他们看一看，不让他们摸。见哪个小孩子伸手想摸，我赶紧把奖章收了回来。

不知什么时候，奖章不见了。我一次又一次把小皮箱翻得底朝天，连奖章的一点影子都没找见。奖章没长翅膀，它却不声不响地“飞”走了。大姐二姐怀疑我把奖章拿到货郎担上换糖豆吃了。我平日里是比较嘴馋，看见地上有一颗羊屎蛋儿，都会误以为是一粒炒豆儿。可是，在奖章的事情上我敢打赌，我的确没拿母亲的奖章去换糖豆儿吃。如果真的换了糖豆儿，甜了嘴，我会留下深刻的印象。如果小时候怕挨吵，怕挨打，不敢说实话，现在都这么大岁数了，我不会再隐瞒下去。母亲的奖章的丢失，对我们兄弟姐妹来说是一个谜，这个谜也许永远都解不开了。

倘若母亲的奖章继续存在着，那该有多好，每看到奖章，我们就会想起母亲，缅怀母亲勤劳而光荣的一生。然而，奖章不在了，奖章却驻进了我的心里。我放弃了对物质性的奖章的追寻，开始追寻奖章的精神性意义。

应该说母亲能当上劳动模范是很不容易的。据说每个公社只有几个劳动模范的名额，不是每个大队都能推选出一个劳模。当劳模不是百里挑一，也不是千里挑一，而是万里挑一。那么，一个普普通通的农村妇女，怎么就当上了劳动模范了呢？怎么就成了那个“万一”呢？既然模范是以劳动命名，恐怕就得从劳动上找原因。听大姐二姐回忆说，母亲干起活儿来只有两个字，那就是要强。往地里挑粪，母亲的粪筐总是装得最满，走得最快。麦季在麦田里割麦，不用看，也不用问，那个冲在最前面的人一定是我们的母亲。有一种大轮子的水车，铁铸的大轮子两侧各有一个绞把，绞动大轮子，带动小齿轮，把水从井里抽出来。别的妇女绞水车时，都是一次上两个人。而母亲上阵时，坚持一个人绞一台水车。她低着头，塌着腰，头发飞，汗也飞，一个人就把水车绞得哗哗的，抽出的水头蹿得老高。

要知道，我们兄弟姐妹较多，母亲两三年就要生一个孩子。母亲下地劳动，都是在怀着孩子或奶着孩子的情况下进行的。怀孩子期间，从不影响母亲下地干活儿。直到不把孩子生下来不行了，她才匆匆从地里赶回家，把孩子生下来。母亲生孩子从不去医院，也不请接生婆接生，都是自己生，自己接。生完孩子，母亲稍事休息，又开始了新一轮劳动。

母亲的身材并不高，才一米五多一点。母亲的体重也不重，也就是百斤左右。可是，母亲哪里来的那么大的力量呢？以前我不能理解，后来才慢慢理解了。母亲的力量源于她的强大的意志力，也就是我们那里的人所说的心劲儿。我要是跟母亲说意志力，母亲肯定不懂，她不识字，不会给自己的力量命名，说不定还会说我跟她瞎跩文。我要是说心劲儿，估计母亲会认同。一个人的力量大不大，主要不在于体力，而是取决于心劲儿，也就是心上的力量。心上的力量大了，一个人才算真正有力量。体力再好，如果心劲儿不足，无论如何都称不上有力量。一个人心上的力量，说到底就是战胜自己的力量。只有能够战胜自己，才能战胜困难，战胜别人。倘若连自己都不能战胜，先败在自己手里，还指望能战胜谁呢！

与母亲相比，我的心劲儿差远了。说实话，小时候我是一个懒人。挑水做饭有大姐，烧锅刷碗有二姐，拾柴放羊有妹妹，我被说成是“空儿里人”，除了上学，几乎啥活都不用我干。时间长了，我几乎养成了好吃懒做的习惯。后来参加工作到煤矿，我才失去了对家庭的依赖。一个人孤身在外，由于环境的逼使，我不得不学着自己照顾自己。好在母亲勤劳的遗传基因很快在我身上发挥了作用，同时也是自尊、自立和成家的需要，我开始挖掘自身的劳动潜能，并在劳动中逐步认识劳动的意义。我知道了，劳动创造了人，人生来就是为劳动而来。或者说人只要活着，就得干活儿。只有不惜力气，不惜汗水，干活儿干得好，才会被人看得起，才能得到社会的尊重。在当工人期间，虽然我没当过劳动模范，但我觉得自己干活儿干得还可以，起码没有偷过懒，没有耍过滑，工友们评价我时，对我伸的是大拇指。

不过，我没想过要当劳动模范，从没有把劳动模范和自己联系起来。在很长一段时间，我几乎把母亲当过劳动模范的事忘记了。调到北京当上《中国煤炭报》的编辑、记者之后，我采访了全国煤矿不少劳动模范和劳动英雄，写了不少他们的事迹。我为他们的事迹所感动，所写的稿子块头也不小，但你是你，我是我，我把自己当成了一个局外人。我甚至认为，那个时期的劳模都是“老黄牛”型的，是“工具”性的，我可以尊重他们，并不一定愿意向他们学习。有一次，我和读者座谈，谈到我每年的大年初一早上还要起来写小说，有读者就问我：你是想当一个劳动模范吗？这本来是好话，可我没当好话听，好像还从中听出了一点揶揄的意味，我说过奖了，我可不想当什么劳动模范。

看来我的悟性还是不够强，觉悟还是不够高。直到现在，我才稍稍悟出来了，原来劳动不是别人强加给我们的，是生命的一种需要。我们劳动的过程，是修行的过程，也是不断自我完善的过程。如果人的一生还有点意义的话，其意义正是通过不断辛勤劳动赋予的。从这个意义上讲，能当一个劳动模范是多么的光荣！

人说闻道有先后，人的觉悟也有早晚。而我现在才对劳动模范重视起来，未免有点太晚了吧，恐怕再怎么努力，当劳动模范也没戏了吧！不晚不晚，没关系的。从现在起，我要好好向母亲学习，天天按劳动模范的标准要求自己，体力可以衰退，心劲儿永远上提。就算别人不评我当劳动模范，我自己评自己还不行吗！

2015年元旦期间于北京和平里

勤劳的母亲

小时候就听人说，勤劳是一种品德，而且是美好的品德。我听了并没有往心里去，没有把勤劳和美德联系起来。我把勤劳理解成勤快，不睡懒觉，多干活儿。至于美德是什么，我还不大理解。我隐约觉得，美德好像是很高的东西，高得让人看不见，摸不着，一般人的一般行为很难跟美德沾上边。后来在母亲身上，我才把勤劳和美德统一起来了。母亲的身教告诉我，勤劳不只是生存的需要，不只是一种习惯，的确关乎人的品质和人的道德。人的美德可以落实到人的手上、腿上、脑上和日常生活中，可以通过勤奋的劳动体现出来。

我想讲几件小事，来看看母亲有多么勤劳。

拾麦穗儿

那是1976年，我和妻子在河南新密煤矿上班，母亲从老家来矿区给我们看孩子。我们的女儿那年还不到1周岁，需要有一个人帮我们看管。母亲头年秋后到矿区，到第二年过春节都没能回家。母亲还有两个孩子在老家，我的妹妹和我的弟弟。妹妹尚未出嫁，弟弟还在学校读书。过春节时母亲对他们也很牵挂，但为了不耽误我和妻子上上班，为了照看她幼小的孙女儿，母亲还是留了下来。母亲舍不得让孩子哭，我们家又没有小推车，母亲就一天到晚把孩子抱在怀里。在天气好的时候，母亲还抱着孩子下楼，跟别的抱孩子的老太太一起，到几里外的矿区市场去转悠。往往是一天抱下来，母亲的小腿都累肿了，一摁一个坑。见母亲的腿肿成那样，我心里很不是滋味。但我当时只是劝母亲注意休息，别走那么远，为什么不给孩子买一辆小推车呢？事情常常就是这样，多年之后想起，我们才会感到心痛，感到愧悔。可愧悔已经晚了，想补救都没了机会。

除了帮我们看孩子，每天中午母亲还帮我们做饭。趁孩子睡着了，母亲抓紧时间和面，擀面条。这样，我们下班一回到家，就可以往锅里下面条。

矿区内包括着一些农村，农村的沟沟坡坡都种着麦子。母亲对麦子很关心，时常跟我们说一些麦子生长的消息。麦子甩齐穗儿了。麦子扬花儿了。麦子黄芒了。再过几天就该动镰割麦了。母亲的心思我知道，她想回老家参与收麦。每年收麦，生产队都把气氛造得很足，把事情搞得很隆重，像过节一样。因为麦子生长周期长，头年秋天种上，到第二年夏天才能收割，人们差不多要等一年。期盼得时间越长，割麦时人们越显得兴奋。按母亲的说法，都等了大长一年了，谁都不想错过麦季子。然而我对收麦的事情不是很热衷。我觉得自己既然当了工人，就是工人的身份，而不是农民的身份。工人阶级既然是领导阶级，就要与农民阶级拉开一点距离。所以在母亲没有明确说出回老家收麦的情况下，我也没有顺着母亲的心思，主动提出让母亲回老家收麦。我的理由在那里明摆着，我们的女儿的确离不开奶奶的照看。

收麦开始了，母亲抱着孙女儿站在我们家的阳台上，就能看见拉着麦秧子的架子车一辆一辆从楼下的路上走过。在一个星期天，母亲终于明确提出，她要下地拾麦。母亲说，去年在老家，她一个麦季子拾了三十多斤麦子呢！母亲的这个要求我们无法阻止，星期天妻子休息，可以在家看孩子。那时还凭粮票买粮食，我们全家的商品粮供应标准一个月还不到八十斤，说实话有点紧巴。母亲要是拾到麦子，多少对家里的口粮也是一点添补。在粮店里，我们所买到的都是不知道放了多少年的陈麦磨出的面。母亲若拾回麦子，肯定是新麦。新麦怎么吃都是香的。

到底让不让母亲去拾麦，我还是有些犹豫。大热天的让母亲去拾麦，我倒不是怕邻居说我不孝。孝顺孝顺，孝和顺是连在一起的。没让母亲回老家收麦，我已经违背了母亲的意志，若再不同意母亲去拾麦，我真的有些不孝了。之所以犹豫，我担心母亲人生地不熟的，没地方去拾麦。我的老家在豫东，那里是一马平川的大平原，麦地随处可见。矿区在豫西，这里是浅山地带，麦子种在山坡或山沟里，零零碎碎，连不成片。我把我的担心跟母亲说了。母亲让我放心，说看见哪里有收过麦的麦地，她就到哪里去拾。我让母亲一定戴上草帽，太阳毒，别晒着。母亲同意了。我劝母亲带上一壶水，渴了就喝一口。母亲说不会渴，喝不着水。我还跟母亲说了一句笑话："您别走那么远，别迷了路，回不来。"母亲笑了，说我把她当成小孩子了。

母亲中午不打算回家吃饭，她提上那只准备盛麦穗儿用的黄帆布提包，用手巾包了一个馒头，就出发了。虽然我没有随母亲去，有些情景是可以想象的。比如母亲一走进收割过的麦地，就会全神贯注，低头寻觅。每发现一颗麦穗儿，母亲都会很欣喜。母亲的眼睛已经花了，有些秕麦穗儿她会看不清，拾到麦穗儿她要捏一捏，麦穗儿发硬，她就放进提包里，若发软，她就不要了。提包容积有限，带芒的麦穗儿又比较占地方，当提包快盛满了，母亲会把麦穗儿搓一搓，把麦糠扬弃，只把麦子儿留下，再接着拾。母亲一开始干活就忘了饿，不到半下午，她不会想起吃馒头。还有一些情况是不敢想象的。我不知道当地农民许不许别人到他们的地里拾麦子？他们看见一个外地老太太拾他们没收干净的麦子，会不会呵斥我母亲？倘母亲因拾麦而受委屈，岂不是我这个当儿子的罪过！

傍晚，母亲才回来了。母亲的脸都热红了，鞋上和裤腿的下半段落着一层黄土。母亲说，这里的麦子长得不好，穗子都太小，她走了好远，才拾了这么一点。母亲估计，她一整天拾的麦子，去掉麦糠，不过五六斤的样子。我接过母亲手中的提包，说不少不少，很不少。让母亲洗洗脸，快歇歇吧。母亲好像没受到什么委屈。第二天，母亲还要去拾麦，她说走得更远一点试试。妻子只好把女儿托给同在矿区居住的我的岳母暂管。

母亲一共拾了三天麦穗儿。她把拾到的麦穗儿在狭小的阳台上用擀面杖又捶又打，用洗脸盆又簸又扬，收拾干净后，大约收获了二三十斤麦子。母亲似乎感到欣慰，当年的麦季她总算没有白过。

妻子和母亲一起，到附近农村借用人家的石头碓窑，把麦子外面的一层皮舂去了，只留下麦仁儿。烧稀饭时把麦仁儿下进锅里，嚼起来筋筋道道，满口清香，真的很好吃。妻子把新麦仁儿分给岳母一些，岳母也说新麦好吃。

没回生产队参加收麦，母亲付出了代价，当年队里没分给母亲小麦。母亲没挣到工分，用工分参与分配的那一部分小麦当然没有母亲的份儿，可按人头分配的那一半人头粮，队里也给母亲取消了。母亲因此很生气，去找队长论理。队长是我的堂叔，他说，他以为母亲不回来了呢！母亲说，她还是村里的人，怎么能不回来！

后来我回家探亲，堂叔去跟我说话，当着我的面，母亲又质问堂叔，为啥不分给她小麦。堂叔支支吾吾，说不出像样的理由，显得很尴尬。我赶紧把话题岔开了。没让母亲回队里收麦，责任在我。

捡布片儿

在20世纪80年代的中后期，我们家搬到北京朝阳区的静安里居住。这是我们举家迁至北京的第三个住所。第一个住所在灵通观一座六层楼的顶层，我们家和另一家合住。我们家住的是九平方米的小屋。第二个住所，我们家从六楼搬到该楼二楼，仍是与人家合住，只不过住房面积增加至十五平方米。搬到静安里一幢新建居民楼的二楼，我们才总算有了独门独户的二居室和一个小客厅，再也不用与别人家共用一个厨房和厕所了。

住房稍宽敞些，我几乎每年都接母亲到城里住一段时间。一般是秋凉时来京，在北京住一冬天，第二年麦收前回老家。母亲有头疼病，天越冷疼得越厉害。老家的冬天屋内结冰，太冷。而北京的居室里有暖气供应，母亲的头就不怎么疼了。母亲愿意挨着暖气散热器睡觉。她甚至跟老家的人说，是北京的暖气把她的头疼病暖好了。

母亲到哪里都不闲着，仿佛她生来就是干活的，不找点活儿干，她浑身都不自在。这时我们的儿子已开始上小学，我和妻子中午都不能回家，母亲的主要任务是中午为儿子和她自己做一顿饭。为了帮我们筹备晚上的饭菜，母亲每天还要到附近的农贸市场买菜。她在市场上转来转去，货比三家，哪家的菜最便宜，她就买哪家的。妻子的意见，母亲只把菜买回来就行了，等她下班回家，菜由她下锅炒。有些话妻子不好明说，母亲的眼睛花得厉害，又舍不得多用自来水，洗菜洗得比较简单，有时菜叶上还有黄泥，母亲就把菜放到锅里去了。因话没有说明，妻子不让母亲炒菜，母亲理解成儿媳妇怕她累着。而母亲认为，他的儿子和儿媳妇在班上累了一天，回家不应再干活，应该吃点现成饭才好。母亲炒菜的积极性越发的高。往往是我们刚进家门，母亲已把几个菜炒好，并盛在盘子里，用碗扣着，摆在了餐桌上。母亲炒的大都是青菜，如绿豆芽儿、芹菜之类。因样数儿比较多，显得很丰富。母亲总是很高兴的样子，让我们赶紧趁热吃。好在我妻子从来不扫母亲的兴，吃到母亲炒的每一样菜，她都说好吃，好吃。

倒是我表现得不够好。我肚子里嫌菜太素，没有肉或者肉太少，没什么吃头儿，吃得不是很香。还有，妻子爱吃绿豆芽儿，我不爱吃绿豆芽儿，母亲为了照顾妻子的口味，经常炒绿豆芽儿，把我的口味撇到一边去了。有一次，我见母亲让我吃这吃那，自己却舍不得吃，我说："是您炒的菜，您得带头儿多吃。"话一出口，我就有些后悔，可已经晚了。定是我的话里带出了不满的情绪，母亲的情绪一下子低落下来。我不应该有那样的情绪，这件事够我忏悔一辈子的。

买菜做饭的活儿不够母亲干，母亲的目光被我们楼门口前面一个垃圾场吸引住了。我们住的地方是新建成的住宅小区，配套设施暂时还跟不上，整个小区没有封闭式垃圾站，也没有垃圾桶，垃圾都倒在一个露天垃圾场上，摊成很大的一片。市环卫局的大卡车每两三天才把垃圾清理一次。垃圾多是生活垃圾，也有生产垃圾。不远处有一家规模很大的衬衫厂，厂里的垃圾也往垃圾场上倒，生产垃圾也不少。垃圾场引来不少捡垃圾的人，有男的，有女的；有本地人，也有外地人。他们手持小铁钩子，轮番在垃圾场扒拉扒去，捡来捡去。母亲对那些生产垃圾比较感兴趣。她先是站在场外看人家捡。后来一个老太太跟她搭话，她就下场帮老太太捡。她捡的纸纸片片、瓶瓶罐罐，都给了老太太。再后来，母亲或许是接受了老太太的建议，或许是自己动了心，她也开始捡一些自己认为有用的东西拿回家来。母亲从生产垃圾堆里只捡三样东西：纱线、扣子和布片儿。她把乱麻般的纱线理出头绪，再缠成团。她捡到的扣子都是那种缀在衬衣上的小白扣儿，有塑料制成的，也有贝壳做成的。扣子都很完好，一点破损都没有（计划经济时期，工人对原材料不是很爱惜）。母亲把捡到的扣子盛到一只塑料袋里，不几天就捡了小半袋，有上百枚。母亲跟我说，把这些线和扣子拿回老家去，不管送给谁，谁都会很高兴。

母亲捡得最多的是那些碎布片儿。布片儿是衬衫厂裁下来的下脚料，面积都不大，大的像杨树叶，小的像枫树叶。布片儿捡回家，母亲把每一块布片儿都剪成面积相等的三角形，而后戴上老花镜，用针线把布片儿细细地缝在一起。四块三角形的布片就可以对成一个正方形。再把许许多多正方形拼接在一起呢，就可以拼出一条大面积的床单或被单。在我们老家，这种把碎布拼接在一起的做法叫对花布。谁家的孩子娇，需要穿百家衣，孩子的母亲就走遍全村，从每家每户要来一片布，对成花布，做成百家衣。那时各家都缺布，有的人家连块给衣服的破洞打补丁的布都没有，要找够能做一件百家衣的布片儿难着呢。即使把布片儿讨够了，花色也很单一，多是黑的和白的。让母亲高兴的是，在城里被人说成垃圾的东西里，她轻易就能捡出好多花花绿绿的新布片儿。

母亲对花布对得很认真，也很用心，像是把对花布当成工艺美术作品来做。比如在花色的搭配上，一块红的，必配一块绿的；一块深色的，必配一块浅色的；一块方格的，必配一块团花的；一块素雅的，必配一块热闹的等等。一条被单才对了一半，母亲就把花布展示给我和妻子看。花布上百花齐放，真的很漂亮。谁能说这样的花布不是一幅图画呢！这就是我的心灵手巧的母亲，是她把垃圾变成了花儿，把废品变成了布。

然而当母亲对妻子说，被单一对好她就把被单给我妻子时，我妻子说，她不要，家里放的还有新被单。妻子让母亲把被单拿回老家自己用，或者送给别人。妻子私下里对我说，布片儿对成的被单不卫生。垃圾堆里什么垃圾都有，布片儿既然扔到垃圾堆里，上面不知沾染了多少细菌呢。妻子让我找个机会跟母亲说一声，以后别去垃圾堆里捡布片儿了。妻子的意思我明白，她不想让母亲捡布片儿，不只是从卫生角度考虑问题，还牵涉到我们夫妻的面子问题。这个问题我也考虑过。那些捡垃圾的多是衣食无着的人，而我的母亲吃不愁，穿不愁，没必要再去垃圾堆捡东西。我和妻子毕竟是国家的正式职工，工作还算可以，让别人每天在垃圾场上看见母亲的身影，对我们的面子不是很有利。于是我找了个机会，委婉地劝母亲别去捡布片儿了。我说出的理由是，布片儿不干净，接触多了对身体不好。人有一个好身体是最重要的。母亲像是很快明白了我的意思，答应不去捡布片儿了。

我以为母亲真的不去捡布片儿了，也放弃了用布片儿对被单。十几年之后，母亲在老家养病，我回去陪伴母亲。有一次母亲让我猜，她在北京那段时间一共对了多少条被单。我猜了一条？两条？母亲只是笑。我承认我猜不出，母亲才告诉我，她一共对了五条被单。被单的面积是很大的，把一条被单在双人床上铺开，要比双人床长出好多，宽出近一倍。用零碎的小三角形布片儿对出五条被单来，要费多少工夫，付出多么大的耐心和辛劳啊！不难明白，自从我说了不让母亲去捡布片儿，母亲再捡布片儿，对床单，就避免让我们看见。等我和妻子上班去了，儿子上学去了，母亲才投入对被单的工作。估计我们该下班了，母亲就把布片儿和被单收起来，放好，做得不露一点痕迹。临回老家时，母亲提前就把被单压在提包下面了。

母亲把她对的被单送给我大姐、二姐和妹妹各一条。母亲去世后，他们姐妹把被单视为对母亲的一种纪念物，对被单都很珍惜。可惜，我没有那样一条母亲亲手制作的纪念品（写到这里，我泪流不止，哽咽不止）。

搂树叶儿

只要在家，母亲每年秋天都要去村外的路边塘畔搂树叶儿。如同农人每年都要收获粮食，母亲还要不失时机地收获树叶儿。我们那里不是扫树叶儿，是搂树叶儿。搂树叶儿的基本工具有两件，一件是竹筢子；另一件是大号的荆条筐。用带排钩儿的竹筢子把树叶儿聚拢到一起，盛到荆条筐里就行了。

不是谁想搂树叶儿就能搂到的，这里有个时机问题。如果时机掌握得好，可以搂到大量的树叶儿。错过了时机呢，就搂不到树叶儿，或者只能搂到很少的树叶儿。树叶儿在树上长了一春，一夏，又一秋，仿佛对枝头很留恋似的，不肯轻易落下。你明明看见树叶发黄了，发红了，风一吹它们乱招手，露出再见的意思，却迟迟没有离去。直到某天夜里，寒霜降临，大风骤起，树叶儿才纷纷落下。树叶儿不落是不落，一落就像听到了统一的号令，采取了统一的行动，短时间铺满一地。这是第一个时机。第二个时机是，你必须在树叶儿集中落地的当天清晨早点起来，赶在别人前面去树下搂树叶儿，两个时机都抓住了，你才会满载而归。在我们村，母亲是一贯坚持每年搂树叶儿的人之一，也是极少数能把两个时机都牢牢抓住的搂树叶儿者之一。

母亲对气候很敏感，加上母亲睡觉轻，夜间稍有点风吹草动就醒了。一听见树叶儿哗哗落地，母亲就不睡了，马上起床去搂树叶儿。院子里落的树叶儿母亲不急着搂，自家的院落自家的树，树叶儿落下来自然归我们家所有。母亲先去搂的是公共地界上落的树叶儿。往往是村里好多人还在睡觉，母亲已大筐大筐地把树叶儿往家里运。母亲搂回的什么树叶儿都有，有大片的桐树叶儿；中片的杨树叶儿和柿树叶儿；还有小片的柳树叶儿和椿树叶儿。树叶儿有金黄的，也有玫瑰红的。母亲把树叶儿摊在院子里晾晒，乍一看还让人以为是满院子五彩杂陈的花瓣儿呢！

母亲搂树叶儿当然是为了烧锅用。在人民公社和生产队那会儿，社员都买不起煤。队里的麦草和玉米秸秆不是铡碎喂牲口了，就是沤粪用了，极少分给社员。可以说家家都缺烧的。烧的和吃的同样重要，按母亲的话说，有了这把柴火，锅就烧滚了，缺了这把柴火呢，饭就做不熟。为了弄到烧的，人们不仅把地表上的草毛缨子都收拾干净，还挖地三尺，把河坡里的茅草根都扒出来了。女儿1岁多时，我把女儿抱回老家，托给母亲照管。母亲一边看着我女儿，仍不耽误她一边搂树叶儿。母亲不光自己搂树叶儿，还用一根大针纫了一根线，教我女儿拾树叶儿。女儿拾到一片树叶儿，就穿在线上，一会儿就穿了一大串。以至我女儿回到矿区后，一见地上的落叶儿就惊喜得不得了，一再说："咋恁多树叶子呀！"挣着身子，非要去捡树叶儿给奶奶烧锅。

上了年纪，母亲的腿脚不那么灵便了，可她每年秋天搂树叶儿的习惯还保持着。按说这时候母亲不必搂树叶儿了。分田到户后，粮食打得多，庄稼秆儿也收得多，各家的柴草大垛小垛，再也不用为缺烧的发愁。有的人家甚至把多余的玉米秆在地里点燃了，弄得狼烟动地。我托人从矿上给母亲拉了煤，并让人把煤做成一个个蜂窝形状的型煤，母亲连柴火都不用烧了。可母亲为什么还要到村外去搂树叶儿呢？

树叶儿落时正是寒风起时，母亲等于顶着阵阵寒风去搂树叶儿。有时母亲刚把树叶儿搂到一起，一阵大风刮来，又把树叶儿刮散了，母亲还得重新搂。母亲低头把搂到一堆的树叶往筐里抱时，风却把母亲的头巾刮飞了，母亲花白的头发飞扬着，还得赶紧去追头巾。母亲搂着树下的树叶儿，树上的树叶还在不断落着。熟透了的树叶儿像是很厚重，落在地上啪啪作响。母亲搂完了一层树叶儿，并不马上离开，等着搂第二层第三层树叶儿。在沟塘边，一些树叶儿落在水里，一些树叶儿落在斜坡上。落进水里的树叶儿母亲就不要了，落在斜坡上的树叶儿，母亲还要小心地沿着斜坡下去，把树叶儿搂上来。刘姓是我们村的大姓，我在村里有众多的堂弟。不少堂弟都劝我母亲不要搂树叶儿了。他们叫我母亲叫大娘，说大娘要是没烧的，就到他们的柴草垛上抱去。这么大年纪了，还起早贪黑地搂树叶子，何必呢！有的堂弟还提到了我，说："大娘，俺大哥在北京工作，让我们在家里多照顾您。您这么大年纪了还自己搂树叶子烧，大哥要是知道了，叫我们的脸往哪儿搁呢！"

这话说得有些重了，母亲不作出解释不行了，母亲说，搂树叶儿累不着她，她权当出来走走，活动活动身体。

我回家看望母亲，一些堂弟和叔叔婶子出于好心好意，纷纷向我反映母亲还在搂树叶儿的事。他们的反映带有一点告状的性质，仿佛我母亲做下了什么错事。这就是说，不让母亲搂树叶儿，在我们村已形成了一种舆论，母亲搂树叶儿不仅要付出辛劳，还要顶着舆论的压力。母亲似乎有些顶不住了，有一天母亲对我说："他们都不想让我搂树叶儿了，这咋办呢？"

我知道，母亲在听我一句话，我要是也不让母亲搂树叶儿，母亲也许再也不去搂了。我选择了支持母亲，说："娘，只要您高兴，想搂树叶儿只管搂，别管别人说什么。"

朋友们，在这件事情上，我没有做错吧？

就算我没有做对，你们也要骗骗我，不要说我不对。在有关母亲的事情上，我已经脆弱得不能再脆弱了。

2005年1月17 日至19日北京

大姐的婚事

堂嫂给我大姐介绍了一个对象，是堂嫂娘家那村的。堂嫂家和我们家同住一个院子，我大姐当时又是生产队的妇女队长，堂嫂和大姐可以说天天见面。可是，堂嫂没有把介绍对象的事直接对大姐说，而是先悄悄地跟我母亲说了。母亲暂且把事情放在心里，也没有对大姐提及。母亲认为这是我们家的一件大事，需要和我商量一下。父亲去世后，我作为家里的长子，母亲把我推到了户主的位置，遇到什么大事都要征求一下我的意见。我当年正读初中二年级，在镇上中学住校，每个星期天才回家一次。等到星期天我回家，母亲才把堂嫂给大姐介绍对象的事对我说了。大姐比我大5岁，是到了该找对象的年龄。大姐找什么样的对象，的确是我们家的一件大事，必须慎重对待。

堂嫂给大姐介绍的对象，是一位在县城读书的在校高中生。高中生的父亲是我的老师，教我们班的地理课。我在我们学校的篮球场上见过那个高中生，他的身材、面貌都不错，据说学习也可以。让人不能接受的是，他的家庭成分是富农。在那个以阶级斗争为纲的年代，人与人之间是以家庭成分划线的，一个人的家庭成分对一个人的命运几乎起着决定性的作用。不仅如此，一个不好的家庭成分，还会对其所构成的社会关系起到负面的辐射作用。这就是说，如果我们家和那个高中生结成了亲戚，在我们家的亲戚关系中，就得写上其中一家是富农。这对我们兄弟姐妹今后的进步会很不利。我还有二姐、妹妹和弟弟，第一个找对象的大姐，应该给我们开一个好头儿。还有一个不容回避的问题是，我父亲曾在冯玉祥部当过一个下级军官，被人说成是“历史反革命”。因为这个问题，我们已经饱受了歧视，几乎成了惊弓之鸟。在这种情况下，如果再给大姐找一个富农家的孩子作对象，我们家招致的歧视会更多，社会地位还得下降。于是，我断然否定了这门亲事。母亲说是跟我商量，其实是以我的意见为主。母亲把我的意见转告给堂嫂，堂嫂就不再提这件事。我甚至对堂嫂也有意见，在心里埋怨堂嫂不该给大姐介绍这样的对象，不该把我们的大姐往富农家庭里推。

别人给大姐介绍对象，决定权应该属于大姐。同意不同意，应该由大姐说了算。就算不能完全由大姐决定，大姐至少应该有知情权。然而，我和母亲把大姐瞒得严严的，就把堂嫂给大姐介绍的对象给回绝了。

接着，又有人给大姐介绍了一个对象，还是堂嫂那村的。这个对象识字不多，但家里的成分是贫农。既然成分好，我就没有什么理由反对大姐和人家见面。这个对象后来成了我们的大姐夫。大姐夫勤劳，会做生意，对大姐也很好。据大姐说，刚和大姐夫结婚时，他们家只有两间草房，家里穷得连一块支鏊子的砖头都找不到，连一个可坐的板凳头儿都没有。为了攒钱把家里的房子翻盖一下，大姐夫贩过粮食，贩过牛，还贩过石灰和沙子。有一回，大姐夫从挺远的地方用架子车往回拉沙子，半路下起雨来。他舍不得花钱住店，夜里就睡在一家供销社窗外的窗台上。为防止睡着后从窗台上摔下来，他解下架子车上的襻绳，把自己拴在护窗的铁栅栏上。他带的有一块防雨的塑料布，但他没有把塑料布裹在自己身上，而是盖在了沙子上面。风吹雨斜，把他的衣服都溺湿了。大姐夫和大姐苦劳苦挣，省吃俭用，终于盖起了四间砖瓦房，还另外盖了两间西厢房和一间灶屋。大姐夫特意在院子里栽了一棵柿子树，每到秋天，红红的柿子挂满枝头，连柿叶都变成了红色。

大姐家的好日子刚刚开头，大姐夫却因身患重病于2005年5月1日去世了。大姐夫去世时，还不到60岁。大姐夫的去世，对大姐是一个沉重的打击。

当年农历十月初，我回老家为母亲烧纸，大姐和二姐也去了。在烧纸期间，大姐在母亲坟前长跪不起，大哭不止。大姐一边哭，一边对母亲说："娘啊，你咋不说话呢？你咋不管管俺家的事呢？夜这样长，我可怎么熬得过去啊！"我劝大姐别哭了。

劝着大姐，我的泪水也模糊了双眼。倒是二姐理解大姐，二姐说："别劝大姐，让大姐好好哭一会儿吧。大姐心里难过，哭哭会好受些。" 旷野里一阵秋风吹来，把坟前黑色的灰烬吹上了天空。我听从了二姐的话，没有再劝大姐。我强忍泪水，用带到坟地的镰刀，清理长在母亲坟上的楮树棵子和吊瓜秧子。

为了陪伴和安慰大姐，这次回老家，我到大姐家住了几天。在和大姐在回忆过去的事情时，我才对大姐说明，堂嫂曾给大姐介绍过一个对象。大姐一听，显得有些惊奇，说她一点儿都不知道。因为同村，那个人大姐是认识的，大姐叫出了那个人的名字，说人家现在是中学的校长。我还能说什么呢，因为我的年少无知，短视，自私和自以为是，当初我做出的可能是一个错误的决定。四十多年过去了，这件事情我之所以老也不能忘记，是觉得有些对不起大姐。大姐一点儿都没有埋怨我，说那时候都是那样，找对象不看人，都是先讲成分。

2011年4月29日于北京

留守的二姐

在我国各地农村，留守儿童以数千万计。留守儿童所面临的种种问题，已受到社会的广泛关注。每每看到有关留守儿童的报道，我都比较留意。因为我总会联想起二姐和二姐家的留守儿童。这多年来，二姐为抚育和照顾她的孙辈，付出的太多了，二姐太累了！

二姐喜欢土地，她认为人到什么时候都得种庄稼，都得靠土地养活，土地是最可靠的。村里的青壮男人和女人一批又一批外出打工，二姐却一年又一年留在家里种地，从来没有出去过。二姐重视土地是一方面，还有一个主要的原因，是二姐被她家的留守儿童拴住了，脱不开身。

二姐有三个孩子，两个儿子和一个女儿。大儿子和大儿媳去上海打工，把他们的两个孩子都留给了二姐。这两个孩子，一个男孩儿，一个女孩儿。男孩儿刚上小学，女孩儿才两三岁。冬冬夏夏，二姐管他们吃饭，穿衣，更在意他们的安全。村里有一个老爷爷，一眼没看好留守的孙子，孙子就掉到井里淹死了。爷爷心疼孙子，又觉得无法跟儿子、儿媳交代，抱着孙子的小尸体躺在床上，自己也喝农药死了。这件事让二姐非常警惕，心上安全的弦绷得很紧。一会儿看不见孙子、孙女儿，她就赶快去找。哪个孩子若有点头疼脑热，二姐一点儿都不敢大意，马上带孩子去医院看，并日夜守护在孩子身边。直到孩子又活泼起来，二姐才放心。

大儿子的两个孩子还没长大，二儿子的孩子又出生了。二姐的二儿子和二儿媳都在城里教书，二儿媳急着去南京读研，她生下的婴儿刚满月，就完全交给了二姐。因家穷供不起，二姐小时候只上过三年学就辍学了。二姐对孩子们读书总是很支持，并为有出息的孩子感到骄傲。二姐对二儿媳说：去吧，好好读书吧。孩子交给我，你只管放心。喂养婴儿可不是一件容易的事，二姐日夜把婴儿搂在怀里，饿了冲奶粉，尿了换尿不湿，所受的辛苦可想而知。二姐不愿让婴儿多哭，有时半夜还抱着婴儿在床前走来走去。有一年秋天我回老家看二姐，见二姐明显消瘦，而他怀里的孙子却又白又胖。孙子接近3岁，该去城里上幼儿园了，他的爸爸妈妈才把他接走。这时他不认爸爸妈妈，只认奶奶。听说爸爸妈妈要接他走，他躲在门后大哭，拉都拉不出去。二姐只好把他送到城里，又陪他在城里住了一段时间，等他跟爸爸妈妈熟悉了，才离开。

到这里，我想二姐该休息一下了。不，二姐还是休息不成。

2010年秋天，二姐的女儿生了孩子。二姐的女儿在杭州读研究生，因为要返校交毕业论文，还有答辩什么的，她的孩子还没有满月，就托给了二姐。新一轮喂养婴儿的工作又开始了，二姐再度陷入紧张状态。听二姐夫说，这个婴儿老是在夜间哭闹，闹得二姐整夜都不能睡。有时需要给婴儿冲点奶粉，婴儿哭闹得都放不下。亏得二姐夫也没有外出打工，可以给二姐帮把手。在婴儿不哭的时候，二姐摸着婴儿的小脸蛋逗婴儿说：你这个小闺女儿，不该我看你呀！你有奶奶，怎么该姥姥看你呢！见外孙女被逗得咧着小嘴笑，二姐心里充满喜悦。

其实，二姐的身体并不是很好。年轻时，二姐早早就入了党。二姐当过生产队的妇女队长，当过县里学习毛主席著作积极分子，是全公社有名的“铁姑娘”。在生产队里割麦，二姐总是冲在最前头。从河底往河岸上拉河泥，别的女劳力都是两个人拉一辆架子车，只有二姐是一个人拉一辆架子车。因下力太过，二姐身上落下的毛病不算少。在我看来，二姐就是要强，心劲足，勇于担责，富于自我牺牲精神。换句话说，二姐的精神力量大于她的身体力量，她身体能量的超常付出，靠的是精神力量的支撑。

我们姐弟五个，我和弟弟早就在城里安了家，大姐和妹妹也相继随家人到了城里。现在仍在农村种地的只有我二姐。近年来，我每年回老家到母亲坟前烧纸，都是先到二姐家，由二姐准备好纸、炮和祭品，我们一块儿回到老家的院子里，把落满灰尘的屋子稍事打扫，再一块儿到坟地烧纸。我和二姐聊起来，二姐说，她这一辈子哪儿都不去了，在农村挺好的。想当年，二姐满怀壮志，一心想离开农村，往社会上层走。如今迁徙之风风起云涌，人们纷纷往城里走，二姐反倒塌下心来，只与农村、土地和庄稼为伍。二姐习惯关注国内外的大事，她注意到，现在世界上很多国家缺粮食，粮食还是最宝贵的东西。二姐说，等今年的新小麦收下来，她不打算卖了，晒干后都储存起来，万一遇到灾荒年，让我们都到她家去吃。二姐的说法让人眼湿。

今年临近麦收，二姐病了一场，在县医院打了十多天吊针，病情才有所缓解。岁月不饶人。二姐毕竟是年逾花甲的人了，已经不起过度劳累。我劝二姐，人的身体力量和精神力量都是有限的，凡事须量力而行，以自己的身体为重。

2011年6月20日于北京和平里

妹 妹

我妹妹不识字，她一天学都没上过。

我们姐弟六个，活下来五个。大姐、二姐各上过三年学。我上过九年学。弟弟上了大学。只有我妹妹从未踩过学校的门口。

不管是男孩子，还是女孩子，我们姐弟都很喜欢读书。比如我二姐，她比我大两岁。因村里办学晚了，二姐与我在同一个班，同一个年级。二姐学习成绩很好，在班里数一数二。1960年夏天，我父亲病逝后，母亲就不让二姐再上学了。那天正吃午饭，二姐一听说不让她上学，连饭也不吃了，放下饭碗就要到学校里去。母亲抓住她，不让她去。她使劲往外挣。母亲就打她。二姐不服，哭的声音很大，还躺在地上打滚儿。母亲的火气上来了，抓过一只笤帚疙瘩，打二姐打得更厉害。与我家同住在一个院的堂婶儿看不过去，说哪有这样打孩子的，要母亲别打了。母亲这才说了她的难处，母亲说，几个孩子嘴都顾不住，能挣个活命就不错了，哪能都上学呢！母亲也哭了。见母亲一哭，二姐没有再坚持去上学，她又哭了一会儿，爬起来到地里去薅草。从那天起，二姐就失学了。

我很庆幸，母亲没有说不让我继续上学。

妹妹比我小三岁。在二姐失学的时候，妹妹也到了上学的年龄。母亲没有让我妹妹去上学，妹妹自己好像也没提出过上学的要求。我们全家似乎都把妹妹该上学的事忘记了。妹妹当时的任务是看管我们的小弟弟。小弟弟有残疾，是个罗锅腰。我嫌他太难看，放学后，或星期天，我从不愿意带他玩。他特别希望跟我这个当哥哥的出去玩，我不带他，他就大哭。他哭我也不管，只管甩下他，跑走了。他只会在地上爬，不会站起来走，反正他追不上我。一跑到院子门口，我就躲到墙角后面观察他，等他觉得没希望了，哭得不那么厉害了，我才悄悄溜走。平日里，都是我妹妹带他玩。妹妹让小弟弟搂紧她的脖子，她双手托着小弟弟的两条腿，把小弟弟背到这家，背到那家。她用泥巴给小弟弟捏小黄狗，用高粱篾子给小弟弟编花喜鹊，还把小弟弟的头发朝上扎起来，再绑上一朵石榴花。有时她还背着小弟弟到田野里去，走得很远，带小弟弟去看满坡地的麦子。妹妹从来不嫌弃小弟弟长得难看，谁要是指出小弟弟是个罗锅腰，妹妹就跟人家生气。

妹妹还会捉鱼。她用竹篮子在水塘里捉些小鱼儿，炒熟了给小弟弟吃。那时我们家吃不起油，妹妹炒鱼时只能放一点盐。我闻到炒熟的小鱼儿很香，也想吃。我骗小弟弟，说替他拿着小鱼儿，他吃一个，我就给他发一个。结果有一半小鱼儿跑到我肚子里去了，小弟弟再伸手跟我要，就没有了。小弟弟突然病死后，我想起了这件事，觉得非常痛心，非常对不起小弟弟。于是我狠哭狠哭，哭得浑身抽搐，四肢麻木，几乎昏死过去。母亲赶紧找来一个老先生，让人家给我扎了几针，放出几滴血，我才缓过来了。

我妹妹下面还有一个弟弟，是我们的二弟弟。二弟弟到了上学年龄，母亲按时让他上学去了。这时候，母亲仍没有让妹妹去上学。妹妹没有跟二弟弟攀比，似乎也没有什么怨言，每天照样下地薅草，拾柴，放羊。大姐二姐都在生产队里干活儿，挣工分。妹妹还小，队里不让她挣工分，她只能给家里干些放羊拾柴的小活儿。我们家做饭烧的柴草，多半是妹妹拾来的。妹妹一天接一天地把小羊放大了，母亲把羊牵到集上卖掉，换来的钱一半给我和二弟弟交了学费，另一半买了一只小猪娃。这些情况我当时并不完全知道。妹妹每天下地，我每天上学，我们很少在一起。中午我回家吃饭，往往看见妹妹背着一大筐青草从地里回来。我们家养猪很少喂粮食，都是给猪喂青草。妹妹每天至少要给猪薅两大筐青草，才能把猪喂饱。妹妹的脸晒得通红，头发辫子毛茸茸的，汗水浸湿了打着补丁的衣衫。我对妹妹不是很关心，看见她跟没看见她差不多，很少跟她说话。妹妹每天薅草，喂猪，我当时没觉得有什么不正常。至于家里让谁上学，不让谁上学，那是母亲的事，不是我的事。

妹妹是很聪明的，学东西很快，记性也好。我们村有一个老奶奶，会唱不少小曲儿。下雨天或下雪天，妹妹到老奶奶家去听小曲儿，听几遍就把小曲儿学会了。妹妹唱得声音颤颤地，虽说有点胆怯，却比老奶奶唱得还要好听许多。我们在学校里唱的歌，妹妹也会唱。我想定是我们在教室里学唱歌时，被妹妹听到了。我们的教室是土坯房，房四周裂着不少缝子，一唱歌传出很远。妹妹也许正在教室后面的坑边薅草，她一听唱歌就被吸引住了。妹妹不是学生，没有资格进教室，她就跟着墙缝子里冒出来的歌声学。不然的话，妹妹不会那么快就把我们刚学会的歌也学会了。我敢说，妹妹要是上学的话，肯定是一个好学生，学习成绩一定很好，在班里不能拿第一名，也能拿第二名。可惜得很，妹妹一直没得到上学的机会。

我考上镇里的中学后，就开始住校，每星期只回家一次。我星期六下午回家，星期天下午按时返校。我回家一般也不干活儿，主要目的是回家拿吃的。母亲为我准备下够一星期吃的红薯和红薯片子磨成的面，我带上就走了。秋季的一个星期天，我又该往学校背面了，可家里一点面也没有了。夏季分的粮食吃完了，秋季的庄稼还没完全成熟，怎么办呢？我还要到学校上晚自习，就怏怏不乐地走了。我头天晚上没吃饭，第二天早上也没吃东西，饿着肚子坚持上课。那天下着小雨，秋风吹得窗外的杨树叶子哗哗响，我身上一阵阵发冷。上完第二节课，课间休息时，同学们都出去了，我一个人在教室里呆着。有个同学在外面告诉我，有人找我。我出去一看，是妹妹来了。她靠在一棵树后，很胆怯的样子。妹妹的衣服被雨淋湿了，打绺的头发沾在她的额头上。她从怀里掏出一个黑毛巾包递给我。我认出这是母亲天天戴的头巾。里面包的是几块红薯，红薯还热乎着，冒着微微的白汽。妹妹说，这是母亲从自留地里扒的，红薯还没长开个儿，扒了好几棵才这么多。我饿急了，拿过红薯就吃，噎得我胸口直疼。事后知道，妹妹冒着雨在外面整整等了我一个课时。她以前从未来过我们学校，见很大的校园里绿树成荫，鸦雀无声，一排排教室里正在上课，就躲在一棵树后，不敢问，也不敢走动。她又怕我饿得受不住，急得都快哭了。直到下课，有同学问她，她才说是找我。

后来我到外地参加工作后，给大姐、二姐都写过信，就是没给妹妹写过信。妹妹不识字，给她写信她也不会看。这时我才想到，妹妹也该上学的，哪怕像两个姐姐那样，只上几年学也好呀。妹妹出嫁后，有一次回家问我母亲，她小时候为什么不让她上学。妹妹一定是遇到了不识字的难处，才向母亲问这个话。母亲把这话告诉我了，意思是埋怨妹妹不该翻旧账。我听后，一下子觉得十分伤感。我觉得这不是母亲的责任，是我这个长子长兄的责任。母亲一心供我上学，就没能力供妹妹上学了。实际上是我剥夺了妹妹上学的权利，或者说是妹妹为我做出了牺牲。牺牲的结果，我妹妹一辈子都是一个睁眼瞎啊！

在单位，一听说为“希望工程”捐款，我就争取多捐。因为我想起了我妹妹，想到还有不少女孩子像小时候的我妹妹一样，因家庭困难而上不起学。有一年春天，我到陕西一家贫困矿工家里采访。这家有一个正上小学六年级的女孩子，还是班长和少先队的大队长。我刚跟女孩子的母亲说了几句话，女孩子就扭过脸去哭起来。因为女孩子的父亲因意外事故死去了，家里为她交不起学费，女孩子正面临失学的危险。女孩子最害怕的就是不让她继续上学。这种情况让我马上想到了我二姐，还有我妹妹。我的眼泪啦啦地流，哽咽得说不成话，采访也进行不下去。我掏出一点钱，给女孩子的母亲，让她给女孩子交学费，千万别让女孩子失学。

我想过，给“希望工程”捐款也好，替别的女孩子交学费也好，都不能给我妹妹弥补什么。可是，我有什么办法呢？

一双翻毛皮鞋

母亲到矿区帮我们看孩子，老家只有我弟弟一个人在家。弟弟当时正在镇上的中学读高中，吃在学校，住在学校，每星期直到星期天才回家一次。以前弟弟回家时，都是母亲给他做饭吃。母亲不在家，弟弟只好自己生火烧锅，自己做饭。那是1975年，母亲秋天到矿区，直到第二年麦收之后才回。也就是说，连当年的春节，都是弟弟一个人度过的。过春节讲究红火热闹，阖家团圆。而那一年，我们家是冷清的，我弟弟的春节是过得孤苦的。这一点是我后来才想到的。当时，我并没有多想弟弟一个人的春节该怎么过，好像把远在家乡的弟弟忘记了。

弟弟也是母亲的儿子，母亲对儿子肯定是牵挂的。可是，母亲并没有把牵挂挂在嘴上，过春节期间，我没听见母亲念叨我弟弟，她对我弟弟的牵挂是默默地牵挂。直到临回老家的前一天，母亲才对我提出，要把我的一双翻毛皮鞋捎回家给我弟弟穿一穿。母亲出来七八个月，她要回家了，我这个当哥哥的，应该给弟弟买一点什么东西捎回去。我父亲下世早，弟弟几乎没得到过什么父爱，我应该给弟弟一些关爱。然而我连一分钱的东西都没想起给弟弟买。在这种情况下，我母亲提出把我的翻毛皮鞋捎给弟弟穿穿，我当然也没有任何理由不同意。那是矿上发的劳动保护用品，看去笨重得很，我只在天寒地冻的时候才穿，天一暖就不穿了。我从床下找出那双落满灰尘、皮子已经老化得发硬的皮鞋，交给了母亲。

我弟弟学习成绩很好，是他所在班的班长。我后来还听说，那个班至少有两个女同学爱着我弟弟。弟弟的同学大概都知道，他们班长的哥哥在外边当煤矿工人，是挣工资的人。因我没给弟弟买过什么东西，他的穿戴与别的同学没什么区别。一点儿都不显优越。母亲把翻毛皮鞋捎回去闵好了，弟弟穿上皮鞋在校园里一走，一定会给弟弟提不少精神。弟弟的同学也会注意到弟弟脚上的皮鞋，他们对弟弟的羡慕而想而知。

让我一辈子都不能原谅自己的是，这年秋天，一位老乡回家探亲前找到我，问我有没有托给他，我想了想，让他把我的翻毛皮鞋捎回来。话一出口，我就觉得不妥，母亲既然把皮鞋带给了弟弟，我怎么能再要回来呢！当然，我至少可以找出两种理由为自己开脱。比如：因我小时候在老家被冻烂过脚后跟，以后每年冬天脚后跟都会被冻烂。我当上工人后，拿我的劳保用品深筒胶靴与别的工种的工友换了同是劳保用品的翻毛皮鞋，并穿上妻子给我织的厚厚的毛线袜子，脚 后跟才没有再冻烂过。再比如：那时我们夫妻俩的工资加起来还不到七十元，都是这月望着下月的工资过生活，根本没有能力省出钱来去买一双新的翻毛皮鞋。尽管如此，我还是有些后悔，一双旧皮鞋都舍不得留给弟弟，是不是太过分了，这哪是一个当哥哥的应有的道理！我心里悄悄想，也许母亲会生气，拒绝把皮鞋捎回来。也许弟弟已经把皮鞋穿坏了，使皮鞋失去了往回捎的价值。老乡回老家后，我不但不希望老乡把皮鞋捎回来，倒希望他最好空手而归。

十几天后，老乡从老家回来了，他把那双刷得干干净净的翻毛皮鞋捎了回来。接过皮鞋，我心里一沉，没敢多问什么，就把皮鞋收了起来。从那以后，那双翻毛皮鞋我再也没穿过。

我兄弟姐妹六人，最小的弟弟7岁病死，还有五人。在我年少和年轻的时候，朦胧觉得孩子是父母的孩子，只有父母才对孩子负有责任，而兄弟姐妹之间是没有的，谁都不用管谁。随着年龄的增长，我才认识到了，一娘同胞的兄弟姐妹，因血脉相连，亲情相连，彼此之间也是负有责任的，应当互相关心、互相照顾才是。回过头来看，在翻毛皮鞋的事情上，我对弟弟是愧悔的。时间愈久，愧悔愈重。时过境迁，现在大家都不穿翻毛皮鞋了。就算我现在给弟弟买上一千双翻毛皮鞋，也弥补不了我的愧悔之情。我应该对弟弟说出我的愧悔。作为弟弟的长兄，因碍着面子，我迟迟没有说出。那么，我对母亲说出来，请求母亲的原谅总可以吧。可是，还没等我把愧悔的话说出来，母亲就下世了。

每念及此，我眼里就包满了眼泪。有时半夜醒来，我突然就想起那双翻毛皮鞋的事，就难受得好一会儿无法入睡。现在我把我的愧悔对天下人说出来了，心里才稍稍觉得好受一点。

2010年9月3日 于北京

不让母亲心疼

父亲去世那年我9岁，正读小学三年级。有一天，母亲对我说：以后在外边别跟人家闹气，人家要是欺负了你，你爹不在了，我一个妇女家，可没法儿替你出气。要是母亲随口那么一说，我或许听了就过去了，并不放在心上。那天母亲特意对我叮嘱这番话时，口气是悲伤的，眼里还闪着泪光。这样就让人觉得事情有些严肃，我一听就记住了。

从那时起，带刺的树枝我不摸，有毒的马蜂我不惹。热闹场合，人家上前，我靠后。见人打架，我更是躲得远远的。以前放学后，我喜欢和同学们到铺满麦苗的地里去摔跤，常摔得昏天黑地，扣子掉了，裤子也撕叉了。听了母亲的话，我不再去摔跤，放了学就往家里跑。有时同学拉我去摔跤，我很想去，但我没去，我忍住了。

我这样小心，还是被人打了。打我的人是我的同班同学，一个远门子叔叔。那年我已经上小学五年级，每天早上和中午要往返好几里路到镇上的小学去上学。那个同学在上学的路上打了我。我至今都想不起他打我的理由是什么，我没招他，没惹他，他凭什么要打我呢？后来我想到，他比我大两三岁，辈分又比我长，学习成绩却比我差得多。我是班里少先队的中队长，他在班里什么干部都不是。他心里不平衡，就把气撒到了我身上。我也不是那么好欺负的，我打不过他，就骂他。我越是骂他，他打我打得越厉害。他把我按倒在地，用鞋底抽我的背，以致把我的后背抽得火辣辣的疼。

我在第一时间想到母亲对我的叮嘱，这事若是让母亲知道了，不知母亲有多心疼呢！我打定主意，要把挨打的事隐瞒下来。到了学校，我做得像没受任何委屈一样，老师进课堂上课时，我照样喊着口令：让同学们起立和坐下，照常听课和写作业，没把无端挨打的事报告给老师。晚上回到家，我觉得后背比刚挨过打时还要疼。我看不见自己的后背，估计后背是紫红的，说不定有的地方还浸了血。我从小长到十几岁，母亲从来没舍得打过我一下。母亲要是看见我被别人打成这样，除了心疼，还有可能拉上我去找人家说理，那样的话，事情就闹大了。算了，所有的疼痛还是我一个人受吧。为了不让母亲看到我的后背，晚上睡觉时，直到吹灭了油灯，我才把汗褂子脱下来。第二天早上，天还不亮，我就把汗褂子穿上了。一天又一天，一年又一年，几十年过去了，直到母亲去世，我始终没把那次挨打的事对母亲说出来。

后来又发生了一件事，我却没能瞒过母亲。在放学回家的路上，一个外村的同学，拿起一块羊头大的砂礓，一下子砸在我头上。我意识到被砸，刚要追过去和他算账，那小子已经像兔子一样蹿远了。我觉得头顶有些热，取下帽子一摸，手上沾了血。坏了，我的头被砸破了，帽子没破，头破了。我赶紧蹲下身子，抓了一把干黄土，捂在伤口上。砸我的同学跟我不是一个班，我在五年级二班，他在五年级一班，他跟我的堂哥是一个班。他砸我的原因我知道，因为我堂哥揍过他，他打听到我是堂哥的堂弟，就把对堂哥的报复转嫁到我头上。背后砸黑砖，这小子太不像话！可是，我受伤流血的事万不敢让母亲知道。还是那句话，我宁可让自己头疼，也不能让母亲心疼。我把伤口捂了好一会儿，直到不再流血，我才戴上帽子回家。

有一天下雨，母亲对我说：来，我看看你头上生虱子没有？母亲让我坐在她跟前，她用双手在我浓密的头发里扒拉。说来还是怨我，好几年过去，我把头皮上受过伤的事儿忘记了。母亲刚把头发扒拉两下，还没找到虱子，却把我头顶的伤疤发现了，母亲甚是吃惊，问：这孩子，你头上啥时候落了个疤瘌？我心里也是一惊，才把受过伤的事想起来了。但我说：我也不知道。我想把受过伤的事遮掩过去。母亲认为不可能，人不说话疤说话，自己受了伤，怎么会不知道呢！母亲让我说实话，什么时候受的伤？见实在瞒不过，我只好把受伤的过程对母亲讲了。母亲心疼得嘴啧啧着，问我：你跟老师说了吗？我说没有。母亲又问：你跟砸你那个同学讲理了吗？我说没有，他一见我就躲。母亲说：躲也不行，一定得问问他，为啥平白无故的砸你！我说：只砸破了一点皮儿，很快就好了。母亲说：万一发了炎，头肿起来，可怎么得了！你当时为啥不跟我说一声呢？我跟母亲讲理：你不是说不让我跟人家闹气嘛！母亲说：说是那样说，你在外边受了气，回来还是应该跟娘说一声，你这个傻孩子啊！母亲把我头抱住了。

2010年9月7日于北京和平里

心　重

我的小弟弟身有残疾，他活着时，我不喜欢他，不愿带他玩。小弟弟病死时，我却哭得浑身抽搐，手脚冰凉，昏厥过去。母亲赶紧喊来一位略通医道的老爷爷，老爷爷给我扎了一针，我才苏醒过来。母亲因此得出了一个看法，说我是一个心重的孩子。母亲临终前，悄悄跟村里好几个婶子交代，说我的心太重，她死后，要婶子们多劝我，多关照我，以免我哭得太厉害，哭得昏死过去。

我对自己并不是很理解，难道我真是一个心重的人吗？回头想想，是有那么一点。比如有好几次，妻子下班或外出办事，该回家不能按时回家，我总是不由自主地为妻子的安全担心。我胡想八想，想得越多，心越往下沉，越焦躁不安。直到妻子终于回家了，我仍然心情沉闷，不能马上释怀。妻子说，她回来了，表明她没出什么事儿，我应该高兴才是。我也明白，自己应该高兴，应该以足够的热情欢迎妻子归来。可是，大概因为我的想象沿着不好的方向走得有些远了，一时还不能返回来，我就是管不住自己，不能很快调动起高兴的情绪。等妻子解释了晚回的原因，我们又说了一会儿话，我压抑的情绪才有所缓解，并渐渐恢复到正常状态。我想，这也许就是我心重的表现之一种吧。

许多人不愿意承认自己心重，认为心重是小心眼儿，是性格偏执，是对人世间的有些事情看不开、放不下造成的。有人甚至把心重说成是一种消极的心理现象，是不健康的心态。对于这样的认识和说法，我实在不敢认同。不是我为自己辩解，以我的人生经验和心理经验来看，我认为心重关乎敏感，关乎善良，关乎对人生的忧患意识，关乎对责任的担当，等等。从这些意义上说，心重不但不是什么负面的心理现象，而正是一种积极、健康、向上的心态。

我不揣冒昧，做出一个判断，凡是真正热爱写作的人，都是心重的人，任何有分量的作品都是心重的人写出来的，而非心轻的人所能为。一个人的文学作品，是这个人的生命之光，生命之舞，生命之果，是生命的一种精神形式。生命的质量、力量和分量，决定着文学作品的质量、力量和分量，有什么样的生命，只能写出什么样的作品。我个人理解，生命的质量主要是对一个人的人格而言，一个人有着善良的天性，高贵的心灵，高尚的道德，悲悯的情怀，他的生命才称得上有质量的生命。生命的力量主要是对一个人的智性和思想深度而言，这个人勤学，善于独立思考，对世界有着独到的深刻见解，又勇于准确地表达自己的见解，这样的生命无疑是有力量的生命。生命的分量主要来自一个人的阅历和经历，它不是先天就有的，而是后天经年累月积累起来的。他奋斗过，挣扎过，痛苦过，甚至被轻视过，被批斗过，被侮辱过，加码再加码，锤炼再锤炼，生命的分量才日趋完美。沈从文在评价司马迁生命的分量时，有过精当的论述。沈从文认为，司马迁的文学态度来源于司马迁一生从各方面所得到的教育总量，司马迁的生命是有分量的生命。这种分量和痛苦忧患有关，不是仅仅靠积学所能成就。

回头再说心重。心重和生命的分量有没有关系呢？我认为是有的。九九归心，其实所谓生命的分量也就是心的分量。一个人的心重，不等于这个人的心就一定有分量。但拥有一颗有分量的心，必定是一个心重的人。一个人的心轻飘飘的，什么都不过心，甚至没心没肺，无论如何都说不上是有分量的心。

目前所流行的一些文化和艺术，因受市场左右，在有意无意地回避沉重的现实，一味搞笑，娱乐，放松，解构，差不多都是轻而又轻的东西。这些东西大行其道，久而久之，只能使人心变得更加轻浮，更加委琐，更加庸俗。心轻了就能得到快乐吗？也不见得。米兰·昆德拉的观点是：生命不能承受之轻。他说过，也许最沉重的负担同时也是一种生活最为充实的象征，负担越沉，我们的生活就越贴近大地，越趋近真切和实在。相反，完全没有负担，人变得比大气还轻，会高高地飞起，离别大地，运动自由而毫无意义。

有一年我去埃及，在不止一处神庙中看到墙上内容大致相同的壁画。壁画上画着一种类似秤或天平样的东西，像是衡器。据介绍，那果然是一种衡器。衡器干什么用的呢？是用来称人的心。每个人死后，都要把心取出来，放在衡器上称一称。如果哪一个人的心超重，就把这个人打入另册，不许变成神，也不许再转世变成人。那么对超了分量的心怎么处理呢？衡器旁边还画着一条巨型犬，犬吐着红舌头，负责称心的人就手就把不合标准的心扔给犬吃掉了。我不懂埃及文化，不知道壁画背后的典故是什么，但听了对壁画的介绍，我难免联想到自己的心，不由地惊了一下。我承认过自己心重，按照埃及的说法，我死后，理应受到惩罚，既不能变成神，也不能再变成人。从今以后，我是不是也想办法使自己的心变得轻一些呢？想来想去，我想还是算了，我宁可只有一生，宁可死后不变神，也不变人，还是让我的心继续重下去吧。

2011年12月22日 于北京和平里

凭什么我可以吃一个鸡蛋

1967年初中毕业后，我回乡当了两年多农民。我承认，我不是一个好农民，因为我对种地总也提不起兴趣。我成天想的是，怎样脱离家乡那块黏土地，到别的地方去生活。我不敢奢望一定到城市里去，心想只要挪挪窝儿就可以。

若是我从来没有外出过，走出去的心情不会那么急切。在1966年秋冬红卫兵大串连期间，当年15岁的我，身穿黑粗布棉袄、棉裤，背着跟当过兵的堂哥借来的黄书包，先后到了北京、武汉、长沙、杭州、上海、南京等大城市，在湘潭过了元旦，在上海过了春节。外出之前，我是一个黄巴巴的瘦小子。串到城市里的红卫兵接待站，我每天吃的是大米饭、白面馒头，有时还有鱼和肉。串了一个多月回到家，我的脸都吃大了，几乎成了一个胖子。这样一来，我的欲望就膨胀起来了，心也跑野了。我的头脑里装进了外面的世界，知道天外有天，河外有河，外面是那样广阔，那般美好。回头再看我们村庄，灰灰的，矮趴趴的，又瘦又小，实在没什么吸引人的地方。不行，我要走，我要甩掉脚上的泥巴，到别的地方去。

这期间，我被抽调到公社毛泽东思想文艺宣传队干了一段时间。在宣传队也不错，我每天和一帮男女青年唱歌跳舞，移植革命样板戏，到各大队巡回演出，过的是欢乐的日子。宣传队没有食堂，我们到公社的小食堂，跟公社干部们一块儿吃饭。干部们吃豆腐，我们跟着吃豆腐；干部们吃肉包子，我们也吃肉包子。我记得，我们住在一家被打倒的地主家的楼房里，公社每月发给我们每人15块钱生活费，生产队还按出满勤给我们记工分。我们的待遇很让农村青年们羡慕。要是宣传队长期存在就好了，那样的话，我就不用再回到庄稼地里去。不料宣传队是临时性的，它头年秋后成立，到了第二年春天，小麦刚起身就解散了。没办法，再留恋宣传队的生活也无用，我只得拿起锄头，重新回到农民的行列。

还有一条可以走出农村的途径，那就是去当兵。那时全国人民学习解放军的口号喊得震天响，农村青年对应征入伍都很积极。我曾两次报名参军，体检都没问题。但一到政治审查这一关，就把我刷下来了。原因是我父亲曾在冯玉祥部当过一个下级军官，被人说成是历史反革命。想想看，一个历史反革命的儿子，人家怎么能容许你混入革命队伍呢！第一次报名参军不成，已经让我感到深受打击。第二次报名参军又遭拒绝，使我几乎陷入一种绝望的境地。我觉得自己完蛋了，这一辈子再也没什么前途了。我甚至想到，这样下去，活着还有什么意思呢！

我消沉下来，不愿说话，不愿理人，连饭都不想吃。我一天比一天瘦，忧郁得都挂了相。憋屈得实在受不了，我的办法是躲到村外一片茂密的苇子棵里去唱歌。我选择的是一些忧伤的、抒情的歌曲，大声把歌曲唱了一支又一支，直唱得泪水顺着两边的眼角流下来，并在苇子棵里睡了一觉，压抑的情绪才稍稍有所缓解。

母亲和儿子是连心的，我悲观的情绪自然是瞒不过母亲。我知道母亲心里也很难过，但母亲不能改变我的命运，也无从安慰我。“文革”一开始，母亲就把我父亲穿军装的照片和她自己随军时穿旗袍的照片统统烧掉了。照片虽然烧掉了，历史是烧不掉的。已经去世的父亲无论如何也想不到，他的那段历史会株连到他的儿子。母亲曾当着我的面埋怨过父亲，说都是因为父亲的过去把我的前程给耽误了。母亲埋怨父亲时，我没有说话，没有顺着母亲的话埋怨父亲，更没有对母亲流露出半点不满之意。母亲为了抚养她的子女，承受着一般农村妇女所不能承受的沉重压力，已经付出了万苦千辛，如果我再给母亲脸子看，就显得我太没人心。我不怨任何人，只怨自己命运不济。

有一天早上，母亲做出了一个决定，给我煮一个鸡蛋吃。我们家通常的早饭是，在锅边贴一些红薯面的锅饼子，在锅底烧些红薯茶。锅饼子是死面的，红薯茶是稀汤寡水。我们啃一口锅饼子，喝一口红薯茶，没有什么菜可就，连腌咸菜都没有。母亲砸一点蒜汁儿，把鸡蛋剥开，切成四瓣，泡在蒜汁儿里，给我当菜吃。鸡蛋当时在我们那里可是奢侈品，一个人一年到头都难得吃一个鸡蛋。过麦季时，往面条锅里打一些鸡蛋花儿，全家人吃一个鸡蛋就不错了。有的人家的娇孩子，过生日时才能吃到一个鸡蛋。那么，差不多家家都养鸡，鸡下的蛋到哪里去了呢？鸡蛋一个个攒下来，拿到集上换煤油和盐去了。比起吃鸡蛋，煤油和盐更重要。没有煤油，就不能点灯，夜里就得摸黑。没有盐吃，人干活儿就没有力气。我家那年养有一只公鸡，两只母鸡。由于舍不得给鸡喂粮食，母鸡下蛋下得不是很勤奋，一只母鸡隔一天才会下一个蛋。以前，我们家的鸡蛋也是舍不得吃，也是拿鸡蛋到集上换煤油和盐。母亲这次一改往日的做法，竟拿出一个鸡蛋给我吃。我在大串连时和宣传队里吃过好吃的，再吃又硬又黏的红薯面锅饼子，实在难以下咽。有一个鸡蛋泡在蒜汁儿里当菜就好多了，我很快就把一个锅饼子吃了下去。

问题是，我母亲没有吃鸡蛋，大姐、二姐没有吃鸡蛋，妹妹和弟弟也没有吃鸡蛋，只有我一个人每天早饭时吃一个鸡蛋。我吃得并不是心安理得，但让我至今回想起来仍感到羞愧甚至羞耻的是，我没有拒绝，的确一次又一次把鸡蛋吃掉了。我没有让给家里任何一个亲人吃，每天独自享用一个宝贵的鸡蛋。我那时还缺乏反思的能力，也没有自问：凭什么我就可以吃一个鸡蛋呢？要论辛苦，全家人数母亲最辛苦。为了多挣工分，母亲风里雨里，泥里水里，一年到头和生产队里的男劳力一起干活儿。冬天下雪，村里别的妇女都不出工了，母亲还要到场院里去给牲口铡草，一趟一趟往麦子地里抬雪。要数对家里的贡献，大姐、二姐都比我贡献大。大姐是妇女小组长，二姐是生产队的妇女队长，她们干起活儿来都很争强，只能冲在别人前头，绝不会落在别人后头。因此，她们挣的工分是妇女劳力里最高的。要按大让小的规矩，妹妹比我小两岁，弟弟比我小五岁，妹妹天天薅草，拾柴，弟弟正上小学，他们正是长身体的时候，更需要营养。可是，他们都没有吃鸡蛋，母亲只让我一个人吃。

我相信，他们都知道鸡蛋好吃，都想吃鸡蛋。我不知道，母亲在背后跟他们说过什么没有，做过什么工作没有，反正他们都没有提意见，没有和我攀比，都默默地接受了让我在家里搞特殊化的现实。大姐、二姐看见我吃鸡蛋，跟没看见一样，拿着锅饼子，端着红薯茶，就到别的地方吃去了。妹妹一听见刚下过蛋的母鸡在鸡窝里叫，就抢先去把温热的鸡蛋拾出来，递给母亲，让母亲煮给我吃。

我不是家长，家长还是母亲，我只是家里的长子。作为长子，应该为这个家多承担责任，多做出牺牲才是。我没有承担什么，更没有主动做出牺牲。我的表现不像长子，倒像是家里最小的孩子。

我们那里有句俗话，会哭闹的孩子有奶吃。我没有哭，没有闹，有的只是苦闷，沉默。也许在母亲看来，我不哭不闹，比又哭又闹还让她痛心。可能是母亲怕我憋出病来，怕我有个好歹，就决定让我每天吃一个鸡蛋。

姐妹兄弟们生来是平等的，在一个家庭里应该有着平等的待遇。如果父母对哪个孩子有所偏爱，或在物质利益上格外优待某个孩子，会被别的孩子说成偏心，甚至会导致产生家庭矛盾。母亲顾不得那么多了，毅然做出了让我吃一个鸡蛋的决定。

如今，鸡蛋早已不是什么奢侈品，家家都有不少鸡蛋，想吃几个都可以。可是，关于一个鸡蛋的往事却留在我的记忆里了。时间过去了四十多年，记忆不但没有模糊，反而变得愈发清晰。鸡蛋像是唤起记忆的一个线索，只要一看到鸡蛋，一吃鸡蛋，我心里一停，又一突，那个记忆就回到眼前。一个鸡蛋的记忆几乎成了我的一种心理负担，它教我反思，教我一再自问：凭什么我可以吃一个鸡蛋？自问的结果是，我那时太自私，太不懂事，我对母亲、大姐、二姐、妹妹和弟弟都心怀愧悔，永远的愧悔。

在母亲最后的日子里，我天天陪伴母亲。我的职业性质使我可以支配自己，有时间给母亲做饭，陪母亲说话。有一天，我终于对母亲把我的愧悔说了出来。我说：那时候我实在不应该一个人吃鸡蛋，过后啥时候想起来都让人心里难受。我想，母亲也许会对我解释一下让我吃鸡蛋的缘由，不料母亲却说：都是过去的事了，你这孩子，还提它干什么！

2012年12月20日于北京小黄庄

第3辑·乡情

野生鱼

我老家那地方河塘很多，到处都是明水。河是长的，河水从远方流过来，又向远方流过去。塘的形态不规则，或圆或方。塘里的水像镜面一样，只反光，不流动。有水就有鱼，这话是确切的，或者说曾经是确切的。至少在我还是一个少年的时候，我们那里水水里有鱼。那些鱼不是放养的，都是野生野长的野鱼。野生鱼也叫杂鱼，种类繁多，难以胜数。占比率较多的，我记得有鲫鱼、鲇鱼、黑鱼、鳜鱼、嘎牙、窜条，还有泥鳅、蚂虾、螃蟹、黄鳝等等。既然是野生鱼，它们就没有主家。野草谁都可以薅，野兔谁都可以逮，野生鱼呢，谁都可以钓，可以摸。

下过一两场春雨，地气上升，塘水泛白。我便找出钓竿，挖些红色的蚯蚓，到水边去钓鱼。我的钓竿是一根木棍，粗糙得很，说不上有什么弹性，但这丝毫不影响我对钓鱼的兴致，我在春水边一蹲就是半天。芦芽从水里钻出来了，刚钻出水面的芦芽是紫红色，倒影是黑灰色。岸边的杏花映进水里，水里一片白色的模糊。有鱼碰到芦芽了，或是在啄吃附着在芦芽上的小蛤蜊，使芦芽摇出一圈圈涟漪。涟漪在不断扩大，以致波击到了我的鱼漂。鱼漂是用蒜白做成的，灵敏度很高，稍有动静，鱼漂就颤动不已。这时我不会提竿，有前来捣乱的蜻蜓落在钓竿的竿头，我仍然不会提竿，我要等鱼漂真正动起来。经验告诉我，钓鱼主要的诀窍就是一个字，那就是等。除了等，还是等。你只要有耐心，善于等，水底的鱼总会游过来，总会经不住诱饵的诱惑，尝试着咬钩。不是吹牛，每次去钓鱼，没多有少，我从没有空过手。当把一个银块子一样的鱼儿提出水面的一刹那，鱼儿摆着尾巴，弯着身子，在使劲挣扎。鱼儿挣扎的力道通过鱼线传到钓竿上，通过钓竿传到我手上，再传到我心里，仿佛一头是鱼儿，一头是心脏，鱼儿在跳，心比鱼儿跳得还快，那种激动的心情实在难以言表。

钓鱼上瘾，夏天我也钓鱼。一个炎热的午后，知了在叫，村里的大人们在午睡，我独自一人，悄悄去村东的一个水塘钓鱼。那个水塘周围长满了芦苇，芦苇很高，也很茂密，把整个水塘都遮住了，从外面看，只见苇林，不见水塘。我分开芦苇，走到塘边，往水里一看，简直高兴坏了。一群鲫鱼板子，大约有几十条，集体浮在水的表面，几乎露出了青色的脊背，正旁若无人地游来游去。这种情况，被大人说成是鱼晒鳞。对不起了，可爱的鲫鱼们，趁你们出来晒鳞，我要钓你们。我把鱼漂摘下来，把包有鱼饵的鱼钩直接放到了鱼面前。鲫鱼倒是不客气，我清楚地看见，一条鲫鱼一张嘴就把鱼钩吃进嘴里。我眼疾手快，手腕一抖，往上一提，就把一条大鲫鱼板子钓了上来。当我把一条鲫鱼从鱼的队伍里钓出来时，别的鱼都有些出乎意料似的，一哄而散，很快潜入水底。鲫鱼的智力还是有问题，我刚把鱼钩从鲫鱼嘴上取下来，那些鲫鱼复又聚拢在一起，浮上来，继续款款游动。我如法炮制，很快又把一条鲫鱼钓了上来。那天中午，我钓到了十几条又白又肥的鲫鱼。

除了钓鱼，我还会摸鱼。摸鱼是盲目的，等于瞎摸。是呀，我把身子缩在水里，水淹到嘴巴下面，留着嘴巴换气，水里什么东西都看不见，全凭两只手在水里摸来摸去，不是瞎摸是什么！再说，水是鱼的自由世界，人家在水里射来射去，身手非常敏捷。而人的手指头远远赶不上鱼游的速度，要摸到鱼谈何容易！哎，您别说，只要我下水摸鱼，总会有倒霉的鱼栽到我手里。

我在村里小学上二年级的时候，一天下午，老师带我们到河堤上去摘蓖麻。蓖麻是我们春天种的，到了夏末和秋天，一串串蓖麻成熟了，就可以采摘。那天天气比较热，摘了一阵蓖麻后，老师允许我们男生下到河里洗个澡。男孩子洗澡从来不好好洗，一下水就乱扑腾一气。正扑腾着，一个男生一弯腰就抓到了一条鲫鱼。那条鲫鱼是金黄色，肚子一侧走着一条像是带荧光的银线，煞是漂亮。男生一甩手，把鲫鱼抛到了岸边。鲫鱼跳了几个高，就不跳了，躺在那里喘气。见一个男生抓到了鱼，我们都开始摸起鱼来。河里的野生鱼太多了，不是我们要摸鱼，像是鱼主动地在摸我们。有的调皮的小鱼甚至连连啄我们的腿，仿佛一边啄一边说：来吧，摸我吧，看你能不能摸到我！有的男生不大会摸鱼，他们的办法，是扑在水浅的岸边，用肚皮一下一下往岸上激水。水被激到岸上，水草里藏着的鱼也被激到了岸上。水像退潮一样退了下来，光着身子的鱼却留在了岸上，他们上去就把鱼摁住了。那次我们在水里扑腾了不到半小时，每人都摸到了好几条鱼。我摸到了鲫鱼、鳜鱼，还摸到了一条比较棘手的嘎牙。嘎牙背上和身体两侧生有利刺，在水中，它的利刺是抿着的。一旦捉到它，把它拿出水面，它的利刺会迅速打开，露出锋芒。稍有不慎，手就会被利刺扎伤。有人摸到嘎牙，为避免被利刺扎伤，就把嘎牙放掉了，我摸到嘎牙就不撒手，连同裹在嘎牙身上的水草，一块儿把嘎牙拿出水面，抛在岸上。嘎牙张开利刺，吱吱叫着，很不情愿的样子，但已经晚了。

现在我们那里没有野生鱼了，河里塘里都没有了。有一段时间，小造纸厂排出的污水把河水塘水都染成了酱黑色，野生鱼像受到化学武器袭击一样，统统都被毒死了，连子子孙孙都毒死了。我回老家看过，我小时候钓过鱼的水塘，黑乎乎的水里扔着垃圾，沤得冒着气泡。气泡炸开，散发的都是难闻的毒气。这样的水别说野生鱼无法生存，连水草和生命力极强的芦苇都不长了，岸边变得光秃秃的。

不光是野生鱼，连一些野生鸟和野生的昆虫，都变得难以寻觅。以前，我们那里的黄鹂子和赤眉鸟是很多的，如今再也见不到它们的踪影，再也听不到它们的歌声。蚂蚱也是，过去野地里的各色蚂蚱有几十种，构成了庞大的蚂蚱家族。农药的普遍使用，使蚂蚱遭到了灭顶之灾。

我想，也许有一天，连被我们称为害虫的老鼠、蚊子、蟑螂等也没有了，地球上只剩下我们人类。到那时候，恐怕离人类的灭亡就不远了。

2013年10月6日至7日（国庆节期间）

于北京和平里

告别泥涂

我老家的泥巴被称为黄胶泥，是很厉害的。雨水一浸霪，泥巴里所包含的胶粘性就散发出来，变成一种死缠烂打的纠缠性和构陷性力量。脚一踩下去，你刚觉得很松软，好嘛还没说出口，稀泥很快就自下而上漫上来，并包上来，先漫过鞋底，再漫过脚面，继而把整个脚都包住了。这时候，你的脚想自拔颇有些难度，可以说每走一步都需要和泥巴搏斗。或者说你每拔一次腿，都如同在费力地与泥巴拔一次河，拔呀，拔呀，直到把你折腾得筋疲力尽，被无尽的泥涂吸住腿为止。

以致当地有一个说法，谁做事不凭良心，就罚他到某某某地踛泥巴去。很不幸，某某某地指的就是我的老家。注意，我这里说的不是踏泥巴，也不是踩泥巴，而是按我们老家的说法，写成了踛泥巴。如果用踏，或用踩，都不尽意，也不够味儿，泥巴都处在被动的地位。只有写成踛字，让人联想到插或者馇，才有那么点儿意思。

对老家泥巴的厉害，我有着太多的体会。在老家上学时，每逢阴天下雨，我就不穿鞋了，把一双布鞋提溜在手里，光脚踏着泥巴去，再光脚踏着泥巴回。为什么不穿鞋呢？因为浅口的布鞋在泥巴窝里根本穿不住，你一踏泥巴，泥巴只放走你的脚，却把你的鞋留下了。再说了，母亲千针万线好不容易才能做出一双鞋，谁舍得把鞋在烂泥里糟蹋呢！光脚踏泥巴，也有不好的地方，那就是容易滑倒，一不小心，就会滑得劈一个叉，或趴在泥水里，把自己弄成一头泥巴猪。另外，脚上和小腿上巴的泥巴糊子，到达目的地后须及时清洗掉，万不可让太阳晒干，或自己暖干。因为我们那里的泥巴很肥，肥得含有一些毒素，如果等它干在皮肤上的话，毒素渗进皮肤里，皮肤就会起泡，流黄水儿，那就糟糕了。

有一年秋天，我请探亲假从北京回老家看望母亲，赶上了连阴天。秋雨一阵紧似一阵，连扯在院子里树上晾衣服的铁条似乎都被连绵的雨水湿透了，在一串一串往下滴水。泥土经过浸泡，大面积深度泛起，使院子和村街都变得像刚犁过的水稻田一样。我穿上母亲给我借来的深筒胶靴，到大门口往街上看了看，村街上一个人都没有，只有几只麻鸭在水洼子伸着扁嘴秃噜。它们大概把村街当成了河。我打伞走到村后，隔着护村坑向村外望了望，只见白水漫漫，早已是泥淤路断。就这样，眼看假期就要到了，我却被生生困在家里。无奈之际，我只能躺在床上睡觉。空气湿漉漉的，房顶的灰尘和泥土也在下落。我睡一觉醒来，觉得脸皮怎么变得有些厚呢，怎么有些糨得慌呢，伸手一摸，原来脸上粘了一层泥。

那么，把路修一修不好吗？我们修不了天，总可以修一下地吧！修路当然可以，可地里除了土，就是泥，把地里的泥土挖出来铺在路上，除了下雨后使路上的泥巴更深些，还能有什么好呢！您说可以用砖头铺路？这样说就是不了解情况了。拿我们村来说，若干年前，差不多每家的房子都是土坯垒墙，麦草苫顶，家里穷得连支鏊子的砖头都没有，哪有砖头往泥巴路上铺呢！虽说砖头是用黏土烧成的，但它毕竟经过了火烧火炼，其性质已经改变，变成短时间内沤不烂的东西。人们看到一块砖头头儿，都像拣元宝一样赶快捡起来，悄悄带回家。 让他把“元宝”拿出来，垫在路上，他哪里舍得呢！

这样说来，我们那里的人活该踏泥巴吗？祖祖辈辈活该在泥巴窝里讨生活吗？机会来了，机会终于来了！今年清明节前夕，我回老家为母亲上坟烧纸时，听说我们那里要修路，不但村外要修路，水泥路还要修到村子里头。这里顺便说一句。我的当过县劳动模范的母亲去世已经11年了，11年间我每年至少回老家两次，清明节前回去扫墓，农历十月初一之后回去为母亲“送寒衣”。每次回老家之前，我都要先给大姐或二姐打个电话，询问一下天气情况。老家若是阴天下雨，我就不敢回去，要等到天放晴，路面硬一些了，我才确定回去的日期。要是修了路就好了，我再回老家就可以做到风雨无阻。

2014年12月4日，也就是农历马年10月13，我再次回到老家时，见我们那里的路已经修好了。抚今追昔，我难免有些感慨，对村支书说，日后刘楼村要写村史的话，修路的事一定要写上一笔。据族谱记载，我们的村庄在明代中后期就有了，村庄大约已经有了四五百年的历史。几百年间，村庄被大水淹没过，被大火烧毁过，被土匪践踏过，虽历经磨难，总算还是存在着，没有消失。与此同时，风雨一来，泥泞遍地，一代又一代人，只能在泥泞中苦苦挣扎。可以肯定地说，哪一代人都有修路的愿望，做梦都希望能把泥涂变成坦途。然而，只有到了这个时代，只有到了今天，这个梦想才终于实现了。从这个意义上讲，我们老家修路是五百年一遇，也是五百年一修。

村支书特地领着我在修好的路上走了一圈儿。路修得相当不错，路基厚墩墩的，平展的水泥路面在冬日的阳光下闪着白光。水泥路不仅修到了我们家的家门口，村后的护村坑里侧，也修了一条可以行车的路。如果家人驾车回家的话，小车可以直接开到家门口，还可以开到村后，通过别的村街，再绕回来。

我的乡亲们再也不用担心在阴雨天踏泥巴了。不难想象，雨下得越大，我们的路就越洁净，越宽广，越漂亮！

2014年12月7日于北京和平里

我家的风箱

不时想起风箱，我意识到自己开始怀旧。这个旧指的不是仅是过去时，不光是岁月上的概念，还包括以前曾经使用过的物件。随着时间的流逝，时代的变迁，一些东西确实变成了旧东西，再也用不着了。我所能记起的，有太平车、独轮车、纺车、织布机、木锨、石磨、石磙、碓窑子、十六两一斤的星子秤等，很多很多。也就是几十年的工夫，这些过去常用的东西都被抛弃了，由实用变成了记忆，变成了在回忆中才能找到的东西。

风箱也是如此。

我在老家时，我们那里家家都有风箱。好比筷子和碗配套，风箱是与锅灶配套，只要家里做饭吃，只要有锅灶，就必定要配置一只风箱。风箱长方形，是木箱的样子，但里面不装布帛，也不装金银财宝，只装风。往锅底放了树叶，擦火柴给树叶点了火，树叶有些潮，只冒烟，不起火。靠鼓起嘴巴吹火是不行的，嘴巴都鼓疼了，眼睛也被浓烟熏得流泪，火还是起不来。这时只需拉动风箱往锅底一吹，浓烟从灶口涌出，火苗子呼地一下就腾起来。做饭时从村里一过，会听到家家户户都传出拉风箱的声响。每只风箱前后各有一个灵活的风舌头，随着拉秆前后拉动，风舌头吸在风门上，会发出嗒嗒的声音。拉秆往前拉，前面的风舌头响，拉秆往后送，后面的风舌头响。拉秆拉得有多快，响声响得就有多快。那种声响类似戏台上敲边鼓的声音，又像是磕檀板的声音，是很清脆的，很好听的。因风箱有大小之分，拉风箱的速度快慢也不同，风箱的合奏是错落的，像是交响的音乐。

让人难忘的是我们自家的风箱。不是吹牛，我们家的风箱和全村所有人家的风箱相比，质量是独一无二的，吹出的风量是首屈一指的。在祖母作为我们家的家庭主妇时，我不知道我们家的风箱是什么样子，恐怕趁不趁一只风箱都很难说。反正从我记事起，从母亲开始主持家里的炊事生活，我们家就拥有了一只人见人夸的风箱。母亲的娘家在开封附近的尉氏县，离我们那里有好几百里。母亲嫁给父亲后，生了大姐二姐，又生了我和妹妹，八九十来年过去了，才回了一趟娘家。那时乡下不通汽车，交通不便，母亲走娘家，只能是走着去，走着回。母亲从娘家回来时，只带回了一样大件的东西，那就是风箱。步行几百里，母亲是把分量不轻的风箱背回来的。风箱是白茬，不上漆，也不要任何装饰。风箱的风格有些像风，朴素得很。母亲背回的风箱一经使用，就引得村里不少人到我们家参观。后来我才知道了，母亲从远方的娘家带回的是制造风箱的先进技术，还有不同的风箱文化。从造型上看，本乡的风箱比较小，母亲带回的风箱比较高，风膛比较大；从细节上看，本乡的风箱是双秆，母亲带回的风箱是独秆。关键是风量和使用效果上的差别。本乡的风箱拉秆很快就磨细了，拉起来框里框当，快得像捣蒜一样，也吹不出多少风来。而我们家的风箱只需轻轻一拉，火就疯长起来，火头就顶到了锅底上。

我们兄弟姐妹小时候，最爱帮大人干的活儿就是拉风箱。拉风箱好玩儿，能发出呱嗒呱嗒的响声。撒进锅底的煤是黑的，拉动风箱一吹，煤就变成了红的，像风吹花开一样，很快就能见到效果。母亲不但不反对我们拉风箱，还招呼我们和她一块儿拉。我们手劲还小，一个人拉不动风箱。常常是手把上一只小手儿，再加上一只大手，母亲帮我们拉。

那时我们没什么玩具，在不烧火不做饭的情况下，我们也愿意把风箱鼓捣一下。风箱的风舌头是用一块薄薄的小木板做成的，像小孩子的巴掌那样大。风舌头挂在风门口的内侧，把风门口堵得严严实实，像是吸附在风门口一样。我们随手在风门口拣起一根柴棒，一下一下捣那个风舌头。把风舌头捣得朝里张开，再收手让风舌头自动落下来。风舌头每次落下来，都会磕在风箱的内壁上，发了嗒的一声脆响。我们捣得越快，风舌头响得就越快，风舌头像是变成了会说快板书的人舌头。我们还愿意绾起袖子，把小手伸进风门里掏一掏。我们似乎想掏出一把风来，看看风到底是什么样子。可我们空手进去，空手出来，什么东西都没能掏到。

与风箱有关的故事还是有的。老鼠生来爱钻洞，以为风箱的风门口也是一个洞，一调皮就钻了进去。老鼠钻进去容易，想出来就难了。有一个歇后语由此而来，老鼠掉进风箱里——两头受气。有一户人家，夜深人静之时，灶屋里传出拉风箱的声音，呱嗒呱嗒，呱嗒呱嗒，听来有些瘆人。三更半夜的，家里人都在睡觉，是谁在灶屋里弄出来的动静呢？那家的儿媳前不久寻了短见，是不是她还留恋这个家，夜里偷偷回来做饭呢？有人出主意，让那家的人睡觉前在风箱前后撒些草木灰，看看留下的脚印是不是他家儿媳的。如果是他家儿媳的脚印，下一步就得想办法驱鬼。那家人照主意办理，第二天一早，果然在草木灰上看到了脚印。只不过脚印有些小，像是黄鼠狼留下的。黄鼠狼爱仿人戏，风箱在夜间发出的呱嗒声，极有可能是黄鼠狼用爪子捣鼓出来的。

既然我们家的风箱好使，生产队里下粉条需要烧大锅时，就借用我们家的风箱。我初中毕业后第一次走姥娘家，是借了邻村表哥一辆破旧的自行车，骑着自行车去的。我的小学老师找到我，特意嘱咐我，让我给他捎回一只和我们家的风箱一样的风箱。我是用自行车把挺大个儿的风箱驮回去的。不止一个木匠到我家看过，他们都认为我们家的风箱很好，但他们不会做，也不敢做。我们家的风箱，是我母亲的一份骄傲。母亲为我们家置办的东西不少，恐怕最值得母亲骄傲的，还是她从娘家带回的风箱。

现在，我们老家那里不再使用风箱了。人们垒了一种新式的锅灶，为锅灶砌了大烟筒，利用烟筒为锅底抽风。还有的人家买了大肚子液化气罐，用液化气烧火做饭。扭动金属灶具上的开关，啪地一下子，蓝色的火苗儿呼呼地就燃起来。祖祖辈辈用了多少代的风箱，不可避免地闲置下来，成了多余的东西。什么东西都怕多余，一多余就失去了价值。据我所知，不少人家的风箱，最后都被拆巴拆巴，变成了一把柴，化成了锅底的灰烬。在风箱的作用下，不知有多少柴火变成了灰烬，风箱万万不会想到，它和柴火竟然是一样的命运。

我家的风箱是幸运的。母亲在世时，我们家的风箱存在着。母亲去世后，我们家的风箱仍然在灶屋里存在着。我们通过保存风箱，保留对母亲的念想。物件会变旧，人的感情永远都是新的。

2014年1月24日至27日于北京和平里

老家的馍

我们老家把馒头叫馍。馍分杂面馍和好面馍，也叫黑馍和白馍。黑馍主要是用红薯片子面做成的，又黑又粘牙，一点儿都不好吃。红薯片子遇雨霉变后舍不得扔，仍要磨成面，做成馍。吃那样的黑馍跟吃苦药差不多，一嚼就想呕。大人教给我们的办法是，吃苦红薯片子做成的馍不要细嚼，更不要品味，用舌头扁一扁，赶快咽进肚子里。嘴有味觉，肚子没有味觉，哄不住嘴，至少可以哄一哄肚子。

我在农村老家时，一年到头几乎都是吃黑馍，只有过麦季子和过年时才能吃到白馍。麦子割完了，打完了，各家各户都分到一些新麦。社员们为了犒劳一下自己，也是为了过端午节，每家都会蒸一锅子白馍吃。过大年蒸的白馍要多一些，各家都要蒸三锅，或者蒸五锅。过年蒸白馍，打的是敬神仙敬祖宗的旗号，其实最终都被人吃掉了。小孩子盼过年，除了过年可以穿新衣服，放花炮，还有一个主要的原因，是过年时可以连续几天吃到白馍。白馍完全是由麦子磨成的面粉做成的，又大又圆，通体闪着白色的亮光，好看又好吃。我们吃白馍时总是很紧嘴，一出锅就想吃。还有，我们吃热气腾腾的白馍时不就什么菜，就那么掰开就吃。当把白馍掰开，那种清纯的、扑鼻的麦香真是醉人哪，好吃得真是让人想掉泪啊！

北京人不把白馍叫馍，叫馒头。北京人天天可以吃到馒头，不过年时也吃。从这个意义上说，北京人每天都像是在过年。1966年冬天，我作为红卫兵到北京进行革命大串连时，就天天吃白面馒头。我住在北京外语学院的红卫兵接待站，除了吃白面馒头，还可以吃到肉片粉丝熬白菜，过得像是一步登天的日子。生活的改善虽说是临时性的，我并没有忘记在家里吃黑馍的母亲、姐姐、妹妹和弟弟。串联结束时，我想我得给家人带点儿什么东西回去。带什么呢？临进京时，母亲给了我一块钱。在北京七八天，我只花两毛钱在街头排队买了一本红皮《毛主席语录》，连一个商店都没进过，别的一分钱的东西都没买过。剩下的八毛钱还是可以买点儿东西的，但我不知道买什么，还有点儿舍不得花。我手里还有没吃完的饭票，一旦离开北京，饭票就成了废纸，为何不把饭票换成馒头带回家呢！我用饭票从外语学院的食堂换回六个馒头，包裹在粗布被子里，一路坐了火车坐汽车，下了汽车又步行二十多里，把馒头带回了家。回家打开被卷儿一看，馒头都干了，裂得开了花。母亲很高兴，说我从北京带回去的白馍都在笑。母亲还夸我顾家。我们家的每一个成员都吃到了我从北京带回去的白馍，神情都有些骄傲，好像北京的任何东西都是好的，白馍不仅有食品方面的意义，还有政治方面的意义。

生产队解散，土地分到各家各户之后，吃白馍的问题很快得到解决。乡亲们再也不必吃黑馍了，一天三顿饭，顿顿都可以吃到白馍，想吃几个就吃几个。此时我已从河南的煤矿调到北京工作，每年回老家探亲时，再也没有带过白馍。说起农村的变化，乡亲们都爱拿白馍说事儿，说现在日子好呀，天天都能吃白馍。好像白馍在他们嘴边挂着，开口就是白馍。又好像白馍是生活变化的一个显著标志，一提白馍，大家都知道生活变化到了一个什么程度。是的，据说我老家的村庄从明代就有了，祖祖辈辈几百年过去，哪一辈的人都想天天吃白馍，可愿望迟迟不能实现。只有到了今天，乡亲们吃白馍的愿望才终于实现了。也就是说，京城的人可以天天吃白馍，我们老家的人也可以天天吃白馍了。还拿过去只有过年时才能吃到白馍作比，我们老家的人每天的生活也差不多像过年一样了。

说来有点可笑的是，我不往老家带白馍了，却开始从老家往北京带白馍。母亲下世后，每年的清明节和农历的十月初一，我都要回老家到母亲坟前烧纸。我每次回家，住在邻村的大姐二姐都会各蒸一锅白馍给我吃。我在老家住上三天两天，大姐二姐蒸得白馍吃不完，我就把吃剩下的白馍装在塑料袋里，再装进拉杆旅行箱里，带回北京接着吃。

我妻子的老家在山东，她习惯了把馍说成馒头。她对我从老家往北京带馒头不太理解，说什么东西不好带，大老远的，带些馒头干什么！没错儿，别人送给我的有成箱的火腿肠、真空包装的牛肉、饮料，还有不少土特产，我都没有带，只带了馒头。妻子又说：全国各地的馒头北京都有卖，想买什么样的馒头都可以买到。随着妻子，不知不觉间我也把馍说成了馒头。我说：错，我们老家的馒头在北京就买不到。我吃了多种多样的馒头，怎么也吃不出老家馒头的那种味道。北京的馒头太白了，白得像是用硫黄熏过，让人生疑。北京的馒头多是用机器做成的，整齐划一，样子很好看，一捏也很暄腾，但里面不知添加了什么样的化学性质的发酵粉，吃起来没有面味儿，更谈不上麦子的原香味儿。也许北京的馒头以前是好吃的，现在不那么好吃了。也许是我自己变了，口味变得挑剔起来。反正我固执地认为，我们老家的馍味道是独特的，是不可代替的。

独特味道的形成，至少有这样几种因素。它是用新麦磨成的面做成的；面是用上次蒸馍留下的酵头子发起来的；馍是靠手工反复搓揉成型的；最后是用庄稼秆烧大锅蒸熟的。其中可能还有土地、水质和空气的原因，我就说不清了。为什么这样说呢，我向大姐二姐请教了蒸馍的全部工艺，过春节时在北京也试着蒸过馍，但蒸出来的馍与老家的馍的味道差远了。

我之所以对老家的馍如此偏爱，深究起来，也许与我的胃从小留下的记忆有关。听母亲讲，我出生刚满月不久，因母亲身上长了疮，奶水就没有了。怎么办呢，母亲让祖父或父亲每天到镇上买回一个馍，把馍在碗里掰碎，用开水泡成糊糊给我喝。馍糊糊代替的是母亲的乳汁，我是喝馍糊糊长大的。老家的馍的味道给我的胃留下的记忆如此根深蒂固，我对那种味道将终生不忘，终生向往。

把老家的馍带到北京的家，为防止馍发生霉变，我会马上把馍分装在保鲜袋里，并放进冰箱的冷冻盒里冻起来。想吃的时候，就拿出来馏一个。冷冻过的馍味道没有改变，馏好一尝，记忆即刻被唤醒。

馏馍时，妻子给我馏的是我从老家带回来的馍，给她自己馏的还是在北京买的馍。其实，我们老家的馍妻子也很爱吃，因见我特别爱吃，她就舍不得吃了。

2013年11月20日至22日于北京小黄庄

打麦场的夜晚

别看我离开农村几十年了，每到初夏麦收时节，我似乎都能从徐徐吹来的南风里闻到麦子成熟的气息。特别是最近几年，我在北京城里还听到了布谷鸟的叫声。布谷鸟季节性的鸣叫，没有口音上的差别，与我们老家被称为“麦秸垛垛”的布谷鸟的叫声是一样的。我想这些布谷鸟或许正是从我们老家河南日夜兼程飞过来的，它们仿佛在提醒我：麦子熟了，快下地收麦去吧，老坐在屋里发呆干什么！

今年芒种前，我真的找机会绕道回老家去了，在二姐家住了好几天。我没有参与收麦，只是在时隔四十多年后，再次看到了收麦的过程。比起人民公社时期社员们收麦，现在收麦简单多了。一种大型的联合收割机，在金黄的麦田里来来回回穿那么一会儿梭，一大块麦子眼看着就被收割机剃成了平地。比如二姐家有一块麦子是二亩多，我看了手表，只用半个钟头就收割完了。收割机一边行进，一边朝后喷吐被粉碎的麦秆，只把脱好的麦粒收在囊中。待整块麦子收完了，收割机才停下来，通过上方的一个出口，把麦粒倾泻在铺在麦茬地里的塑料单子上。我抓起一把颗粒饱满的麦子闻了闻，新麦的清香即刻扑满我的肺腑。

收麦过程大大简化，劳动量大大减轻，这是农业机械化带来的好处，当然值得称道。回想当年我在生产队里参加收麦时，从造场，割麦，运麦，再到晒场，碾场，扬场，看场，直到垛住麦秸垛，差不多需要一个月的时间。且不说人们每天头顶炎炎烈日，忙得跟打仗一样，到了夜晚，男人们也纷纷走出家门，到打麦场里去睡。正是夜晚睡在打麦场的经历，给我留下了难忘的印象。

初中毕业回乡当农民期间，麦收一旦开始，我就不在家里睡了，天天晚上到打麦场里去看场。队长分派男劳力夜里在场院里看场，记工员会给看场的人记工分，每人每夜可得两分。只是看场的人不需要太多，每晚只轮流派三五个人就够了。我呢，不管队长派不派我，我都照样一夜不落地到场院去睡。我看重的不是工分，不是工分所代表的物质利益，而是有另外一些东西吸引着我，既吸引着我的腿，还吸引着我的心，一吃过晚饭，不知不觉间我就走到场院里去了。

夏天农村的晚饭，那是真正的晚饭，每天吃过晚饭，差不多到了十来点，天早就黑透了。我每天都是摸黑往场院里走。我家没席子可带，我也不带被子，只带一条粗布床单。场院在村外的村子南面，两面临水，一面连接官路，还有一面挨着庄稼地。

场院是长方形，面积差不多有一个足球场那么大，看上去十分开阔。一来到场院，我就脱掉鞋，把鞋提溜在手里，光着脚往场院中央走。此时的场面子已打扫得干干净净，似乎连白天的热气也一扫而光，脚板踩上去凉凉的，感觉十分舒服。我给自己选定的睡觉的地方，是在临时堆成的麦秸垛旁边。我把碾扁的、变得光滑的麦秸往地上摊了摊，摊得有一张床那么大，把床单铺在麦秸上面。新麦秸是白色，跟月光的颜色有一比。而我的床单是深色，深色一把“月光”覆盖，表明这块地方已被我占住。

占好了睡觉的位置，我并没有急着马上躺下睡觉，还要到旁边的水塘里扑腾一阵，洗一个澡。白天在打麦场上忙了一天，浑身沾满了麦锈和碾碎的麦芒，毛毛躁躁，刺刺挠挠，清洗一下是必要的。我脱光身子，一下子扑进水里去了，双脚砰砰地打着水花，向对岸游去。白天在烈日的烤晒下，上面一层塘水会变成热水。到了晚上，随着阳光的退场，塘水很快变凉。我不喜欢热水，喜欢凉水，夜晚的凉水带给我的是一种透心透肺的凉爽，还有一种莫测的神秘感。到水塘里洗澡的不是我一个，每个在场院里睡觉的男人几乎都会下水。有的人一下进水里，就兴奋得啊啊直叫，好像被女水鬼拉住了脚脖子一样。还有人以掌击水，互相打起水仗来。在我们没下水之前，水面静静的，看去是黑色的。天上的星星映在水里，它们东一个西一个，零零星星，谁都不挨谁。我们一下进水里就不一样了，星星被激荡得乱碰乱撞，有的变大，有的变长，仿佛伸手就能捞出一个两个。

洗完了澡，我四脚拉叉躺在铺了床单的麦秸上，即刻被新麦秸所特有的香气所包围。那种香气很难形容，它清清凉凉，又轰轰烈烈；它滑溜溜的，又毛茸茸的。它不是扑进肺腑里就完了，似乎每个汗毛孔里都充满着香气。它不是食物的香气，只是打场期间麦草散发的气息。但它的香气好像比任何食物的香气都更原始，更醇厚，也更具穿透力，让人沉醉其中，并深深保留在生命的记忆里。

还有夜晚吹拂在打麦场里的风。初夏昼夜的温差是明显的，如同水塘里的水，白天的风是热风，到夜晚就变成了凉风。风是看不见的，可场院旁边的玉米叶子会向我们报告风的消息。玉米是春玉米，长得已超过了一人高。宽展的叶子唰唰地响上一阵，我们一听就知道风来了。当徐徐的凉风掠过我刚洗过的身体时，我能感觉到我的汗毛在风中起伏摇曳，洋溢的是一种酥酥的快意。因打麦场无遮无拦，风行畅通无阻，细腿蚊子在我们身上很难站住脚。我要是睡在家里就不行了，因家里的环境几乎是封闭的，无风无息，很利于蚊子在夜间活动。善于团队作战的蚊子那是相当的猖獗，一到夜间就在人们耳边轮番呼啸，任你在自己脸上抽多少个巴掌都挡不住蚊子的进攻。我之所以愿意天天夜间到打麦场里去睡，除了为享受长风的吹拂，一个很大的原因，是为了躲避蚊子。

没有蚊子的骚扰，那就赶快睡觉吧，一觉睡到大天光。然而，满天的星星又碰到我眼上了。是的，我是仰面朝天而睡，星星像是纷纷往我眼上碰，那样子不像是我在看星星，而是星星在主动看我。星星的眼睛多得铺天盖地，谁都数不清。看着看着，我恍惚觉得自己的身体在往上升，升得离星星很近，很近，似乎一伸手就能把星星摘下一颗两颗。我刚要伸手，眨眼之间，星星却离我而去。有流星从夜空中划过，一条白色的轨迹瞬间消失。天边突然打了一个露水闪，闪过一道像是长满枝杈的电光。露水闪打来时，群星像是隐退了一会儿。电光刚消失，群星复聚拢而来。我不知道自己是什么时候睡着的，在睡梦里，脑子里仿佛装满了星星。

现在不用打场了，与打麦场相关的一切活动都没有了，人们再也不会在夜晚到打麦场里去睡。以前我对时过境迁这个词不是很理解，以为境只是一个地方，是物质性的东西。如今想来，境指的主要是心境，是精神性的东西。时间过去了，失去的心境很难再找回。

2016年6月24日于北京小黄庄

拾豆子

下过一场秋雨，天放晴了。午后我和妻子在京郊的田野间闲走。我们没有目的地，随便在山脚和田间的小路上漫步，走到哪里算哪里。山是青山，高处以松树为主，低处才是果园和多种杂树。霜降的节气过了，杂树的树叶已经有所变化，有黄有红有紫，呈现的是斑斓之色。田里的玉米棒子都收走了，玉米棵子有的被放倒，有的还在田里站着。躺在地里的玉米棵子经雨水一淋，散发出一种甜丝丝的气息。田边儿的牵牛花儿正在开放，越是到了秋天，它们的喇叭花儿开得越密，色彩愈加艳丽。有的牵牛花儿把“喇叭”牵到酸枣树的最高处，仿佛在对天鸣奏。结满红珊瑚珠一样的酸枣树，似乎并不反对牵牛在它们头顶吹“喇叭”，或许它们正想宣传自己的果实呢。一块小菜园在收过庄稼的地头显现出来，小菜园里辣椒的叶子还绿鲜着，辣椒却是红的，欲滴的样子。还有坡坎处大片大片的芦荻花。芦荻花的花穗是银灰色，在秋阳的照耀下闪射着银色的光芒。我和妻子各采了一些芦荻花，合在一起，扯一根草茎扎起来，就是一把膨大的花束。妻子把花束的花头在脸上触了触，说真软和。

来到一块割过豆子的地边，我提出到地里看一看，能不能拾一点豆子。我从小在农村长大，小时候每年秋天都到地里拾豆子。妻子小时候生活在矿区，她也有过到附近农村田地里挖野菜、溜红薯的经历。加上她后来当过知青，下乡插过队，我们对田地里土生土长的一切都有着共同的兴趣。下过雨的田地有些暄，有些陷脚，我们一踏进地里，鞋上就沾了泥。既然想拾豆子，就不能怕鞋上沾泥。豆子收割得很干净，乍一看只见豆茬，还有聚集在垄沟里的一些豆叶。但不管豆子收割得再干净，总会有一些豆粒在事先炸开的豆角里跳将出来，散落在地上，并埋在浮土里。妻子先发现了一粒豆子，捏在手上给我看，很欣喜的样子。我发现的豆子比她还多，我一下子拾到了三粒豆子。我从随身挎着的背包里翻出一个塑料口袋，把我们拾到的豆子集中放在塑料袋里。若不是下雨，这些小小的黄豆粒是很难被发现的。黄豆粒大概也不愿被埋没，它们盼着：给我雨，给我水！雨下来了，雨水剥开了浮土，淋在豆粒身上，豆粒很快便以又白又胖的姿态呈现出来。被雨水淋湿的豆叶巴巴地贴在地上，散发的是一股股糟香。用手搂开垄沟里的豆叶，常常能让人眼前一亮，禁不住叫出好来。因为豆叶下面往往藏着一窝白胖喜人的豆粒。覆盖着的豆叶让我想起玩把戏的人常用的一块布单，布单一掀开，说声变，把戏就变了出来。这里的把戏是豆粒。

没有风，天蓝得有些高远。我和妻子在地里低头寻觅，黄黄的秋阳照在身上暖暖的。一只灰色的蚂蚱从我脚前飞起来，发出细碎的响声。蚂蚱没飞多远，便停了下来。一只大腹便便的螳螂，立在一棵豆茬上，做的是张牙舞爪的样子。我们只是欣赏它，没有招惹它。不知从哪里传来一声长长的鸡啼，随着鸡啼传过来的似乎还有缕缕炊烟味儿。我对妻子感叹说：好久没听见公鸡的叫声了，听来真是亲切。妻子说我是老农民，我愿意承认，自己的确是一个老农民。

我记起小时候有一次拾豆子的事。夜里下了雨，第二天一早，母亲就把我和两个姐姐喊起来，让我们到西南地里去拾豆子。天气阴冷，不时还有雨丝飘下来。我们身上直打哆嗦。到地里拾豆子的小孩子恐怕有几十个，我们一来到地里，一看到被雨水淋得膨胀起来的豆子，就把冷忘记了。我那天拾的豆子并不多，该回家吃早饭时，我拾到的豆粒只有半茶缸。而我的两个姐姐提的是竹篮子，她们拾到了豆子都比我多得多。母亲看到了会不会嫌我拾得少呢？我想了一个办法，用我拾到的豆粒，和村里的一个小伙伴交换了一些豆角子。我把占地方的豆角子垫在茶缸子下面，把豆粒盖在上面，这样一来，从表面看，豆粒几乎是一茶缸，就显得多了。湿豆子需要晾，两个姐姐一回到家，就把拾到的豆子倒在堂屋当门的地上了。尽管我把拾到的豆子跟两个姐姐拾到了豆子倒在了一起，我弄虚作假的事还是被母亲发现了。

母亲很生气，认为我做下了一件错事，还是严重的错事。母亲说我从小就这么不诚实，长大了不知怎么哄人呢。为了让我记住这次教训，母亲不仅严厉地吵了我，我对我作了处罚，不许我吃早饭。这件事给我留下了深刻的印象，几十年过去，只要一看到豆子，或只要一提到豆子，我都会联想起这件事。在地里拾豆子，我又对妻子讲起了这件事。母亲已去世多年，一说到母亲，我眼里顿时泪花花的。

我和妻子心里都清楚，我们踩着湿地在地里拾豆子，并不是因为我们家缺豆子。人家送给我们挺好的豆子，我们拿回家就放下了，老是想不起来吃。我们不在意豆子本身的价值，我们拾起的是记忆，是乐趣，是童心，是一种比豆子富贵得多的精神性的东西。

话虽然这么说，这次我和妻子共同拾回的半塑料袋子豆子，我可舍不得随手丢弃。把豆子拿回家，我用清水洗了两遍，当晚熬粥时，就把豆子放到锅里去了。您别说，自己拾回的豆子吃起来就是香。

2011年11月3日于北京和平里

石榴落了一地

我家院子里有一棵石榴树，是我祖父亲手栽下的。祖父已下世五十多年，石榴树至少也有五十多岁了吧。几十年来，我家的房子已先后翻盖过三次，每次翻盖都不在原来的位置，不是往后坐，就是往西移。不动的是那棵石榴树，它始终坚守在原来的地方。石榴树成了我们兄弟姐妹对老家记忆的坐标，以坐标为依据，我们才能回忆起原来的房子门口在哪里，窗户在哪里。当然，石榴树带给我们的回忆还很多，恐怕比夏天开的花朵和秋天结的果子还要多。

自从母亲2003年初春去世后，我们家的房子就成了空房子，院子里的花草树木再也无人管理。好在石榴树是皮实的，有着很强的自理能力，它无须别人为它浇水，施肥，打药，一切顺乎自然，该发芽时发芽，该开花时开花，该结果时结果，什么都不耽误。我们家的石榴被称为铜皮子石榴。所谓铜皮子，是指石榴成熟后皮子呈铜黄色，还有一些泛红，胭脂红。而且，石榴的皮子比较薄，薄得似乎能看出石榴籽儿凸起的颗粒。把石榴掰开来看，里面的石榴籽儿满满当当，晶莹得像红宝石一样，真是喜人。我们家的石榴汁液饱满，甜而不酸，还未入口，已让人满口生津。小时候吃我们家的石榴，我从来不吐核儿，都是连核儿一块儿嚼碎了吃。石榴核儿的香，是一种特殊的内敛的清香，只有连核儿一块儿吃，才能品味到这种清香。

母亲知道我爱吃石榴，老人家在世时，每年把石榴摘下，都会挑几颗最大的留下来，包在棉花里，或埋在小麦茓子里，等我回家去吃。有一年，母亲从老家来北京，还特地给我捎了两颗石榴。石榴是耐放的果实，母亲捎给我的石榴，皮子虽说有些干了，但里面的石榴籽儿还是一咬一兜水，让人吃在嘴里，甜在心里。

院子的大门常年锁着，石榴成熟了，一直没人采摘，会是什么样子呢？2011年秋后的一天，我回到老家，掏出钥匙打开院子的大门，一进院子 ，就把忠于职守的石榴树看到了。那天下着秋雨，雨下得还不小，平房顶上探出的两根排水管下面形成了两道水柱，流得哗哗的。我没有马上进屋，站在雨地里，注目对石榴树看了一会儿。石榴树似乎也认出了我，仿佛在我说：你回来了！我说：是的，我回来了！想到我以前回家，都是母亲跟我打招呼，而现在迎接我的只有这棵石榴树，我的双眼一下子涌满了泪水。我看到了，整棵石榴树被秋雨淋得湿漉漉的，像是沾满了游子的眼泪。石榴树的叶子差不多落完了，只有很少的几片叶子在雨点的作用下簌簌抖动。石榴树的枝条无拘无束地伸展着，枝条上挂着一串串水晶样的水珠。我同时看到了，一些石榴还在树上挂着，只是石榴的皮子张开着，石榴已变成了一只只空壳。那些变成空壳的石榴让我联想起一种盛开的花朵，像什么花朵呢？对了，像玉兰花，玉兰花开放时，花朵才会这样大。不用说，这些空壳都是小鸟儿们造成的。有一些石榴成熟时会裂开，这为小鸟儿吃石榴籽儿提供了方便。就算大多数石榴不裂开，小鸟儿尖利的喙把石榴啄开也不是什么难事。不难想象，小鸟儿们互相转告了石榴成熟的信息，就争先恐后地 飞到我们家院子里来了。它们当中有喜鹊、斑鸠、麻雀，还有一些不知名的小鸟儿。众鸟儿欢快地叫着，且吃且舞，如同举行一场盛大的宴会。它们对无人看管的石榴不是很爱惜，吃得不是很节约。有的把一颗石榴吃了一半，就不吃了。有的踩在石榴上玩耍，把石榴蹬得落在地上，就不管了。

往石榴树下看，落在地上的石榴更多，可以说是落了一地。石榴的皮都敞开着，可见都被小鸟儿吃过。那些铺陈在地上的石榴不是同一时间落下来的，因为有的石榴皮已经发黑，有的还新鲜着。所有新鲜的石榴皮里，都嵌有一些石榴籽儿。在雨水的浸泡里，那些玉红色的石榴籽儿没有马上变白变糟，在成窝儿的雨水的凸透作用下，似乎被放大了璀璨的效果。可以设想，这些石榴如及时采摘，恐怕装满两三竹篮不成问题。因无人采摘，只能任它们落在地上。在我为落地的石榴惋惜之时，又有一只喜鹊翩然飞来，落在石榴树上。喜鹊大概发现石榴树的主人回来了，似乎有些意外，并有些不好意思，把树枝一蹬，展翅飞走了。

第二天上午，雨停了。我拿起铁锹，开始清理落在地上的石榴。落在地上的不仅有石榴，还有枯叶。那些枯叶有大片的桐树叶、杨树叶，还有小片的椿树叶、槐树叶、竹叶和石榴叶等，至少积累有两三层。最下面的树叶已经发黑，腐烂；中间层的叶片尚且完整；最上面的石榴叶还是金黄的颜色。我家院子的地面没有用水泥打地坪，而是用一块块整砖铺成的。让我没想到的是，道道砖缝里竟长出了不少野菜. 那些新生的野菜叶片肥肥的，碧绿碧绿的，跟几乎零落成泥的枯叶形成鲜明对照。那些厚厚的、软软的东西很好清理，我用铁锹贴着地面一铲，就铲起满满一锨。如把这些包括石榴、枯叶和野菜在内的东西集中在一起，会堆起不小的一堆。我把这些东西堆到哪里去呢？我想了想，就把它们堆在石榴树的根部吧。它们会变成腐殖土，会变成肥料，对保护石榴树的根是有利的。

我只在家里住了两天，就辞别石榴树，锁上院子的门，离开了老家。我确信，到了明年，石榴树会照常发芽，照常开花，照常结果。不管有没有人欣赏它，它光彩烁烁的红花仍然会开满一树。不管有没有人采摘石榴，它照样会结得硕果累累，压弯枝头。

2011年12月29日于北京和平里

端　灯

从童年到青年，我在河南农村老家生活了十九年。在我离开老家之前，我们家照明一直使用煤油煤。这种灯是用废旧墨水玻璃瓶制成的，瓶口盖着一个圆的薄铁片，铁片中间嵌着一根细铁管，铁管里续进草纸或棉线做成的灯捻子，煤油通过灯捻子沁上去，灯就可以点燃了。在我的印象里，我们家的灯头总是很小，恐怕比一粒黄豆大不了多少。“黄豆”在灯口上方玩杂技般的顶着，颤颤的，摇摇的，像是随时会滚落，灯像是随时会熄灭。可灯头再小也是灯，它带给我们家的光明是显而易见的。吃晚饭时，灶屋里亮着灯，我们才会顺利地走到锅边去盛饭，饭勺才不至于挖到锅台上。母亲在大雪飘飘的冬夜里纺线，因灯在地上的纺车怀里放着，我们躺在床上，就能看到纺车轮子的巨大影子在房顶来回滚动。

关于灯，我还听母亲和姐姐说过一些谜语，比如：一头大老犍，铺三间，盖三间，尾巴还在门外边。再比如：一只黑老鸹，嘴里衔着一朵小黄花，灯灯灯，就不对你说。这些谜语都很好玩，都够我猜半天的，给我的童年增添不少乐趣。

最有趣的事情要数端灯。

为省油起见，我们家平日只备一盏灯。灯有时在灶屋用，有时在堂屋用；有时在外间屋用，有时在里间屋用，这样就需要把灯移来移去，移灯的过程就是端灯的过程。从外间屋往里间屋端灯比较容易，因为屋里没风，不用担心灯会被风吹灭。而从灶屋往堂屋端灯就不那么容易了。我们家的灶屋在堂屋对面，离堂屋有二十多米远。从灶屋把灯端出来，要从南到北走过整个院子，才能把灯端到堂屋。当然了，倘是把灯在灶屋吹灭，端到堂屋再点上，这是轻而易举的事。可如果那样的话，就没什么可说的了。关键是要把明着的灯从灶屋端到堂屋，而且是日复一日、年复一年地从不间断，这就让人难忘了。

一开始，我并不知道母亲这样端灯是为了每天省下一根火柴，我是用游戏的眼光看待这件事情，觉得母亲大概是为了好玩，为了在我们面前显示她端灯的技术。的确，母亲端灯的技术是很高明的。她一只手瓦起来，遮护着灯头，一只手端着灯瓶子，照直朝堂屋门口走去。母亲既不看灯头，也不看地面，眼睛越过灯光，只使劲向堂屋门口的方向看着，走得不急不缓，稳稳当当。这时灯光把母亲的身影照得异常高大，母亲仿佛成了顶天立地的一位巨人。母亲跨进堂屋的那一刻，灯头是忽闪了几下，但它终究没有灭掉，灯的光亮直接得到延续。

刮风天或下雪天，端灯要困难一些。母亲的办法是解开棉袄大襟子下面的扣子，把灯头掩藏在大襟子里面，以遮风蔽雪。风把母亲的头发吹得飘扬起来，雪花落在母亲肩头，可小小的灯头却在母亲怀里得到了很好的保护。

我的大姐和二姐也会端灯，只是不如母亲端得好。她们手上端着灯，脚下探摸着，走得小心翼翼。她们生怕脚下绊上盛草的筐子，拴羊的绳子，或是我们家堂屋门口的那几层台阶。要是万一摔倒了，不光灯要灭，煤油要洒，说不定整个灯都会摔碎。那样的话，我们家的损失就大了。我注意到，大姐和二姐端灯时，神情都十分专注，严肃，绝不说话，更不左顾右盼。她们把灯端到指定位置，手从灯头旁拿开，脸上才露出轻松的微笑。

我也要端灯。在一次晚饭后，锅刷完了，灶屋的一切都收拾利索了，我提出了端灯的要求，并抢先把灯端在手里。大姐二姐都不让我端，她们认为，我出门走不了几步，灯就得灭。我不服气，坚持要端。这时候，我仍不知道把灯端来端去的目的是为了节省火柴。母亲发话，让我端一下试试。

我模仿大姐二姐的姿势，先把端灯的手部动作在灶屋里做好，固定住，才慢慢地向门外移动。我觉得院子里没什么风，不料一出门口，灯头就开始忽闪。我顿感紧张，赶紧停下来看着灯头，照顾灯头。我的眼睛一看灯头不要紧，四周黑得跟无底洞一样，什么都看不见了。待灯头稍事稳定，我继续往前走时，禁不住斧头瞅了一下地面。地面还没瞅到，灯头又忽闪起来，这次忽闪得更厉害，灯头的小腰乱扭一气，像是在挣扎。我哎着哎着，灯头到底还是没保住，一下子灭掉了。

大姐埋怨我，说你看你看，不让你端，你非要端，又得费一根火柴。

直到这时我才明白，端灯的事是和节省火柴联系在一起的。母亲没有埋怨我，而是帮我算了一笔账：如果我们家每天省一根火柴，一月就能省三十根，一盒火柴二分钱，总共不过五六十根，省下三十根火柴，就等于省下一分钱。一分钱是不多，可少一分钱人家就不卖给你火柴啊！听了母亲算的账，我知道了端灯的事不是闹着玩的，它是过日子的一部分。我们那里形容一个人会过日子，说恨不能把一分钱掰成两瓣花。而我们的母亲呢，却把一分钱分成了二十瓣，三十瓣，每一瓣都代表着一根火柴。我为自己浪费了一根火柴深感惭愧。

我感到欣慰的是，后来我终于学会了端灯。当我第一次把燃着的灯完好地从灶屋端到堂屋时，那种油然而生的成功感是不言而喻的。

2001年10月26日于北京

烟的往事

20世纪70年代，我在河南新密煤矿当工人时，每年都有十二天的探亲假。只要回家探亲，有两样东西是必须带的，一是烟卷儿，二是糖块儿。烟卷儿是敬给爷爷、叔叔们抽，糖块儿是发给孩子们吃。那时我们村在外边工作的人很少，我一回家，村里几乎所有的男人都愿意到我家跟我说话。他们听我讲讲外面的事情是一个方面，另一个方面也不必讳言，他们为的是能抽到烟卷儿，改善一下抽烟的生活。我们村的成年男人差不多都抽烟，但谁都抽不起烟卷儿。他们把烟卷儿说成是洋烟，说洋烟，好家伙，那可不是有嘴就能抽到的。平日里，他们用烟袋锅子抽旱烟，或把揉碎的烟末撒在纸片上，卷成“一头拧”，安在嘴上抽。我回家探亲，等于为他们提供了一个为数不多的抽洋烟的机会，或许他们都不愿错过这个机会。为了省钱，我自己不怎么抽烟，但我回家必须带足够的烟。

我乐意带烟给乡亲们抽。他们来我家抽烟，是看得起我，跟我不外气。我是拿工资的人，买几条烟我还是舍得的。我的小小的虚荣心让我变得有些大方，我手拿烟盒，一遍又一遍给他们散烟。我家的堂屋里老是烟雾腾腾，烟头子一会儿就扔满一地。我父亲也抽烟，而且烟瘾很大。然而在我9岁时，父亲就去世了，父亲没有抽过儿子买的一颗烟。我给乡亲们上烟，权当他们代我父亲抽吧！

有一个梦，我不知道重复过多少遍。梦到我回家探亲，刚走到村头，就遇见了一个爷爷或一个叔叔。我的第一反应，就是马上给人家掏烟。我掏遍全身的口袋，竟没有掏出烟来。坏了，我忘记带烟了。我顿觉自己非常无礼，也非常难堪，有些无地自容的意思。我同时对自己的行为感到吃惊，以至惊出了一身汗。好在吃惊之后我就醒过来了，知道自己并没有做错事。这个梦让我明白，回家带烟的事是上了梦境的，可见我对此事多么重视。这个梦也一再提醒我，回老家千万别忘了带烟。

那时回家探亲，不能在家里闲着，还要下地和社员们一块儿干活儿。下地干活儿时，我也要带上烟，趁工间休息把烟掏给大伙儿抽。有一次，我掏出一整盒烟卷儿散了一圈儿，散到哑巴跟前时，烟没有了，独独缺了应给哑巴的一颗。哑巴眼巴巴地看着我，等着我给他发烟。哑巴又哑又聋，我无法跟他解释。我把空烟盒在手里攥巴攥巴，意思是告诉他：对不起，烟没有了。可是，哑巴仍看着我手里攥成一团的烟盒。我只好把空烟盒扔在地上。让我没想到的是，哑巴一个箭步跳过去，把烟盒拣了起来，并把烟盒拆成烟纸，拿手掌抚平，装进口袋里。我知道了，对于哑巴来说，烟纸也是好东西，他可以把烟纸裁成纸片卷烟末抽。

我回老家带的烟，不一定是最好的。有老乡告诉我，老家的人抽惯了原烟，粗烟，带给他们的烟卷儿越好，他们抽起来越觉得没劲儿，不过瘾，只带一般的烟卷儿就行了。可是，我每次回老家，还是尽量买好一些的烟，从价钱上衡量，至少是中档以上的水平吧。我听说，谁回家带了什么牌子的烟，乡亲们是互相传告的，我带好一些的烟给乡亲们抽，不说别的，自己面子上会好看些。

有一年春天，我再次回老家看望母亲。有一个远门子的四爷向我提出，下次回来能不能给他带一盒中华烟。他把中华烟叫成大中华，说他听说大中华是中国最好的烟，可从来没抽过，要是能抽上一颗大中华，这一辈子才算没有白活。四爷抽了我带回去的烟卷儿不够，还点着名牌跟我要烟，这有些出乎我的意料。但听他对中华烟如此看重，我还是答应了他的要求。我答应得不是很痛快，说只能买一下试试。

母亲看不惯四爷张口跟我要烟，要我不要搭理他。母亲还说，四爷为人粗暴，先后娶过两个老婆，都被他打跑了。对这样的人，不能信着他的意儿，不能他说什么就是什么。我说，四爷是一个长辈，当着那么多人，我不能让他把话掉在地上。至于能不能买到中华烟，我可没有把握，能买到就买，实在买不到，我也没办法。

一年过去，又该回老家看望母亲时，我记起四爷让我给他带中华烟的事。此时，我已从矿区调到煤炭部，在《中国煤炭报》社做编辑工作。我到一些商店问过，都不卖中华烟。营业员告诉我，中华烟是特供品，商店里是买不到的。这怎么办？说起来我是在北京工作，竟然连一盒中华烟都弄不到，也显得太没能耐了吧！我打听到，煤炭部的外事局备有中华烟，那是接待外宾用的。刚好我们报社有一位副总编在煤炭部办公厅工作过，跟外事局的人比较熟，我跟他说了原委，请他帮我弄一盒中华烟。我把事情说得有些严重，说这盒烟如果弄不到，我将无法面对家乡父老。副总编能够理解我的心情，几天之后，就把一盒中华烟交到我手里。

那是一盒硬盒包装的中华烟，整个盒子是大红色，一面的图案是天安门城楼，另一面的图案是华表。说来不好意思，在此之前，我从没有见过中华烟，更谈不上抽过中华烟，不知道中华烟有什么特别的好。这里顺便插一句，我不赞同用中华为一种烟命名。不管哪一种烟，都是对人的身体不利的东西，干吗用民族的名义为一种烟草冠名呢！

四爷一听说我回家，就到我家里去了。我把那盒中华烟原封不动给了他。他像是害怕别人与他分抽中华烟似的，把整盒烟往怀里一揣，赶快走掉了。

后来我听母亲说，四爷拿那盒中华烟不知跟多少人显摆过。在村里显摆不够，他还趁赶集时把烟拿到集上，跟外村的人显摆。显摆归显摆，谁想抽一颗大中华那是不可以的。别说抽烟了，谁想接过去，摸摸都不行。他的借口是，烟盒还没拆开，只把烟在别人眼前晃一下，就揣到自己怀里去了。

再次回老家时我见到四爷，问他中华烟怎么样，好抽吗？四爷说，他一直没舍得抽，放得时间长了，受潮了，霉得长了黑毛儿。

2012年8月25日于北京

绿色的冬天

人们以色彩为四季命名，一般来说，会把春天说成红色，夏天说成绿色，秋天说成黄色或金色，冬天说成白色。这样的说法，强调的是每个季节的主色调。红色，大约指的是春来时盛开的花朵。绿色，当然是指夏季里铺天盖地浓郁得化不开的绿。黄色，是用来描绘稻谷般成熟的颜色，秋天当仁不让。而冬天主要是雪当家，当大雪覆盖一切时，把冬天说成白色的冬天，也是有道理的。

的确，在四季分明的我国北方，随着入冬后的冷空气一波接一波袭来，黄叶纷纷落下，只剩下光秃秃的树枝。田里的庄稼收去了，褐色的土地裸露出来。也有一些未及时砍掉的玉米秸秆，在寒风是抖索，显得有些破败。河塘里结了冰，原本开放活泼的水面成了封闭僵化的状态。大概是热胀冷缩的原因，在冰天雪地里行走的人们，也收着肩，缩着脖儿，似乎一下子矮了不少。人们习惯用一个词形容冬天的气氛，那就是肃杀。词也是有力量的，有杀伤力的，它加重的是冬天的肃杀气氛。一提到肃杀二字，人们几乎不由地打一个寒噤。

那么，幅员辽阔的我国有没有绿色的冬天呢？有的，肯定有的，我今天要说的就是绿色的冬天。有朋友会说，别说了，我知道，你要说的不是海南、云南，就是广东、广西。不是的，我要说的是我的故乡，地处我国腹地的豫东大平原。

绿色来自哪里？来自豫东平原大面积播种的冬小麦。

豫东平原是我国小麦的主产区之一，据说中国人所吃的三个白面馒头当中，就有一个馒头是用豫东出产的小麦磨成的面粉做成的。我老家在豫东东南部的沈丘县，靠近安徽。我们那里一年种两季粮食，夏季种杂粮，秋季种小麦。杂粮收获之后，乡亲们几乎不给土地以喘气的机会，把土地稍事整理，很快就种上了小麦。不管是哪一块地，也不管那块地上一季种的是玉米、大豆、谷子、红薯等五花八门的杂粮，杂粮一经归仓，接下来播种的粮食整齐划一，必定是小麦。站在河堤上放眼望去，东边是麦地，西边是麦地，南边是麦地，北边也是麦地，一望无际的大平原，到处都是麦地。换一个说法，无所不在的麦绿与你紧紧相随，任你左冲右突，怎么也摆脱不了绿色的包围和抬举。哦，好啊好啊，我想放声歌唱，我眼里涌满了泪水。

我当过农民，种过小麦，对小麦的生长过程是熟悉的。小麦刚刚钻出来的嫩芽细细的，呈鹅黄色，如一根根直立的麦芒。麦芽锋芒初试的表现是枪挑露珠。早上到麦地里看，只见每一根麦芽的顶端都高挑着一颗露珠。露珠是晶莹的，硕大的，似乎随时会轰然坠地。可枪刺一样的麦芽把露珠穿得牢牢的，只许露珠在上面跳舞，不许它掉下来。露珠的集体表演使整个麦田变得白汪汪的，如静远的湖泊。

过不了几天，麦芽便轻舒身腰，伸展开来，由麦芽变成了麦苗，也由鹅黄变成了绿色。初绿的麦苗并没有马上铺满整个麦田，一垄垄笔直的麦苗恰如画在大地上的绿色的格线，格线与格线之间留下一些空格，也就是褐色的土地。这时节还没有入冬，还是十月小阳春的天气。麦苗像是抓紧时机，根往深处扎，叶往宽里长，很快就把空格写满了。麦苗的书写只有一种颜色，那就是绿，横看竖看都是绿，绿得连天接地，一塌糊涂。我不想用绿色的地毯形容故乡麦苗的绿，困为地毯没有根，不接地气。而麦苗的绿根源很深，与大地的呼吸息息相通。我也不想用草原的绿形容麦苗的绿，草原的绿掺杂有一些别的东西，绿得良莠不齐。而大面积麦苗的绿，是彻头彻尾的绿，纯粹的绿，绿得连一点儿杂色都没有。

麦苗最大的特点是能够抵抗严寒，霜刀雪剑都奈何它不得。霜降之后，挂在麦苗上的不再是露珠，变成了霜花。霜花凝固在麦叶上，或像给麦苗搽了粉，或如为麦苗戴了冰花。粉是颗粒状，搽得不太均匀。冰花的花样很多，有的是六瓣，有的是八角，把麦苗装扮得冰清玉洁。太阳一出来，阳光一照，白色的霜花很快消失，麦苗又恢复了碧绿的面貌。寒霜的袭击不但不能使麦苗变蔫，麦苗反而意气风发，显得更有精神。对麦苗形成持久考验的是冬天的雪。大雪扑扑闪闪地下来了，劈头盖脑地向满地的麦苗扑去。积雪盖住了麦苗的脚面，掩到了麦苗的脖子，接着把麦苗的头顶也埋住了。这时绿色看不见了，无边的绿被无垠的白所取代。麦苗怎么办？面对压顶的大雪，麦苗并不感到压抑，它们互相挽起了手臂，仿佛在欢呼：下吧下吧，好暖和，好舒服！积雪不可能把麦苗覆盖得那么严实，在雪地的边缘，会透露出丝丝绿意，如白玉中的翠。事实与麦苗的感受是一样的，大雪不但构不成对麦苗的威胁，反而使麦苗得到恩惠，每一场雪化之后，麦苗都会绿得更加深沉，更加厚实。除了麦苗，在冬天能抵抗严寒、保持绿色的，还有油菜、蚕豆、蒜苗、菠菜和一些野菜。

我多次在秋后和冬天回老家。从北向南走，渐行渐暖，渐行渐绿。等回到老家，就等于走进了绿色的海洋。每天一大早，我都会沿着田间小路，到麦田里走一走。绿色扑面而来，仿佛连空气都变成了绿色。大概人的生命与绿色有着某种天然的联系，我看绿色的麦苗，老也看不够。我照了一些照片，有远景，有特写，整个画面都是感天动地的绿。

一轮又圆又大的红日从东边升起来了，红日跃上河堤，越过树的枝丫，映得半边天似乎都变成了红的。从自然的生态来说，绿和红总是相伴相生，相辅相成，绿孕育了红，红又点缀了绿。我一时产生了错觉，以为自己是走在春天里。

2013年12月27日于北京和平里

瓦非瓦

我们祖上住的房子是楼房，砖座，兽脊，瓦顶。楼前延伸出来的有廊檐，支撑廊檐的是明柱，明柱下面还有下方上圆的础石。在兵荒马乱的年代，这座被称为我们刘楼村标志性的建筑被土匪烧毁了。因为楼房是瓦顶，不是草顶，一开始土匪不知道怎么烧。还是我们村有人给土匪出主意，土匪把明柱周围裹上秫秆箔，箔里再塞满麦秸，才把楼房点着了。据老辈人讲，当楼房被点燃时，在热力和气浪的作用下，楼顶的瓦片所呈现的是飞翔的姿态。它们或斜着飞，或平着飞，或直上直下飞，像一群因受惊而炸窝的鸟。不同的是，鸟一飞就飞远了，而瓦一落在地上就摔碎了。

到了我祖父那一辈，我们家的房子就变成了草房。底座虽说还是青砖，那是烧毁后的楼房剩下的基础。房顶再也盖不起瓦，只能用麦草加以苫盖。没有摔碎的瓦搜集起来还有一些，只够压房脊和两侧的屋山用。越往后来，瓦越成了稀罕之物。我青年时代在生产队干活儿时，曾做过砖坯子，但从来没做过瓦坯子。据说做瓦坯子的工艺比较复杂，须把和好的胶泥贴在一个圆柱体上，使圆柱体旋转，致胶泥薄厚均匀，并成筒状，然后把筒状的东西切割成三等份，三片瓦坯子便做成了。把晾干的瓦坯子一层一层码在土窑里烧，还要经过闷，洇水，最后才成就了青瓦。除了这种片瓦，还有筒子瓦、屋檐滴水瓦、带图案的瓦当等，做起来更难。可以说每一种瓦的制造过程都需要匠心和慧心的结合，都是技术含量和艺术含量颇高的工艺品。

我和弟弟参加工作后，母亲有一个很大的愿望，是把我们家的老房子扒掉，翻盖成瓦房。逢年过节，我们给母亲寄一些钱，母亲舍不得花，都存起来，准备翻盖房子。母亲平日里省吃俭用，把卖粮食和卖鸡蛋的钱也一点一点攒下来，准备买瓦。母亲一共翻盖过两次房子，第一次把我们家的房子盖成了瓦剪边，第二次房顶上才全部盖上了瓦。看到母亲一手操持盖成的瓦房，我嘴里称赞，心里却有些遗憾。因为房顶上盖的瓦不是手工制作的细瓦，而是机器制作的板瓦。细瓦排列起来鳞次栉比，是很美观的。板瓦平铺直叙，一点儿都不好看。

母亲病重期间，由我和弟弟作主，把我们家的房子又翻盖了一次。这次以钢筋水泥奠基，以水泥预制板打顶，盖成了坚固耐久的平房。平房的特点是，一片瓦都不用了。那些淘汰下来的机制瓦被人拉走了，而那些原来用作压房脊和屋山的手工瓦却没人要，一直堆放在我家院子的一棵椿树下面。夏天来了，疯长的野草把那堆瓦覆盖住。冬天来了，野草塌下去，那堆瓦又显现出来。有一年秋天，我回老家看到了那堆被遗弃的瓦。那些瓦表面生了一层绿苔，始终保持着沉默。看着看着，我突然发现，那些饱经风霜、阅尽沧桑的瓦像是在诉说着什么。它们可能在诉说它们的经历和它们的遭遇。不错，那些瓦的来历已经有些久远。以前，我只认为我们家的一张雕花大床、几把硬木椅子和一张三屉桌，是祖上传下来的、值得珍视的老物件，从来没把泥巴做的瓦放在眼里。现在看来，瓦在我们家的历史更长一些。瓦是一条线索，也是一种记忆。通过瓦这条线索，可以串起我们家族的历史。通过瓦的记忆，可以让我们回想起家族的变迁。那些瓦起码是我们家的文物。从现在起，我不能不对瓦心怀敬畏。

2011年3月3日于北京和平里

母亲和树

2004年清明节，母亲去世一周年之际，我和弟弟为母亲立了一块碑。碑是弟弟在古城开封定制的。开封有着悠久的勒碑传统，石碑勒制得很是讲究，一见就让我们生出一种庄严感，不由地想在碑前肃立。和石碑同时运回老家的，还有六棵树，四棵柏树，两棵松树。墓地里最适合栽种的树木就是四季常青的松柏。松柏是守卫墓碑的，也是衬托墓碑的，有松柏树起，墓碑就不再孤立，就互相构成了墓园的景观。

栽树时，我们兄弟姐妹五人都参加了，有的刨坑，有的封土，有的浇水，把栽树当成了一种仪式，都在用心见证那一时刻。我们对树的成活率没有任何怀疑，因为我们那里的土地非常肥沃，如人们所说，哪怕是在地里埋下一根木棒，都有望长出一棵树来。何况弟弟从开封运回的都是生机勃勃的树苗，每棵树的根部都用蒲包裹着一包原土。我们开始憧憬，若干年后，当松柏的树冠如盖时，松是苍松，柏是翠柏，那将是一派多么让人欣慰的景象。我们还设想，等松柏成了气候，人们远远地就把松柏看到了，当是对母亲很好的纪念，绿色的纪念。

在我少年的记忆里，我们村二老太爷家的坟茔就是一个柏树园子。园子里的柏树有几十棵，每一棵岁数都超过了百岁。远看柏树园子黑苍苍的，那非凡的阵势让少小的我们几乎不敢走近。到了春天，飞来不少鹭鸶在柏树上搭窝，孵育小鹭鸶。那洁白的鹭鸶在树顶翻飞，如同一朵朵硕大无朋的白莲在迎风开放，甚是好看！可惜在1958年大炼钢铁时，那些柏树被青年突击队员们一夜之间全部伐倒，并送进小铁炉里烧掉了。从那以后，直到我们在母亲墓碑周围栽松柏之前，四十多年间，村里再也无人栽过松柏树。乡亲们除了栽种一些能收获果品的果树，就是栽一些能很快卖钱的速成树。因松柏树生长周期长，短时间内很难得到经济效益，人们就把松柏树放弃了。我们反其道而行之，把松柏树重新栽回到家乡那块土地上，所取不是什么经济效益，看重的是松柏的品质，以及为世人所推崇的精神价值。我们不敢奢望墓园里的松柏能形成柏树园子那么大的规模，也不敢奢望有限的几棵松柏能长成像柏树园子那样呼风唤雨的阵势，只期望六棵松柏树能顺利成长就行了。

让人意想不到的是，栽好松柏树，我回到北京不久，妹妹就给我打电话，说有一棵柏树因靠近别人家的麦地，人家往麦地里打除草剂时，喷雾飘到柏树上，柏树就死了。我一听，心里顿时有些沮丧。我听人说过，除草剂是很厉害的。地里长了草，人们不再像过去一样用锄头锄，只需用除草剂一喷，各种野草便统统死掉。柏树虽然抗得住冰雪严寒，哪里经得起除草剂的伤害！我有什么办法？我对妹妹说：死就死了吧，死掉一棵，不是还有五棵嘛！

更严重的情况还在后头。现在收麦都是使用联合收割机，机器收麦留下的麦茬比较深，机器打碎的麦秸也泻在地里。收过麦子，人们要接着种玉米，就放一把火，烧掉麦茬和麦秸。据说火烧得很大，很普遍，夜间几乎映红了天际。就在我们种下松柏树的当年麦季，烧麦茬和麦秸的火焰席卷而来，波及到松柏，使松柏又被烧死三棵，只剩下一棵柏树和一棵塔松。秋天我回老家看到，那棵幸存的柏树的树干还被收麦的机器碰掉了一块皮，露出白色的木质。小时候我们的手指若受了伤，习惯在伤口处撒点细土止血。我给柏树的伤口处揉了些黄土，祝愿它的伤口能早日愈合，并希望它别再受到伤害。

我母亲生前很喜欢栽树，对树也很善待。我家院子里的椿树、桐树等，都是母亲栽的。看见哪里生出一棵树芽，母亲赶紧找一个瓦片把树芽盖起来，以防快嘴的鸡把树芽啄掉。母亲给新栽的桐树绑上一圈刺棵子，以免猪拱羊啃。每年的腊八，我们喝腊八粥的同时，母亲也会让我们给石榴树的枝条上抹些粥。母亲的意思是说，石榴树也有感知能力，人给石榴树吃了粥，它会结更多的石榴。我们在母亲的长眠之处栽了松柏，母亲的在天之灵肯定是喜欢的。母亲日日夜夜都守护着那些树，一会儿都不愿离开。在我的想象里，夜深人静时，母亲会悄悄起身，把每棵树都抚摸一遍，一再赞叹：多好啊，多好啊！母亲跟我们一样，也盼着松柏一天天长大。然而，化学制剂来了，隆隆的机器来了，熊熊的烈火来了，就在母亲旁边，那些树眼睁睁地被毁掉了。母亲着急，母亲心疼，可母亲已经失去了保护树的能力，母亲很无奈啊！

按理说，我和弟弟还有能力保护那些树。只是我们早就离开了家乡，在城里安了家，只在每年的清明节和农历十月初一才回去一两次，不可能天天照看那些树。我想，就算我们天天在老家守着，有些东西来了，我们也挡不住。也就是说，我们只有栽树的能力，却没有保卫树的能力。好在六七年过去了，剩下的那棵松树和那棵柏树没有再受到伤害。塔松一年比一年高，已初具塔的形状。柏树似乎长得更快一些，树干有茶杯口那么粗，高度超过了石碑楼子，树冠也比张开的伞面子大得多。有风吹过，柏树只啸了一声，没有动摇。

在母亲去世8周年之际的清明节，弟弟又从开封拉回了四棵树，两棵松树，两棵金边柏。以前栽的树死掉了四棵，如今又拉回四棵，弟弟的意思是把缺失的树补栽一下。说起来，在母亲去世前，我们的祖坟地并没有在我们家的责任田里，母亲名下的一亩二分责任田在另一块地里。母亲逝世时，为了不触及别人家的利益，我们就与人家协商，把母亲名下的责任田交换过来，并托给一个堂哥代种。也就是说，我们在坟地里立碑也好，栽树也好，和村里别的人家的田地没有任何关涉，别人不会提出任何异议。

让人痛心和难以接受的是，2012年麦季烧麦茬和麦秸的大火，不仅把我们新栽的四棵松柏烧死了了三棵，竟连那棵已经长成的柏树也烧死了。秋后我回老家给母亲烧纸时到墓园里看过，那棵柏树浑身上下烧得乌黑乌黑，只剩下树干和一些树枝。我给柏树照了一张相，算是为它短暂的生命立了一个存照。

我有一个堂弟在镇里当干部，他随我到墓园里去了。我跟堂弟交代说：这棵被烧死的柏树，你们谁都不要动它，既不要刨掉它，也不要锯掉它，就让它立在那里，能立多久立多久！

2013年2月18日至20日于北京和平里

卖烟叶儿

不是谁都会卖东西，我在卖东西方面就很无能。

记得上初中一年级的时候，我到集上卖过一次烟叶儿。那是一次失败的经历，至今想起来仍让我感到惭愧。

新学期开始了，我还没有交学费。班主任老师在课堂上讲，哪些同学的学费还没交，尽快交一下。老师虽然没有点我的名，我知道还没交学费的同学中有我一个。拖过初一，拖不过十五，交学费的事是拖不掉的。老师催我，我就回家催母亲。母亲决定，让我自己到集上去卖烟叶儿，用卖烟叶儿换来的钱去交学费。

平日里，我需要买一张白纸钉作业本，或买别的学习用品，母亲都是拿鸡蛋换钱给我。当时一个鸡蛋才能卖三分钱，母鸡又不能保证每天都能下一个蛋，交学费所需的钱比较多，要是等到把鸡蛋攒得足够多再卖钱交学费，母鸡的功德是圆满了，我的学也别上了。以前，家里需要给我交学费时，母亲都是卖粮食，卖小麦或者卖豆子。这一次母亲舍不得卖粮食了，拿烟叶儿代替粮食。

我们家的屋子后面，有一片空着的宅基地。那片地种别的东西都长不住，不够鸡叼猪拱的，唯有种辛辣的、具有自我保护能力的烟叶儿，才会有所收成。母亲把肥厚的、绿得闪着油光的烟叶儿采下来，用麻经子拴成串儿，挂到墙上晒干。然后把又干又黄的烟叶儿扎成等量的一把儿一把儿，放在篓子里储藏起来。我父亲1960年去世后，家里没有人再吸烟。烟又不能当饭吃，母亲种烟，看取的是它的经济价值，目的就是为了卖钱。

我说：我不会卖。

母亲说：你都上中学了，难道连个烟叶儿都不会卖吗？不会卖，就别上学了！

那天是个星期天，母亲和大姐、二姐天天在生产队里出工，挣工分，她们根本没有星期天的概念。学不能不上，我只好硬着头皮，把拿烟叶儿换学费的任务承担下来。

每把儿烟叶儿的价钱都一样，母亲跟我说了定价，叮嘱我要把价钱咬住，少于这个价钱就不卖。母亲有些不放心似地问我：记住了？

我点点头，表示记住了。

集上总是很热闹，我喜欢赶集。但我以前赶集，都是看别人卖东西，自己从来没卖过东西，也没有想到过有朝一日我也会到集上卖东西。用母亲做饭时穿的水裙，兜着六把烟叶儿，来到离我们村三里之外的集上，我有些羞怯，还有些莫名的紧张。我找到街边地摊儿之间的一个夹缝，把水裙铺在地上，把烟叶儿露出来。街上人来人往，熙熙攘攘，我不敢看人，退后一点站着，只低头看着放在脚前地上的烟叶儿。我家的烟叶儿当然很好，焦黄焦黄，是熟金一样的颜色。随便揪下一片，揉碎放进烟袋锅儿里，点火就可以吸。可我心里却在打鼓，烟叶儿有没有人买呢？

一个老头儿过来了，他把我叫学生，问烟叶儿多少钱一把儿。我说了价钱。他问了少了卖不卖？我说不卖。他就走了。

一个妇女过来了，她把我叫这小孩儿，问烟叶儿多少钱一把儿。我说了价钱。她问少了卖不卖？我说不卖。她也走了。

好不容易等来两个问价钱的人，他们问了价钱就走了。是不是母亲把价钱定高了呢？要是烟叶儿卖不掉怎么办呢？我开始有些着急。烟叶儿是很焦，但我心里好像比烟叶儿还焦。

这时旁边有一个卖包头大白菜的大叔似乎看出了我的焦急，对我说：你得吆喝，不会吆喝可不中。说着，给我做示范似地大声吆喝：卖白菜了，瓷丁丁的大白菜，往地上一砸一个坑，买一棵顶两棵！

我哪里会吆喝！我会唱歌，我会在课堂上喊起立，坐下，让我吆喝卖烟叶儿，我可吆喝不出来。大叔吆喝之后，眼看买他白菜的人果然比刚才多。我要是吆喝一下，也许注意到我的烟叶儿赶集者也会多一些。可是，我就是张不开口，也不知道吆喝什么。

太阳越升越高，我的烟叶儿一把儿都没卖掉。我那时耐心还不健全，钓起鱼来还算有点儿耐心，卖起东西来耐心就差远了。我想如果再等一会儿烟叶儿还卖不掉，我就不卖了，把烟叶儿原封不动提溜回家。回家后我会跟母亲赌气，不再去上学，看母亲怎么办！

这时那个把我叫小孩儿的妇女又转了回来，她蹲下身子，一边用手摸烟叶儿，一边跟我讲价钱，她说便宜点儿吧，如果便宜点儿，她就买一把儿。还说卖东西不能太死性，不能把价钱咬死，那样的话，到散集东西都卖不掉。她讲的价钱和我母亲定的价钱每把儿烟叶儿少了五分钱。这一次我没有说不卖，我皱起眉头，有些犹豫。

见妇女跟我讲价钱，又过来一个男的给妇女帮腔，说卖吧卖吧，你要是便宜卖，我就买两把儿。他把我叫成男子汉，说一个男子汉，要自己拿主意，办事要果断。

我怎么办？我的头有些发蒙，不知道主意在哪里。我不敢说同意，也不敢说不同意。我要是同意卖呢，就等于没听母亲的话，没把价钱咬住。要是不同意卖呢，我担心如果再错过机会，烟叶儿真的就卖不掉，学费就交不成。

那个男的大概看出了我的犹豫，他把两把儿烟叶儿抓在手里，开始按他们讲的价钱给我付钱，说好了，收钱吧。

我真傻，我像没见过钱似的，竟把钱接了过来。这一收钱不要紧，那个妇女也要了两把儿烟叶儿，按她讲的价钱给我付了钱。他们讲的价钱是强加给我的，但我没有坚持母亲给我的定价，等于做出了让步。不知从哪里又钻出两个人，他们像抢便宜似的，买走了最后两把烟叶儿。

当六把儿烟叶儿全部被人拿走，地上只剩下水裙时，我才意识到坏了，我做下错事了。一把烟叶儿少卖五分钱，六把烟叶儿就少卖了三毛钱。三毛钱在当时可不算个小钱，十个鸡蛋加起来才能卖这么多钱啊！母亲知道我少卖了这么多钱，不知怎么生气呢，不知怎么吵我呢！

母亲是有些生气，但并没有怎么吵我。母亲说：你这孩子，耳朵根子怎么那么软呢！

从那以后，母亲再也没让我到集上卖过东西。

2014年12月30日于北京和平里

兔子的精神

兔子分两种，家兔和野兔。家兔很可爱，野兔跑得快。我这次把目光投向越来越少的野兔，想着重把在田野里野生野长的兔子说一说。

在虎年的小满之后，我特意回到老家看收麦。麦子已经成熟，在一马平川的大平原上，到处都是黄金铺地般的富丽色彩。我每天在麦田间的小路上走来走去，尽情享受麦子的芬芳。缠绕在麦穗上的狗儿秧的喇叭花，一只翩翩飞舞的白蝴蝶，在我头顶喳喳叫着的喜鹊，还有水边陡起的长腿鹭鸶，都让我感到一种久违的美。更出人意料的是，有一天下午，在前面一块麦子地头的小路上，我竟然看到了一只兔子。兔子是银黄色，和麦子的背景几乎融为一体。可我还是把兔子看到了，因为麦子是静态，兔子是动态。好久没看到家乡的野兔了，野兔的出现不免让我有些惊喜，我差点叫了一声兔子！我没有叫，我怕吓着了兔子。我停下脚步，没有再往前走。我想对兔子传达一个信号，我对它是友好的。还好，兔子没有立即隐入麦丛中去，它竖起双耳，也停下了。我断定这只兔子是一只新生的兔子，对人类还不是很害怕。于是，我悄悄拿起照相机，想把这个朋友照下来。兔子大概发觉了我的举动，不能理解照相机是什么玩意儿，还没等我把镜头对准它，它就快速向前跑去。它顺着小路又跑了一阵儿，才身子一拐，遁入浩瀚如大海一样的麦地。

这个时候的兔子是幸福的。田边地头野草茂盛，可以说它们左右逢源，每天都有享用不完的大餐。这个时候的兔子也是安全的。麦子从青纱帐变成了黄纱帐，它们在金色的帐子里自由穿梭，或唱歌跳舞，或结社集会，或卿卿我我，反正想干什么都可以。

麦子收割时，等于把野兔们赖以藏身的黄纱帐收走，野兔们就得面临危险。我少年时代在老家的生产队参与割麦，割着割着，每每看见一只兔子腾地跃起，向另一块尚未收割的麦地跑去。社员们对兔子都很感兴趣，大家停下割麦，站起来以手罩眼，一齐对兔子呐喊。有的人还试图朝兔子追过去。但兔子四条腿，人只有两条腿，人的奔跑速度比兔子差远了，人的呐喊和追赶只不过是虚张声势而已。这时，同样长有四条腿的狗跳出来了，奋勇向兔子追去。平日里，习惯了看人们脸色的狗们因不敢对主人有过多超越，跑起来总是颠儿颠儿地，速度不是很快。如今面对兔子，狗们像是总算找到了用武之地，也得到了在人们面前露脸儿的机会，杀下身子，跑得风驰电掣一般。结果怎么样呢？狗们往往空嘴而归。狗跑得是很快，但兔子跑得更快。兔子跑起来像一朵金色的雾，在田野里飘飘忽忽，让狗望尘莫及。

对野兔们来说，最严峻的时刻是收秋之后和飘雪的冬季。此时场光地净，无遮无拦，野兔们不仅食物匮乏，连找一个藏身之所都很难。而贪婪的人们收获了庄稼还不够，还要像收获庄稼一样收获肉质的兔子。人出动了，狗出动了，在我们那里被称为兔鹘的一种猎隼也出动了。如果人和狗是围捕野兔的地面部队，兔鹘就是人们所豢养的空中打击力量。与人、狗和鹘比起来，野兔们属于真正的弱势群体。只有野草是它们的朋友，别的动物几乎都是它们的敌人。但兔子也要生存，也有使族类得到繁衍的权利。它们的生存法则决定了它们并不是一味向强势群体屈服，除了逃跑，它们有时还表现出一种抗争的精神。有一次我看打围时亲眼所见，当兔鹘在空中斜刺里向一只野兔俯冲下来时，野兔竟猛地跳将起来，用头向兔鹘顶去。兔鹘猝不及防，被闪落在地，扑了一个空。兔鹘再起飞，飞到一定高度，再次向野兔发起冲击。而野兔毫不畏惧，在奔跑中瞅准时机，再次跳起来，直着身子向兔鹘的腹部撞去。这一幕让我震撼，甚至有些紧张，我万万没有想到，小小的野兔竟敢与那么强大的敌人抗争。从那一刻起，我站到了野兔一边，希望野兔把不可一世的、武装到翅膀的敌人顶翻，成为最终的胜利者。然而遗憾，由于兔鹘一而再、再而三地干扰了野兔的奔跑速度，从后面追过来的狗还是把野兔咬住了。

我还听说过一个让人更加难忘的故事。在某个肃杀的冬季，当一只老鹰将利爪刺进一只野兔母亲的臀部时，野兔母亲没有回头，没有犹豫，拖着老鹰继续奋力向前奔跑，一直把老鹰拖进一片长满硬刺的荆棘丛中。老鹰被刮得少皮没毛，野兔母亲悲壮地与老鹰同归于尽。出于对野兔母亲的敬佩，我曾把这个故事写成了一篇短篇小说，小说的题目叫《打围》。

2011年1月25日（春节前夕）

第4辑・心情

挑水

在我少年时候的印象里，挑水对我们家来说是个很大的负担。

我们院子里住着好几户人家，共用一副水筲。水筲是堂叔家的。谁家需要挑水，把水筲取来，挑起来就走。很长一段时间，我都不知道水筲是堂叔家的，还以为是我们家的呢。水筲是用柏木做成的，上下打着好几道铁箍，筲口穿着铁系子。加上水筲每天都湿漉漉的，水分很足，所以水筲本身就很重，一副水筲恐怕有几十斤。水筲里盛满了水就更重，一担水至少要超过百斤，没有一把子力气是挑不动的。

挑水的担子是特制的，两端镶有固定的铁链子和铁钩儿，它不叫扁担，叫钩担。用钩担和水筲挑水，对人的身高也有要求，如果达不到一定的高度，就不能把水筲挑离地面。

我们家离水井也不近，水井在村南，我们家在村北，挑一担水要来回穿过整个村街。

水是必需品。做饭，刷锅，喂猪，都用水。洗菜，洗衣，洗脸，也离不开水。我们家每天都要用一担到两担水。

父亲活着时，我们家用水都是父亲挑。父亲挑水当然不成问题。父亲挑着空水筲往院子外面走时，水筲的铁系子咿呀咿呀响。父亲挑了重水筲回家，铁系子就不响了，变成了父亲的脚响。父亲的大脚踩在地上嚓嚓的，节奏感很强，像是在给忽闪忽闪的钩担和水筲打拍子。父亲逝世后，我母亲接过了挑水的担子，母亲挑水就不那么轻松，每次挑水回来，母亲都直喘粗气。后来生产队为了照顾我们家，就让母亲参加男劳力干活，以多挣工分。繁重的劳动每天都把我们的母亲累得筋疲力尽。有时母亲还要出河工，吃住在挖河的工地。家里还有年迈的祖父，还有我们姐弟六人，日子还得过下去。于是就轮到我大姐试着挑起了挑水的担子。

那时大姐不过十三四岁，身子还很单薄，那样大的水筲对大姐来说是显得过于沉重了。可我们家没钱买小铁桶，瓦罐子又太容易破碎，只能用水筲挑水。我们那里把钩担两端的铁链子和铁钩儿叫成钩担穗子。钩担的穗子长，大姐的个子低，大姐挑不起水筲怎么办呢？大姐就把钩担穗子挽起来，把铁钩倒扣在钩担上，这样大姐才能勉强把一对水筲挑起来。用钩担把水筲系进井里打水也不容易，技术上要求很高，需要把水筲在水面上方左右摆动，待筲口倾斜向水面，猛地把水筲扣下，才能打到水。这全靠手上的寸劲儿，摆得幅度不够，水筲就只能漂在水面。摆动太大，或往下放松太多，铁钩会脱离水筲的铁系子，致使水筲沉入井底。那样麻烦就大了。大姐第一次去挑水，我担心她不会摆水，担心她会把水筲丢进井里。还好，大姐总算把水挑回来了。大姐走一阵，停下来歇歇，再走。水挑子压力太大，大姐绷着劲，绷得满脸通红。大姐把前后水筲的平衡掌握得不是太好，前面碰一下地，后面碰一下地。水筲每碰一下地，水就洒出一些。等大姐把水挑进灶屋，满筲水只剩上半筲了。

干天干地还好一些，遇上下雨下雪，大姐去挑水就更困难。我们那里是黏土地，见点水地就变得稀烂，泥巴深得拽脚，大姐每走一步都要付出加倍的力气。在这种情况下，大姐仍要去挑水。在雨季，我常常看见大姐赤着脚把水挑回来，身上的衣服也湿透了。而在雪天，大姐出门就是一身雪，水挑回来时，连水筲里都漂着雪块子。按说可以在好天好地时把水储存下一些，可我们家惟一的一口水缸盛粮食用了，我们家用水都是随用随挑。有时挑来的水还没用完，邻家又要用水筲去挑水，大姐就把剩余的水倒进一只和面用的瓦盆里。瓦盆不大，容积很有限。

秋季的一天，下着小雨。大姐去挑水时，小雨把钩担淋湿了。钩担经过长期使用，本来就很滑手，一淋了雨，钩担就更滑，简直像涂了一层油。大姐在水井里把水筲淹满了水，却提不上来了。连着两三次，大姐把水筲提到井筒半腰，手一滑，水筲又出溜下去。最后一次，大姐半蹲着身子，咬紧牙关，终于把水筲提出了井口。就是那一次，大姐由于用力太过，感到了身体不适。那天把水挑回去后，大姐哭了。她想到了她的今后，伤心伤得很远。从那以后，大姐每次去挑水都很畏难。特别是一到雨天，大姐更不愿去挑水。

好在我二姐顶上来了，二姐身体比较结实，人也争强，二姐把挑水的事承担下来。

随着我逐渐长大，似乎该由我挑水了，因为我是我们家的长子。可是，母亲一直不让我挑水。母亲明确说过，她怕我挑水太早，压得长不高，以后不好找对象。母亲怕我长不高，难道就不怕大姐二姐长不高吗？母亲不让我挑水，显然是出于对我的偏心。我注意到，我的大姐二姐也从来不攀着我挑水。她们都有不想挑水的时候，为挑水的事，她们之间有时还闹点小小的矛盾，但她们从来没提过该轮到我去挑水了。

想来主要是我不够自觉，也比较懒，反正我挑水挑得极少。

关于挑水的一些事情，我当时并不完全知情，一些细节是后来听母亲和大姐二姐说到的。她们是以回忆的口气说过去的事，说明她们早就不必挑水了，早就把担子从肩上卸下来了。可我听得心里一沉，像是重新把挑水的担子挑了起来。我想把担子卸下来就不那么容易。

我的向往

我初中毕业回乡当农民期间，只给县里广播站写过几篇稿子，从没有给《河南日报》写过稿子。我当时觉得自己的写作水平还不行，写了报纸也不会登。

我们公社有一个通讯员，倒是给《河南日报》写了不少稿子。可他写了一篇又一篇，就是不见发表。他有些着急，也是不服气，就从报上抄了一篇稿子，投给了《河南日报》，看看报纸给不给登。您猜怎么着，他抄的那一篇很快在报上登了出来。为处理这件抄袭的事，报社还专门派记者到我们公社调查，这件事给我留下了很深的印象。它让我懂得，报纸用稿是有标准的，达到标准，人家自然会用，达不到标准，万不可急功近利，投机取巧。

我第一次给《河南日报》写稿子是1973年春天。其时我已经到新密煤矿参加工作两三年了，还从基层调到矿务局宣传组，当上了专事写新闻报道的通讯员。说来真够幸运的，我写的稿子是一篇，发出来却是两篇。怎么说呢，那年青年节前夕，我到裴沟矿经过采访，写的是一篇记述青年矿工扎根煤海志不移的通讯。

通讯分三段，每段写一个青年矿工的事迹。编辑大概认为其中两段中的两个人物写得还可以，就作为两篇独立的小故事发了出来。稿子的发表，使我给《河南日报》写稿子的信心提高不少。那时写稿子都不许署名，只署加了括号的本报通讯员，当然也没有稿费。但我心里仍美滋滋的，觉得自己这块料子还行。

还有一次，宣传组的组长派我们几个通讯员分头采访，要求我们每人写两个小故事，组长本人也写了两个小故事。加在一起，一共是八个小故事，组成了一篇长篇通讯。这样写稿子的办法类似于考试，主考官是报社的编辑。我们都明白，这么长的通讯报纸不可能全文发表，编辑肯定会有所取舍，“八段锦”能发个“四季财”就算不错。稿子寄出后，我们心里都有些打鼓，吃不准谁写的故事能上榜，谁写的故事会落榜。几天之后，通讯发了出来。我拿过报纸一看，八个小故事被编者删去了五个，只发了三个。这三个小故事中，有两个是我写的。而组长写的两个小故事一个都没被采用。看到这个结果，我内心的高兴半点儿都不敢表露，赶紧“夹起尾巴”躲到一边去了。

尽管那时写稿不署名，上面还是有人知道了我会写点儿东西。省里有个工业学大庆办公室，办公室主任点名要我去那里帮助工作。办公室的工作是推动全省的工矿企业开展学大庆活动，并下基层调查研究，写调研报告。回想起来，我在学大庆办公室帮忙期间的主要表现是不怕写东西，别人推三推四不愿写的东西，我说我来写。我知道有些老同志对我写东西不是很信任，但我就是敢写，就是不怕失败。对我来说，每次写东西都是一个学习的机会，失败也是学习，或许是更好的学习。也许正是因为我有那样的表现，他们看中了我。我在那里工作几个月后，办公室主任跟我谈话，希望我正式调到办公室工作。能从一个煤矿企业调到省里的机关，不能说不是一个进步，但我没有同意。我说我喜欢写新闻报道，最想去的单位是《河南日报》。现在想想，我那时真是敢想，也真敢说，颇有点儿不知天高地厚的意思。《河南日报》那么一个精英云集的新闻单位，能是一个仅有初中文化程度的毛头小子想去就去得了的吗？

机会来了，在我的要求下，《河南日报》驻郑州市记者站的陈迅老师答应让我去记者站学习。机会难得，我暗暗对自己说，一定要抓住这个机会，好好学习，多写稿子，争取在记者站里留下来。然而让人失望的是，我所在单位的领导不同意我到记者站学习，领导说我已经会写稿子了，不必再到记者站学习，要学习的话，另派一个同志去吧。我把领导的意见报告给陈迅老师，陈老师说：你要是不能来，别的人谁都不用来了。就这样，我眼睁睁地失去了有可能去向往已久的《河南日报》工作的机会。

粉碎“四人帮”后的1978年，刚过罢春节，煤炭工业部所属一个《他们特别能战斗》的杂志社，要借调我到编辑部帮助工作。单位领导还是不想让我去。因为矿务局的一位副书记去煤炭部开会时已答应了杂志社的借用要求，单位领导才没能阻止我。在编辑部帮助工作期间，我就住在办公室里。每天除了早上到地坛公园跑一圈，打一套长拳，就是看稿子，编稿子，写稿子。我没有打算留在北京，没有任何私心杂念，干得异常放松、专注和认真，连一些老编辑编的稿子我都敢提问题，挑毛病。后来我才知道，我帮助工作的过程，也是杂志社考察我的过程。考察了半年之后，他们就决定调我到编辑部工作。让负责跟我谈话的编辑部主任没想到的是，我拒绝了他们的决定。我说出的理由是，我想搞文学创作（当时我已经开始发表小说），想在基层多生活几年。我心里还有一个想法不便说出来，就是还惦着能去《河南日报》工作。

我毅然回到新密矿务局不久，煤炭部就派两个同志到矿务局去了，他们通知矿务局，也是通知我，说经过国务院有关部门批准，煤炭部已下达调令，调我到北京工作。我们全家调到北京后，我编过《他们特别能战斗》、《煤矿工人》，还参与创办了《中国煤炭报》和《中国煤矿文艺》，在编辑岗位一直干了二十多年，到2001年才调到北京作家协会当专业作家。

虽然我没能到《河南日报》工作，但我与家乡的报纸有难以割舍的情缘。我的办法是，每年给《河南日报》写几篇稿子，以表达对《河南日报》的热爱，也是寄托对家乡人民的感情。

2016年5月25日于北京

雪天送稿儿

我在河南新密煤矿当通讯员时，经常到省会郑州的《河南日报》送稿儿。我那时写的多是新闻报道，有一定的时效性。那样的稿子，若是通过邮递方式往报社寄，等编辑收到就过时了，有可能成为废纸。为避免辛辛苦苦所写的稿子成为废纸，我的办法是直接把稿子送到报社去。好在矿务局离郑州不是很远，也就是几十公里，坐上火车或汽车，一两个钟头就到了。

让我最难忘的一次送稿儿，是在20世纪1977年的大年初一。当时全国到处喊缺煤，煤炭是紧俏物资。在那种情况下，矿工连过春节都不放假，照样头顶矿灯下井挖煤。工人不放假，矿务局的机关干部当然也不能放假，须分散到局属各矿，跟工人一起过所谓革命化、战斗化春节。初一一大早，我还在睡觉，听见矿务局一位管政工的副书记在楼下大声喊我，让我跟他一块儿去王庄矿下井。副书记乘坐的吉普车没有熄火，我听见副书记的口气颇有些不耐烦。我不敢稍有怠慢，匆匆穿上衣服，跑着下楼去了。来到矿上，阴沉的天空飘起了雪花。副书记去和矿上的领导接头，慰问，我换上工作服，领了矿灯，到井下的一个掘进窝头和工人们一起干活儿。我明白，我的任务不是单纯干活，从井下出来还要写一篇稿子。为了能使稿子有些内容，我就留心观察工人们干活儿的情况，并和掘进队的带班队长谈了几句。井下无短途，等我黑头黑脸地从井下出来，洗了澡，时间已是半下午。雪还在下，井口的煤堆上已覆盖了一层薄雪，使黑色的矿山变成了白色的矿山。此时，那位副书记和小车司机已先期回家去了，把我一个人丢在了矿上。我也想回家，跟妻子、女儿一块儿过春节，可不能啊，我的主要任务还没有完成。我搭了一辆运煤的卡车，向郑州赶去。雪越下越大，师傅不敢把车开得太快。我住进《河南日报》招待所时，天已完全黑了下来，吃晚饭的时间都过了。招待所的院子里积了半尺多深的雪，新雪上连一个脚印都没有。招待所是一个方形的大院，院子四周都是平房。平日里，入住招待所的全省各地的通讯员挺多的，差不多能把所有的房间住满。可那天的招待所空旷冷清起来，住招待所的只有我一个人。招待所方面，只有食堂里有一位上岁数的老师傅值班。我问老师傅有什么吃的？老师傅说：今天是大年初一呀，你怎么不在家过年哩！我说矿上不放假，我还得写稿子。老师傅见我冻得有些哆嗦，问我想吃什么，他给我做。我说随便吃点什么都行。老师傅说：那我给你煮饺子吧。

吃了两碗热气腾腾的水饺儿，我就趴在招待所的床铺上开始写稿子。望一眼窗外纷纷扬扬的大雪，我记得我写下的第一句话是：大年初一，新密煤矿井上冰天雪地，井下热火朝天。第二天早上，我踏着一踩一个脚窝的积雪，去报社的编辑部送稿子。报社的地方挺大的，有南门还有北门。我从北门进去，向编辑部所在的那栋大楼走去。报社的大院子里不见一个人影，偶尔有个别喜鹊在雪树间飞来飞去，蹬落一些散雪。我来到报社编辑部的值班室，见报社的总编辑在那里值班。我参加过报社在洛阳召开的城市通讯员工作会议，认识总编辑，我对总编说，我写了一篇煤矿工人节日期间坚守生产岗位的稿子，问总编需要不需要？总编的回答让我欣喜，他说当然需要，报纸正等这样的稿子呢！

把稿子交给总编，我就向长途汽车站赶去，准备回家。让我没想到的是，因大雪封山，雪阻路断，开往矿区的长途汽车停运了。汽车停运了，火车总不会停吧，我又向火车站赶去。下午只有一趟开往矿区的列车，我应该能赶上。然而因为同样的原因，火车也停开了。没办法，我只好返回《河南日报》的招待所住下。在中国人很看重的春节，别人大都和家人一起团聚，过年，我那年却被大雪生生困在了郑州。我在大年初一的早上就去矿上下井，一去就是好几天无消息，我想我妻子一定很着急，很担心。可那时家里没电话，更谈不上用手机，我只能等雪停路通才能回去，才能跟妻子解释未能按时回家的原因。

在报社招待所待着也有好处，能够及时看到报纸。我初二把稿子送到报社，看到初三的《河南日报》就把稿子登了出来。稿子不仅发在头版，还是头条位置。

2016年元月5日于北京和平里

怀念翟墨

翟墨是我国独树一帜的美学家，他离开我们已经7年了。每当看到美术、美学、美育以至水墨、笔墨这样的字眼，我都会油然想起他。他长我10岁，生前见面时我都是称他老兄，他则叫我庆邦弟，我们两个有着兄弟般的情谊。

我认识翟墨是在20世纪70年代初期，那时他还没有使用翟墨这个笔名，发表作品时的署名是翟葆艺。其时他在郑州市委宣传部当新闻干事，我在郑州下属的新密矿务局宣传部也是当新闻干事，我们因上下级工作关系而认识。至于他写过哪些新闻作品，说来惭愧，我一篇都记不起了。而他在《河南日报》发表的一首诗，让我一下子记住了翟葆艺这个名字。那是一首写麦收的诗，其中两句恐怕我一辈子都不会忘记。诗句是："镰刀挥舞推浪去，草帽起伏荡舟来。"须知当时报纸上充斥的多是一些诸如斗争、批判、打倒、专政等生硬的东西，翟葆艺的诗从金色的大地取材，从火热的劳动生活中获得创作灵感，呈现的是图画般美丽动人的情景。在今天看来，这样的诗句也许算不上多么出类拔萃，但在“文化革命”的气候里，她就不大一般，显示的是难能可贵的艺术性质，并崭露出作者独立的审美趣味。

我很快就知道了，翟葆艺是毕业于郑州大学中文系的高材生，当过中学老师，晚报记者，业余时间一直在写诗。对于有文学才华的人，我似乎天生有一种辨识能力，不知不觉间就被对方的才华所吸引，愿意和“腹有诗书”的人接近，以表达我的敬意。除了欣赏翟葆艺的才华，我还注意到了他葆有一种与众不同的气质。什么样的气质呢？是羞涩的气质。几个人在一块儿闲谈，说笑话，话题或许跟他有关，或许与他一点儿关系都没有；有人或许看了他一眼，或许没看，几乎没什么来由，他的脸却一下子就红了。他的皮肤比较白净，加上他常年戴的是一副黑框眼镜，对比之下，他的脸红不但有些不可掩饰，反而显得更加突出。他也许不想让自己脸红，但这是血液的事，是骨子里的事，他自己也管不住自己。真的，我这样说对葆艺兄没有半点儿不恭，他羞涩的天性真像是一个女孩子啊！后来读到一些哲学家关于人性的论述我才明白了，因羞涩而脸红，关乎一个人的敏感、善良、自尊、爱心，以及丰富的内心世界和温柔的感情，这正是一个优秀艺术家的心灵性和气质性特征。

1978年，我和翟葆艺同一年到了北京，我是到一家杂志社当编辑，他是考进了中国艺术研究院美术系研究生部，在我国著名美学家王朝闻先生亲自指导下读研。在读研期间，我到研究院看望过他。我知道考研是一件难事，除了考专业课，还要考外语。我问他考的是什么外语，他说是日语。我又问他以前学过日语吗？他说没有，是临时自学的，因日语里有不少汉字，连学带蒙，就蒙了过去。他自谦地边说边笑，脸上又红了一阵。我心想，要是让我临时学外语，恐怕无论如何都难以过关。他在短时间内就能把一门外语拿下，其聪明程度可见一斑。

我们家在北京没有亲戚，就把葆艺家当成亲戚走。1989年春节，我带妻子到他家拜年，他送给我他所出的第一本署名翟墨的书，《美丑的纠缠与裂变》。读朋友的书，除了感到亲切，更容易从中学到东西。我自知艺术理论功底浅，这本书正是我所需要的。这是一本谈美说艺的短论结集，所论涉及文学、绘画、书法、音乐、戏剧等多个艺术门类。他的论述深入浅出，用比较简单的语言说明复杂的道理，用含情的笔墨探触理性珠奥秘，读来让我很是受益。比如谈及书法之道时，他借用古人的理论，阐明初学者求的是平正，接着追求险绝，而后复归平正。“初谓未及，中则过之，后乃通会。”读到这样的论述，我联想到自己的小说创作，似乎正处在追求险绝的阶段，要达到“通会”的境界，尚需继续学习。

让人赞赏不已的，是翟墨的文论所使用的语言。我之所以在文章一开始就认定翟墨是“独树一帜的美学家”，在很大程度上，是因为他的语言有着独特的韵味。他的语言有写诗的功夫打底，是诗化的语言。他的文论是诗情与哲理的交融，读来如同一篇篇灵动飞扬、意味隽秀的散文诗，既可以得到心智的启迪，又可以得到艺术的享受。王朝闻先生在序言里对这部著作给予相当高的评价：“翟墨在艺坛探索，所写出来的感受已经引起了一些读者的浓厚兴趣，这一现象也能表明艺术评论有写什么与如何写的自由。”“他很重视诗化的理论形态……这本集子里的文章，在内容与形式方面都是有个性的。”

翟墨早早加入了中国作家协会，在文学评论方面也有很深的造诣。1990年《当代作家评论》第五期，为我的小说创作发了一个评论小辑，小辑里发了五篇文章，四篇是评论家们写的评论，还有一篇是我自己写的创作谈。其中有一篇评论为翟墨所写，评论的题目是《向心灵的暗井掘进》。评论从我的《走窑汉》《家属房》《保镖》等几篇写矿工生活的小说文本出发，着重以小说对人性恶的挖掘为切入点，对小说进行了深入分析。分析认为：“人的本性中的邪恶一旦释放出来，在种种内在和外在原因的作用下，会像滚雪球一样越滚越大。差之毫厘而谬之千里。恶性循环使他们无法自我遏止。在他们进行了各式各样的丑恶表演之后，一个个落得害人害己的悲惨下场。”这样的分析高屋建瓴，鞭辟入里，着实让人诚服。

后来翟墨到我家找过我，对我说了他的处境，问我能否调到我所在的《中国煤炭报》工作。因他的妻子和孩子户口都不在北京，住房条件迟迟得不到改善。他希望通过工作调动，改善一下住房条件。我把他的想法跟报社的领导说了，领导认为他的学历太高了，职务上不好安排，等于回绝了他的要求。

翟墨去世时才68岁，他离开这个世界太早了！尽管他生前已出版了包括《艺术家的美学》《当代人体艺术探索》《吴冠中画论》等在内的18部著作，尽管他主编了70多部丛书，尽管他当上了《中国美术报》的副主编和博士生导师，我还是觉得他去世太早了。凭着他深厚的学养，勤劳的精神，高尚的人格，如果再活十年或二十年，他一定会取得更加丰硕的创作成果，赢得更广泛的影响。

我为翟墨兄感到惋惜，并深深怀念他！

2016年6月16日于北京和平里

花　工

盛夏。正午。阳光炽白，树影发黑。在原煤炭工业部大楼东侧的花园里，一位看去五十来岁的中年男子正在花丛中锄草。他穿一件半袖汗衫，敞着怀，头上戴一顶已经发黄的草帽。他的裤腿向上绾着，绾得一只高，一只低。他没穿袜子，赤脚穿一双塑料凉鞋。无风，天气很热，他锄一会儿，脑门儿上就出一层汗。好在他左肩上搭有一条毛巾，为避免汗水流进眼里，模糊了视线，每当额头上的汗水快要满了，他就抽下毛巾擦一擦。擦完了汗，他塌下腰接着锄草。

他的穿戴和和干活儿的样子引起了我的注意，我看着怎么觉得有点儿熟悉呢？每个地方的人都有自己习惯性的穿戴，我老家的父兄们夏天在地里干活时不就是这样的穿戴嘛！他手中使用的锄板让我进一步认定，这位养花人就是从我的家乡来的。我走过全国许多地方，知道只有我们家乡的农人使用的锄板才这样宽，这样长，而且有着独特的式样。于是我上前跟他打招呼："师傅，忙着呢！"大概由于机关工作人员平日里很少跟他说话，见我跟他打招呼，他有些出乎意料似的，对我笑了笑。我问：“看样子，您是河南人吧？”他说：“戏哩戏哩（是的是的），您从哪儿看出来的？”我一听他说话就乐了，说：“因为我老家也是河南的，只有咱们那地方的人才用这样的锄。”他把锄板看了看，停止了锄草，说：“那咱们是老乡。”我跟他交谈了一会儿，得知他所在的县和我的老家所在的县果然相距不远，都是在河南的南部。知道了他是临时受雇于煤炭部机关绿化队，在这里专事养花种草，每月的工资是六百多块钱。并知道了他使用的锄是他特意从老家带来的。他姓宋，我叫他宋师傅。

我注意到，不管是在花园里锄草，还是为花儿浇水，宋师傅都是在午休时间和机关工作人员下班之后进行。若有人在花园里赏花儿，或在花园间的一块空地上锻炼身体，就不知宋师傅躲到哪里去了。宋师傅养花儿很上心，一到初冬，他就及时把花儿的残枝剪去，从郊区拉来一些发过酵的农家肥，厚厚的封在花根上。到春天再来看，宋师傅养的月季花，花蕾格外多，每一枝都有十来头。花朵格外大，每一朵都有一大捧。花色格外艳，照得人两眼放光。宋师傅除了养月季花，还养有串红、大丽花、菊花、美人蕉、兰花等多种花草。宋师傅像农民伺候庄稼一样，把每样花草调养得都很有光彩。

宋师傅跟我熟了，一看见我，就喊我老乡。我跟他开玩笑：“你不在家好好种庄稼，跑到这里养花儿种草干什么！”宋师傅笑得很开心，说：“城里人喜欢花儿嘛！”有一次，我指着他锄掉的野苋菜对他说：“这种菜挺好吃的。”他说他知道。问我：“你吃吗？”我说：“吃呀。”从此，宋师傅在花地里锄草时就锄下留情，留下了野苋菜。我呢，中午临下班时，便拐进花园里，掐一把野苋菜，回家下到面条锅里吃。有那么两三年，我每年夏天都到宋师傅所负责的花地里掐野苋菜吃。

宋师傅住在煤炭部家属区一间盛放工具的小屋里，我曾到他住的小屋看过他。其时他的妻子也从老家来了，妻子还带来了他的小孙子。看到他们祖孙其乐融融的样子，我说他的小日子过得挺不错的。他承认日子过得不错，笑着说：“人不管走到哪里，有活儿干，有饭吃，有衣穿，就中了。”

这年冬天，下了一场雪，又下了一场雪，却不见宋师傅把花儿的残枝剪去，更不见宋师傅像往年那样早早地用农家肥把花根封起来。有的月季花不畏严寒，还在枝头顽强地开着。积累的白雪下面透出月季花的一点红，显得分外妖娆。可是，一向很勤劳的宋师傅到哪里去了呢？

我碰到绿化队的人一问，才知道宋师傅去世了，秋天就去世了，是突发心脏病夺去了他刚刚五十多岁的生命。我马上赶到宋师傅曾住过的小屋，见小屋的门上果然挂着一把铁锁。我站在小屋门口，一时有些愣怔。宋师傅去世这么长时间了，我怎么一点儿都不知道呢！我呀，我呀，难道也变成一个冷漠的人了吗？

我知道，这多年来，我有不少老乡来北京打工。不光是我的老乡，全国各地来北京打工的农民更是数以百万计。他们在为北京的建设、发展和美化默默地做着贡献。他们有的来了，有的走了。有的献出了青春和汗水，还有的把生命永远留在了这座城市。宋师傅就是把生命留在这座城市的其中一位农民工。我不知道他的名字，只知道他姓宋。

煤炭工业部被取消了，那座工字型大楼经过重新装修后，大门口的牌子换成了国家安全生产监督管理总局和国家煤矿安全生产监察局。大楼东侧的那个花园没有了，地面被硬化处理成水泥地之后，成了自行车棚和汽车通道。可我每次路过那里，都不由自主地往那里看一看。我老是产生幻觉，仿佛觉得那里仍是鲜花铺地，百花丛中仍活动着宋师傅忙碌的身影。

2010年元旦期间于北京和平里

黄梅少年

2007年秋天到湖北看黄梅，转眼一年过去了。每每想起黄梅之行，有一件小事萦绕于心，不记下来像欠了一笔账似的。不是欠别人的账，是欠自己的。

那天上午参观四祖寺。四祖认为，修行并不神秘，日常生活就是修行，种田就是修行。一边种田，一边修行，自食其力，方可修行得好。我受到启示，想到写作也是一种修行。修行需要静心，安心，专心，一个人一辈子只干好一件事就行了。这与写作的道理是相通的。

接着参观毗卢塔。据说此塔建于唐代，是四祖寺前唯一一座唐代建筑遗存，不可不看。我们拾阶而上，一座方形的白塔赫然矗立在我们面前。同行的朋友们，有的驻足对塔仰视，有的绕着塔转，有的选角度在塔前照相。我却一眼在塔侧的松树下看到一位少年。松树根部建有水泥方池，那少年在池沿边靠坐着。我走过去一看，见少年用短扁担挑了两只蛇皮塑料袋子，一只袋子里装满香品，另一只袋子里装的是矿泉水之类的饮料。显然，这些东西都是准备卖给香客和游客的，我们走过来时，已经看见有人在路边摆开了摊子，在卖同样的东西。可是，少年为何躲在一边，不把东西拿出来卖呢？我猜，少年可能在等一个人，等的人十有八九是他的奶奶，等奶奶来到之后，由奶奶把东西拿出来卖。我猜得没错，一问，少年果然是在等他奶奶。他们的家离这里比较远，又都是山间小路，他挑着担子走得快，奶奶走得慢，他就提前来到了。秋季开学后，少年刚上小学四年级。这天是星期六，少年不上课，就帮奶奶挑东西上山。少年的眉眼挺清秀的，只是有些瘦弱，脸色也有些发黄。

初小玲也过来了，俯着身子，关切地看着少年，轻声和少年交谈。少年很羞怯的样子，初小玲问一句，他就答一句，不问，他就不说话，还低着头，低着眉，不敢看人。我听出来了，少年的父母都在杭州打工，家里剩他一个人，只好跟着奶奶过活儿。在我国农村，目前有数以千万计的留守少年儿童，这位少年无疑是其中的一个。我的老家也在农村，对农村留守儿童的情况知道一些。在我二姐那村，有一个孙子留给爷爷看管。一天午后，孙子掉进水井里淹死了。爷爷把孙子放到床上，搂着孙子，自己喝下农药也死了。还有一个当奶奶的，腿上有残疾。当听说孙子掉进了河里，她一边往河边爬，一边喊人救她的孙子。孙子被人送到医院抢救，奶奶在家里准备好了农药，一旦孩子救不活，她也不活了。幸好，孙子被救过来了，奶奶才没有死。没有死的奶奶接着看孙子。想想那些留守儿童，看看眼前这位从小就不能和父母生活在一起的少年，我心一里一酸，泪水顿时涌满了眼眶。我控制着，没让眼泪流出来。一个人老大不小了，动不动就流眼泪，显得感情太脆弱，也容易让朋友们笑话。

少年的奶奶还没来，我有些等不及了，想帮少年的生意开一下张。我问他矿泉水卖不卖？他说卖。我指着一瓶娃哈哈矿泉水，问多少钱一瓶。他说两块。我给了他两块钱，他给我拿了一瓶矿泉水。我自己买一瓶少了点，还想帮少年推销。我问孙郁喝不喝水，孙郁把手中的矿泉水瓶举了一下，说他已经有了。孙郁瓶中的矿泉水所剩不多，他很快领会了我的意思，之后三口两口把水喝完，把空瓶给了少年。少年面露欣喜，很快把瓶子接过去了。看得出来，少年知道空瓶子也能卖钱，他对空瓶子是在意的。我见陈戎没拿矿泉水，把她喊过来，执意给她买一瓶。娃哈哈矿泉水没有了，只有纯净水。我问少年："纯净水也是两块钱一瓶吧？"我这样问，若是生意油子会顺水推舟，会说是的。可少年说："不是，纯净水一块五一瓶。"我没有零钱，照样掏出两块钱给少年。少年也没有零钱找给我，他的样子有些为难。我说："算了，不用找了，就算也是两块钱一瓶吧。"

绕过毗卢塔往上走，山上还有更高的建筑。我们登到高处，举目远眺，见天是那么蓝，云是那么白，山是那么青，水是那么绿。山下有大块的棉田，棉田里开遍了温暖的花朵。田埂上有水牛在吃草。乌鸦翩然飞来，落在水牛背上。乌鸦一落在牛背上，似乎就凝固下来，凝成了一幅画。在河边和水渠边，妇女们在那里洗衣，漂衣。他们洗好的衣物，就手展开，搭在岸边丛生的茅草上晾晒。在秋阳的照耀下，那些衣物五彩斑斓，十分亮丽。这里那里种了许多橘子树，橘子已经熟了，绿中带黄的累累硕果压弯了枝头，几乎坠到地上。黄梅真是一个美丽的地方，难怪禅宗的前三位祖师四处云游，没有固定居所，直到四祖、五祖才在黄梅选址建寺，有了弘扬佛法的固定场所。

我们下山原路返回。走到塔前的一个摊位边，一位老奶奶拦住了我。我正不知怎么回事，老奶奶说："你买水多给了五毛钱，我孙子告诉我了。不找给你钱了，给你几个橘子吧！"说着，两手各抓着两个大橘子往我手里塞。我一看，可不是嘛，那少年正站在摊位后边不声不响地看着我。我不能接受老奶奶给我的橘子。再说，五毛钱也值不了这么多橘子呀。我连说不要不要，我们已经买了橘子。紧走几步，把老奶奶躲开了。

走了一段回头看，那少年还站在那里看着我。不难想象，少年的奶奶一赶到，少年就把我多付了五毛钱的事对奶奶讲了，而后，少年哪里都不去，一直在那里等我。一看到我，他就对奶奶把我指出来了。

这个黄梅少年啊，让人怎能忘记你呢！

2008年10月8日于北京

马大爷和他的鹩哥儿

我家住在五楼，隔着阳台上玻璃窗，我老是听见六楼或七楼有一个小女孩儿在喊老爷爷。小女孩儿的声音清脆得很，而且堪称嘹亮，有着很强的穿透力。小女孩儿也很勤快，每天一大早，就一声接一声地喊老爷爷。我只听见小女孩儿的喊声，却从没有听见过老爷爷答应。也许老爷爷答应了，我没听见而已。

后来我才知道了，我以为的小女孩儿的声音，原来是从鹩哥儿的喉咙里发出的。六楼住着一位年过八旬的马大爷，他养有两只鹩哥儿。马大爷有一个两三岁的外孙女，外孙女喊马大爷姥爷时，被鹩哥儿学会了。鹩哥儿像是把外孙女的喊声录制下来，等外孙女去了幼儿园，鹩哥儿就代替外孙女喊姥爷。这么说来，鹩哥儿喊的不是老爷爷，应是姥爷爷。尽管鹩哥儿喊得很殷勤，它们的喊声跟小女孩儿声音还是有区别的，它们的嗓门儿过大，调子定得太高，不如小女孩儿的声音甜美。

大概是兼有报时责任的鹩哥儿喊醒了马大爷，马大爷每天一早就提上鸟笼，到附近的柳荫公园去遛鸟。在天气清爽的时候，马大爷还会带着他的两只鹩哥儿，在我们楼下的小花园里待一会儿。他把鸟笼挂在龙爪槐的树枝上，自己在一旁静静坐着。马大爷不反对小区的人趋近看他的鸟，别人伸着脑袋看他的鸟，他对看鸟的人微笑着。马大爷高个子，红脸膛，是一位慈眉善目的北京老爷子。他的鹩哥儿对人们很友好，也很家常，不管是大人孩子，谁看它们，它们就俯下身子，转着好奇的小脑袋，向你问好，还问：吃饭了吗？你若回答：吃过饭了，你吃饭了吗？它不回答你的问题，还是问你：吃饭了吗？有人就说：鹩哥儿小馋猫，就知道吃饭。这时马大爷说：鹩哥儿还会背诗呢！他起了一个头，其中一只鹩哥儿果然背起来：白日依山尽，黄河入海流。还有床前明月光，疑是地上霜，等等。鹩哥儿背得抑扬顿挫，吐字清晰，赢得一片赞扬声。过年的时候，鹩哥儿说得最多的话是恭喜发财，见人张口就来，都是恭喜发财。鹩哥儿一连串的恭喜之声，给小区的居民平添了许多喜庆气氛。让我感到惊奇和好玩的是，鹩哥儿还会模仿马大爷的咳嗽。那天我抱着外孙女正观赏鹩哥儿，听见有人咳嗽了一声，咳嗽有些沉闷，像是从胸腔里发出来的。我以为是马大爷在咳嗽，回头看了看马大爷。马大爷笑了，说不是他咳嗽，是鹩哥儿在学他咳嗽。果然，鹩哥儿又出其不意地咳嗽了一声。鹩哥儿学得如此惟妙惟肖，真是太神奇了！在老家时，我只听说过巧嘴八哥，从来没听说过什么鹩哥儿，到了北京，我才目睹了鹩哥儿的风采，才知道鹩哥儿的嘴巴原来比八哥更厉害。

有一次，我跟马大爷闲聊，问他为什么不带着他的鹩哥儿去参加鹩哥儿大赛。马大爷说，那些参赛的鹩哥儿不是会说一口流利的英语，就是会唱流行歌曲，而他的鹩哥儿赶不上形势，不会那些新鲜玩意儿，就不去凑那个热闹了。说起来，马大爷并不赞成搞什么鹩哥儿大赛，他说人没事，养只鸟儿瞎玩儿呗，一搞大赛，搞得鸟儿不得安宁，人也不得安宁。

马大爷是一位情趣丰富的老人，除了养鹩哥儿，冬天他还养蝈蝈。年底的一天，外面下着大雪，到处一片白。我坐上电梯，忽然听见一阵蝈蝈的叫声。蝈蝈的叫声不是很响，像是低吟浅唱，但我一听就听出是蝈蝈的叫声。我从小在农村长大，每年夏天和秋天，都要去庄稼地里捉蝈蝈，对蝈蝈的叫声再熟悉不过。而在北京寒冷的冬季，能听到这天籁之音，真是太难得了。一听到蝈蝈的叫声，我就禁不住说了一句：蝈蝈！马大爷和我同乘一趟电梯，老人家的手在胸口摸了一下，微笑着说：我养的。我说冬天养蝈蝈挺难的。马大爷说：喜欢就不难。

随着年事渐高，马大爷的腿脚不太灵便了，下楼时需坐上轮椅，由他的儿子推着，才能到楼下的小花园里去。马大爷有三个儿子，都在我们楼上住。我看见他的三个儿子都推过他。马大爷只要下楼，他的儿子必把他的两只鹩哥儿也带下来遛一遛，并挂在树枝上，供居民观赏。鹩哥儿不显老态，腿脚也没什么问题，它们在笼子里蹿上跳下，仍活跃得很。

转眼到了2011年夏天。有一天，我在楼下碰见了马大爷的大儿子，我突然想起，有一段时间没看见马大爷了，便问了一句。马大爷的大儿子告诉我，他父亲走了，去年年底就走了。哦，我说呢，原来马大爷走了。你看我们这些人，同住楼上楼下，马大爷走了这么长时间，我竟一无所知。我也感到奇怪，马大爷走了，马大爷的鹩哥儿怎么也不叫了呢？马大爷的大儿子说，他父亲走后不久，两只鹩哥儿也相继死去。是爱说话的那只先死，不爱说话的那只随后也死了。他问我，这里头有什么讲究吗？我说不出有什么讲究，难道人死鸟悲，人有情鸟也有情吗？！

2012年3月1日到3日北京小黄庄

第5辑·风情

参天的古树

那是一栋独立的别墅，我住在二楼的一间卧室。卧室的窗户很宽大，窗玻璃明得有如同无。然而这样的窗户却不挂窗帘。我只需躺在床上，便把窗外的景物看到了。窗外挺立着一些参天的古树，那些古树多是杉树，也有松树、柏树和白桦等。不管哪一种树，呈现得都是未加修饰的原始状态，枝杈自由伸展，树干直插云天。一阵风吹过，树冠啸声一片。一种宝蓝色的凤头鸟和一种有着玉红肚皮的长尾鸟，在林中飞来飞去，不时发出好听的叫声。我看到的更多的是举着大尾巴的松鼠，它们在树枝间蹿上跳下，行走如飞，像鸟儿一样。松鼠是没长翅膀的鸟儿。它们啾啾叫着，欢快而活泼。它们的鸣叫也像小鸟儿。树林前面，是一片开阔的草地。和草地相连的，是蔚蓝色的海湾。海湾对面，是连绵起伏的雪山。

把目光拉回，我看到两只野鹿在窗外的灌木丛中吃嫩叶。它们一只大些，一只小些，显然是一对夫妻。我从床上下来看它们，它们也回过头来看着我。它们的眼睛清澈而美丽，毫无惊慌之意。墙根处绿茵茵的草地上突然冒出一堆蓬松的新土，那必是能干的土拨鼠所为。雪花落下来了，像是很快便为褐色的新土堆戴上了一顶白色的草帽。

是的，那里的天气景象变化多端，异常丰富。一忽儿是云，一忽儿是雨；一阵儿是雹，一阵儿是雪；刚才还艳阳当空，转瞬间云遮雾罩。雪下来了。那里的雪花儿真大，一朵雪花儿落到地上，能摔成好多瓣。冰雹下来了。碎珍珠一样的雹子像是有着极好的弹性，它打在凉台的木地板上能弹起来，打在草地上也能弹起来，弹得飞珠溅玉一般。不一会儿，满地晶莹的雹子就积了厚厚一层。雨当然是那里的常客，或者说是万千气象的主宰。一周时间内，差不多有五天在下雨。沙沙啦啦的春雨有时一下就是一天。由于雨水充沛，空气湿润，植被的覆盖普遍而深厚。树枝上，秋千架上，绳子上，甚至连作门牌的塑料制品上，都长有翠绿的丝状青苔，让人称奇。

那个地方是美国华盛顿州西南海岸边的一个小村，小村的名字叫奥斯特维拉。我和肖亦农先生应埃斯比基金会的邀请，就是住在那个环境优美的地方写作。过去我一直认为，美国是一个发达国家，也是一个年轻国家，不过到处都是高楼大厦，没有什么古老的东西。这次在那里写作，我改变了一些看法，发现古老的东西在美国还是有的。美国虽然年轻，但它的树木并不年轻，美国不古老，那里生长的树木却很古老。肯定是先有了大陆、土地、野草、树木等，然后才有了美国。看到一棵棵巨大的苍松古柏，你不得不承认，美国虽然没有悠久的人文历史，却有着悠久的自然生态历史。而且，良好的自然生态就那么生生不息，一直延续了下来。这一点，看那漫山遍野的古树，就是最好的证明。

出生于本地的埃斯比先生，为之骄傲的正是家乡诗一样的自然环境。他自己写了不少赞美家乡的诗歌，还希望全世界的作家、诗人、剧作家、画家等，都能分享他们家乡的自然风光。在一个春花烂漫的上午，和煦的阳光照在草地上，埃斯比突发灵感，对他的朋友波丽说：咱们能不能成立一个基金会，邀请全世界的作家和艺术家到我们这里写作呢？埃斯比的想法得到了波丽的赞赏，于是，他们四处募集资金，一个以埃斯比命名的写作基金会就成立了。基金会是国家级的社团组织，其宗旨是为全世界各个流派的作家和艺术家提供不受打扰、专心工作的环境。基金会鼓励作家和艺术家解放自己的心灵，以勇于冒险的精神重新审视自己的写作项目，创作出高端的文学艺术作品。

基金会成立以来，在过去的九年间，已有苏格兰、澳大利亚、尼泊尔、加拿大、匈牙利等六七个国家和地区的95位作家、艺术家到奥斯特维拉写作。他们都对那里的居住和写作环境给予很高评价，认为那里宁静的气氛、独处的空间、优美的自然风光，的确能够激发创作活力。

我由衷敬佩埃斯比创办基金会的创意。他的目光，是放眼世界的目光。他的胸怀，是装着全人类的胸怀。他的精神，是真正的国际主义的精神。有了那样的精神，他才那么给自己定位，才有了那样的创意，才舍得为文化艺术投资。他的投资不求回报，是在为全世界的文化艺术发展做贡献，在为人类的精神文明做贡献。埃斯比的举动堪称是一个壮举。

1999年，埃斯比先生逝世后，波丽继承了他的遗志，继续发展基金会的事业，不断扩大基金会的规模。基金会扩建基础设施的近期目标，是每年至少可以接待32位作家、艺术家到那里生活和写作。波丽一头银发，大约七十多岁了。她穿着红上衣，额角别着一枚蝴蝶形的花卡子，看去十分俏丽，充满活力。她对我们微笑着，很像一位慈祥的老奶奶。她在互联网上看到对我们的介绍和我们的作品，向我们深深鞠躬，让我们十分感动。

由中国作家协会推荐，经埃斯比写作基金会批准，我和肖亦农有幸成为首批赴奥斯特维拉写作的中国作家。一在树林中的别墅住下来，我就体会到了那里的宁静。我们看不到电视、报纸，也没有互联网，几乎隔断了与外界的信息联系。那里树多鸟多，人口稀少。我早上和傍晚出去跑步，只见鸟，不见人；只阅花儿，不闻声。天黑了，外面漆黑一团，只有无数只昆虫在草丛中合唱。在月圆的夜晚，我们踏着月光出去散步，像是听到如水的月光泼洒在地上的声音。写作的间隙，我平躺在客厅的沙发上，看着挂在凉棚屋檐下由道道雨丝织成的雨帘，一时不知身在何处，宁静而幽远的幸福感从心底涌起。不能辜负埃斯比写作基金会的期望，亦不能辜负那里优美的自然环境，在不到一个月的时间里，我写了一篇短篇小说，两篇散文，记了两万多字的日记，还看完了三本书。

我们刚到那里时，杏树刚冒花骨朵儿。当我们离开时，红红的杏花已开满了一树。

2009年3月26日于美国华盛顿州奥斯特维拉村

地球婆

第一次见面，我对她有些不恭。当我知道了她的身份和她家的经济情况，地主婆三个字从我嘴里脱口而出。她不懂中文，我叫她地主婆，反正她也听不懂。其实她听懂了也没什么。她家有农场，有大面积的土地，养有成群的牛、羊、鸡，她又是家庭主妇，我叫她地主婆也算是名副其实，不带什么贬义。不知为何，我看她的形象也像是地主婆的形象，因为她的脸颊格外的红，红得像搽了胭脂一样。我仔细瞅了瞅，她并没有搽胭脂，她脸上的红不是表面的，是深层次的，像是太阳晒出来的，是太阳红。

她是美国华盛顿州的一位普通家庭妇女，名字叫格尤。格尤在一个小教堂里遇见我们，知道我们是应邀到美国写作的中国作家，就决定请我们吃饭，吃烤鸡。她特别说明，鸡是她自家养的。好呀，我们肚里正缺油水，有人请我们吃烤鸡，我们求之不得，当然乐意。

格尤家的别墅建在一处开阔的草地上，别墅对面不远就是蔚蓝色的大海。成群的白鸥在海面翻飞，景色十分壮丽。我们来到格尤家的别墅门口，格尤还没出来，门开处她家的小狗却率先跑了出来。让我感到惊奇的是，小狗从未见过我们，却像是看到久别重逢的老朋友一样，对我们这般友好。它把尾巴举着，像举着一束鲜花。它把“鲜花”快速摇着，在向我们表示热烈欢迎。

外面下着小雨，颇有凉意。而室内壁炉里面的木柴在熊熊燃烧，带有松柏香味的温暖像是一直暖到我们心里。格尤家的厨间如同一个酒吧，是开放式的。我们坐在客厅的沙发上，就可以看见格尤在厨间忙活。据说格尤有五个孩子，四个儿子，一个女儿。最大的孩子24岁，最小的孩子才4岁。我们不知道格尤的年龄，她至少有四十多岁。美国的妇女肥胖者居多，一进入中年，体态就有些臃肿。格尤是一个例外，她下穿牛仔裤，上穿高领毛衣，头发挽在头顶，一副很精干的样子。看得出，格尤是一个热爱劳动的人，劳动使她容光焕发，也让她身手矫捷。格尤的厨艺不错，她烤制的嫩鸡黄朗朗的，外焦里酥，的确很好吃。我们用刚刚学到的两句英语，一再向她发起恭维，夸烤鸡的味道太棒了，她的厨艺太棒了，她本人也太棒了！格尤对我们微微笑着，一再说谢谢，谢谢！

我注意到，格尤的性格是内敛的，她的笑优雅而有节制，好像有一点羞涩，还有那么一点忧郁。格尤的睫毛长长的，眼睛是蔚蓝色的。当她的眼睛向下看时，长长的睫毛仿佛给秋水一样的眼睛投下一片阴影。我隐隐觉得，格尤有话要对我们说，但因语言上的障碍，她的话没能说出来。话没能说出来，她像是怀有心事一样。格尤的生活如此优裕，还有什么放不下的心事呢？

过了几天，格尤又让人给我们捎话，要请我们看一个电视片。我们问是什么电视片？捎话的人说，可能是美国的一个风光片吧！格尤家的农场在另外一个挺远的地方，她独自驱车一百多公里，特意请我们看电视片。在看电视片之前，格尤再次请我们吃饭。她打听到我们爱吃面条，给我们每人煮了一碗热腾腾的汤面。晚上八点，电视片准时播出。所谓电视片，原来是电视台播放的一档节目，是一个纪录片。纪录片的内容，是展示全球气候变暖之后南极冰川融化的过程。冰川本来是一个巨大而美丽的整体，现在却烂得千疮百孔，到处都是空洞。那些空洞都很深，深得像无底洞一样。拍摄纪录片的人需要穿上防滑的冰鞋，腰间系上很长的尼龙绳子，才能下到深洞的半腰。冰洞的壁上也有洞，那些洞口正哗哗地向外蹿水。如果冰川也有血管和血液的话，那些蹿水恰似冰川的血管破裂流出的血液，让人触目惊心。冰川连绵起伏，像一座座山峰。由于冰川融化，基础遭到破坏，“山峰”轰然倒下，倒向大海。当冰川坍塌激起排空的海浪时，那悲壮的一幕给人一种毁灭之感。无数座冰川倒向海里，就把海平面提高了。海水大面积涌向人类赖以生存的土地和家园，于是人们纷纷逃离。

纪录片看了一半，我就知道格尤的用意了。我悄悄回头看了看格尤，见格尤看得十分专注。她手上端着小半杯红葡萄酒，看片子期间，她就那么一直端着，像是忘了喝。她表情凝重，看到紧张处似乎还有些惊悚。看完纪录片，格尤通过翻译告诉我们：我知道你们是作家，会写文章，希望你们写写环境保护方面的文章，呼吁全世界的人都来爱护我们的地球，保护我们的地球。格尤终于说出了她要对我们说的话，她看着我们，神情是那样恳切。我当即表态说：好的，好的，我们一定尽力而为。

我们生于地球，长于地球，日日夜夜在地球上生活，一分一秒都离不开地球。可作为地球上的普通居民，有多少人真正关心过地球的现状呢？有多少人对地球的变化忧心忡忡呢！也许我们觉得地球太大了，大得我们心里装不下它。也许地球离我们太近了， 反而觉得它离我们很远。也许我们对地球太熟悉了，对太熟悉的事物我们往往不愿多看它一眼。格尤不是这样，在格尤眼里，地球好比是她家的一只皮球，她要经常把皮球摸一摸，拍一拍。地球好比是她家的一只宠物，一只猫，或一只狗，她对宠物宠爱有加，不允许别人对宠物有半点伤害。宠物若有一个好歹，她会很心疼的。格尤以地球为己任，她的胸怀是真正胸怀全球的胸怀。

须知格尤并不是什么官员，也不是什么环保专家，她只是一位普通的家庭妇女，或者说她只是一个农妇啊，她不愁吃，不愁穿，地球的冷暖关她什么事呢？格尤不，她就是要把地球和自己联系起来，就是要关心地球的事。我们习惯说天塌砸大家，格尤会说，天塌砸我。我们说天塌大家顶，按格尤的负责态度，格尤会说，天塌她来顶。知道了格尤的环保意识和对地球的责任感，我对她肃然起敬。我不该叫她地主婆，应该叫她地球婆才是。

2009年4月29日于北京和平里

在雨地里穿行

那是什么？又白又亮，像落着满地的蝴蝶一样。不是蝴蝶吧？蝴蝶会飞呀，那些爬在浅浅草地上的东西怎么一动都不动呢！我走进草地，俯身细看，哦，真的不是蝴蝶，原来是一种奇特的花，它没有绿叶扶持，从地里一长出来就是花朵盈盈的样子。花瓣是蝶白色，花蕊处才有一丝丝嫩绿，真像粉蝶展开的翅膀呢！放眼望去，大片大片的花朵闪闪烁烁，又宛如夜空中满天的星子。

我们去的地方是肯尼亚马赛马拉野生动物保护区，保护区的面积大约是四百平方公里。在保护区的边缘地带，我注意到了那种大面积的野花，并引起了我的好奇。在阳光普照的时候，那种野花的亮丽自不待言。让人称奇和难以忘怀的是，在天低云暗、雨水淅沥之时，数不尽的白色花朵似乎才更加显示出其夺目的光彩。花朵的表面仿佛生有一层荧光，而荧光只有见水才能显示，雨水越泼洒，花朵的明亮度就越高。我禁不住赞叹：哎呀，真美！

北京已是进入初冬，树上的叶子几乎落光了。地处热带的肯尼亚却刚刚迎来初夏的雨季。我们出行时，都遵嘱在旅行箱里带了雨伞。热带草原的雨水是够多的。我们驱车向草原深处进发时，一会儿就下一阵雨。有时雨下得还挺大，大雨点子打得汽车前面的挡风玻璃砰砰作响，雨刷子刷得手忙脚乱都刷不及。这么说吧，好像每一块云彩都是带雨的，只要有云彩移过来，雨跟着就下来了。

透过车窗望过去，我发现当地的黑人都不打雨伞。烟雨朦胧之中，一个身着红袍子的人从远处走过来了，乍一看像一株移动的海棠花树。待“花树”离得稍近些，我才看清了，那是一位双腿细长的赤脚男人。他没打雨伞，也没穿雨衣，就那么光着乌木雕塑一样的头颅，自由自在地在雨地里穿行，任天赐的雨水洒满他的全身。草地里有一个牧羊人，手里只拿着一根赶羊的棍子，也没带任何遮雨的东西。羊群往前走走，他也往前跟跟。羊群停下来吃草，他便在雨中静静站立着。当然，那些羊也没有打伞。天下着雨，对羊们吃草好像没造成任何影响，它们吃得专注而安详。那个牧羊人穿的也是红袍子。

我说他们穿的是袍子，其实并没有袍袖，也没有袍带，只不过是一块长方形的单子。他们把单子往身上一披，两角往脖子里一系，下面往腰间一裹，就算穿了衣服，简单得很，也易行得很。他们选择的单子，多是以红色基调为主，再配以金黄或宝蓝色的方格，都是鲜艳明亮的色彩。临行前，有人告诫我们，不要穿红色的衣服，以免引起野生动物的不安，受到野生动物的攻击。我们穿的都是暗淡的衣服。到了马赛马拉草原，我看到的情景恰恰相反，当地的土著穿的多是色彩艳丽的衣服，不知这是为什么。在我看来，在草原和灌木的深色背景衬托下，穿一件红衣服的确出色，每个人都有着万绿丛中一点红的意思。

我们乘坐的装有铁栅栏的观光车在某个站点停下，马上会有一些人跑过来，向我们推销他们的木雕工艺品。那些人有男有女，有年轻人，也有上岁数的老人。他们都在车窗外的雨地里站着，连一个打伞的人都没有。洁净的雨滴从高空洒下来，淋湿了他们绒绒的头发，淋湿了他们的衣服，他们从从容容，似乎一点儿都不介意。我想，他们大概还保留着先民的习惯，作为自然的子民，仍和雨水保持着亲密的关系，而不愿与雨水相隔离。

在辽阔的野生动物保护区，那些野生动物对雨水的感情更不用说了。成群的羚羊、大象、野牛、狮子、斑马、角马、长颈鹿，还有秃鹫、珍珠鸡、黄冠鹤等等，雨水使它们如获甘霖，如饮琼浆，无不如痴如醉，思绪绵长。你看那成百上千只美丽的黑斑邓羚站在一起，黄白相间的尾巴摇得像花儿一样，谁说它们不是在对雨水举行感恩的仪式呢！有雨水，才会有湿地，有青草，有泉水。雨水是生命的源泉，也是一切生物生生不息的保障啊！

我们是打伞的。我们把精制的折叠雨伞从地球的中部带到了地球的南端。从车里一走下来，我们就把伞打开了，雨点儿很难落在我们身上。有一天，我们住进马赛马拉原始森林内的一座座尖顶的房子里。雨下了一夜。第二天早上，彩虹出来了，雨还在下着。我们去餐厅用早餐时，石板铺成的小径虽然离餐厅不远，但我们人人手里都举着一把伞。餐厅周围活动着不少猴子，它们在树上轻捷地攀援，尾随着我们。我们在地上走，它们等于在树上走。据说猴子的大脑与人类最为接近，但不打伞的猴子对我们的打伞行为似有些不解，它们仿佛在问：你们拿的是什么玩意儿？你们把脸遮起来干什么？

回想起小时候，在老家农村，我也从来不打伞。那时，打伞是奢侈品，我们家不趁一把伞。夏天的午后，我们在水塘里扑腾。天忽地下起了大雨，雨下得像瓢泼一样，在塘面上激起根根水柱。光着肚子的我们一点儿都不惊慌，该潜水，还潜水；该打水仗，还继续打水仗，似乎比不下雨时玩得还快乐。在大雨如注的日子，我和小伙伴们偶尔也会采一枝大片的桐叶或莲叶顶在头上。那不是为了避雨，是觉得好玩，是一种雨中的游戏。

不知从何时开始，我打起了雨伞。一下雨，我便用伞顶的一块塑料布或尼龙布把自己和雨隔开。我们家多种花色的伞有好多把。然而，下雨的日子似乎越来越少了，雨伞好长时间都派不上用场。如果再下雨，我不准备打雨伞了，只管到雨地里走一走。不就是把头发和衣服淋湿嘛，怕什么呢！

2009年3月12日于美国华盛顿州奥斯特维拉村

佛国与圣人

清明节之后的四月中旬，我到闽南泉州走了走。因了“清明时节雨纷纷”的著名诗句，我总是愿意把清明和下雨联系起来，并期望春雨真的能在清明节期间如期而至。然而在清明小长假那几天，北京风干物燥，纷飞的只有柳絮，连一点儿雨都没下。直至到了泉州，才总算赶上了雨天，才得以领略清明后的湿意和诗意。

在泉州的三四天时间里，陪伴我们的不是大雨，就是细雨，等于我们一直在雨地里穿行。这太好了，对于生性喜欢下雨的我来说，可说正合吾意。我们白天走了晚上看，走得马不停蹄，看得目不暇给。我们看了太多的历史遗存，太多的人文景观，还看了现代的名牌企业，脑子里装满了太多太多的信息。静下心来，我想把信息整理一下，理出一个头绪，试试能不能写一篇东西。然而我竟理不出头绪来，写东西也无从下笔。我走过全国很多地方，有的地方，只有一个寺，一座塔，或一条河，一座桥，焦点比较集中，写东西时把笔墨对准焦点就是了。写泉州就不那么容易了。如果我是一只老虎的话，泉州就像广阔的天空，我写泉州从哪里下口呢？我该怎样概括这座伟大的历史文化名城呢？

苦思冥想之中，我突然想起在开元寺看到的一副对联："此地古称佛国，满街都是圣人"，脑子里明了一下，如同闪过一道佛光，"踏破铁鞋无觅处，得来全不费工夫"，这副对联上的话，不就是现成的、对泉州最好的概括嘛！对联上的木刻书法作品为弘一法师李叔同所写，对联上的话却出自宋代大理学家朱熹对泉州的评价。一代高僧弘一法师的书法当然很好，称得上功德圆满，浑然天成，让人老也欣赏不够。而朱熹的这两句话亦像是信手拈来，古朴自然，毫无雕琢之意。余以为，治学严谨的朱熹，不会轻易为一座城市题词，他定是经过对泉州的全面考量，深入研究，才写出了如此高瞻远瞩的、贴切的妙语。李叔同身在佛界，对书法对象无疑极其挑剔。他之所以愿意把这两句话写成书法作品，至少表明他对朱熹的观点是赞同的。什么叫珠联璧合、相得益彰呢，朱熹题词和李叔同书法的结合堪称典范。是朱熹的题词具有书写的价值，李叔同的书写又使朱熹的题词声名远播，价值得到弘扬。

那么，何谓佛国呢？这就要从泉州作为古代海上丝绸之路的起点说起。没去泉州之前，我对丝绸之路的理解是，丝绸之路是中国通往外国的商品贸易之路。由于中国盛产丝绸，丝绸在对外贸易中成为最著名的商品，贸易之路才被形象化地称之为丝绸之路。我不知道谁是丝绸之路的命名者，我愿意承认这个命名真是挺好的，它给人一种柔软的、飘逸的、悠远的、甚至是艺术性的美感。试想，如果换成茶叶之路，或瓷器之路，那感觉就差远了。也是因为思维停留在商品上，物质上，我对丝绸之路的理解主要是经济意义。到泉州经过学习，我才知道丝绸 之路不仅是商品贸易之路，还是文化交流之路。比起商品贸易来，文化交流的意义更加久长，更加深远。文化交流的内容丰富多彩，难以备述。仅拿宗教文化的交流来说，说蔚为大观一点儿都不为过。在宋元时代，泉州不仅成为东方第一大港，还几乎集中了全世界的所有宗教，从佛教、道教、基督教、天主教、景教，到伊斯兰教、摩尼教、印度教、犹太教等，可说应有尽有。每一种宗教都在泉州落地，建立了自己的宗教活动场所。我到穆斯林创建的清净寺看过，得知清净寺建于1009年，距今已有一千多年历史。据说清净寺是伊斯兰教最早在中国所建的清真寺之一。尽管清净寺只剩下残存的遗址，但支撑大厅的石柱还在，基本的框架还在，循迹还可以想见当年恢宏的气势，以及众多教民在寺里做礼拜的情景。既然泉州一时间成为全世界多元宗教汇聚的中心，欧洲、阿拉伯、波斯、印度、高丽等外国众多侨民随之而来。举目所见，多种民族，多种肤色，身着各种服饰的人们，在街上摩肩接踵，和谐生活，可不像是佛国嘛！

那么，何谓圣人呢？为什么说满街都是圣人呢？如此之高的评价是不是有些夸张呢？以前我只知道孔子被尊为圣人，历代帝王被称为圣人，普通民众谁敢与圣人相提并论呢！就连孔子的诞生地山东曲阜，也没听说过那里满街都是圣人哪！后来听到泉州文学院朋友的解释，我才明白了，朱熹的所谓圣人，指的是文化人，文明人。话若是这么说，当然说得过去。因为不论是古代，还是当代，谁都不会否认，在泉州的大街小巷，活动着的人们的确都是有一定文化素养的文化人，和文明程度较高的文明人。由于泉州的传统文化、中原文化、外来文化底蕴丰厚，气氛浓郁，使生活在泉州的人如同生活在水文一样的文化生态里。久而久之，以文化人，文化和文明不仅成为泉州人的日常生活方式，还化入内心，成为泉州人的气质。说到这里，请允许我举一个例子。那天上午，我们刚参观完开元寺，忽听外面传来一阵鞭炮声。鞭炮声断断续续，一会儿一阵。我马上得出判断，这是出殡、送殡的鞭炮。殡葬文化也是源远流长、深入人心的中华文化之一种，这种文化在泉州有着怎样的呈现呢？我，还有邵丽和付秀莹，马上到寺外的大街上去观看。果然，街的对面正进行着一支送殡队伍。队伍浩 浩荡荡，一眼望不到头。整个队伍分成若干个方队，走在最前面的是唱挽歌的方队，接着是抬花圈的方队，再接着才是由死者的孝子贤孙及亲戚组成的方队，走在最后的是军乐方队。若仔细看，会发现死者亲人所穿的孝服有所不同。有的披麻服，戴孝帽；有的穿白衫，勒白巾；有的有穿白衫，勒红巾，还有几个少年，穿一身红，额头也是勒的红巾。这样复杂的孝服，肯定标志着不同的身份，并各有讲究，只是我们不懂而已。倘若从送殡队伍里请出一个人来，让他讲讲不同孝服的不同内涵，他一定会讲得头头是道。从这个意义上讲，他们何尝不是圣人呢！

2016年4月25日于北京小黄庄

由黑转绿

——晋城散记

从20世纪80年代以来，山西的晋城我已先后去过四次。前三次都是参加晋城煤业集团公司的一些活动，去过凤凰山、古书院等全国闻名的大型煤矿。第四次应邀去晋城是2016年的7月12日至18日，在晋城市所属的阳城、高平、陵川、泽州等市县走了整整一周。如果说前三次是在“地下活动”的话，这一次是在地面行走；如果说前三次主要是在黑色世界里穿行，这一次则是在满目葱郁的绿色大地上览胜。综合起来看，我的晋城之行如同一个象征，它象征着这座古城正从挖煤转向挖文化，由黑色转向绿色，由工业文明转向生态文明。

人所共知，晋城既有着丰厚的自然资源，也有着深厚的文化资源。这两种资源被人们称为两座金山，一座是乌金之山，一座是文化之山。这两座山是双峰对峙，互相排斥？还是关系密切，双峰捧月呢？这次在晋城看了诸多的人文景观和自然景观，我得出的结论是，这两座金山之间你中有我，我中有你，一直团结紧密，互相支持。也就是说，是乌金之山助长了文化之山，催生了数不胜数的人文景观；同时也是文化之山滋养了乌金之山，使乌金之光更加璀璨。

还是让事实说话吧。

从坐落在阳城县北留镇皇城村的皇城相府说起。相府为清朝宰相陈廷敬的故居，是一处罕见的明清两代城堡式官宦之家建筑群。它依山而建，次第高升，气势恢宏，特色独具。如此规模的建筑群是怎样形成的呢？陈家掘到的第一桶金是什么呢？在了解这个家族的发家史时我注意到，他们家掘到的第一桶金不是别的，正是乌金。陈家的祖先是从外地来的挖煤人，通过挖煤挣到了钱，积累了财富，才开始供后代读书。后代有了文化，做了官，民间资本就成了官僚资本，财富雪球越滚越大，房子就越盖越多。可以肯定地说，如果不是起初的乌金垫底，陈氏家族就不会有后来的发达。建筑群既然落定在皇城村，又有康熙帝御赐匾额“午亭山村”高悬门楼，是不是就金汤永固，与煤炭没有任何干系了呢？不是的，当建筑群经历过民国、抗战、文革等战乱和动乱年代的摧残，已呈破败凋敝之势，“昏惨惨如灯将尽，呼啦啦似大厦倾。”改革开放之后，皇城村的人发现有人对古建筑感兴趣，想把房子修复一下，开展旅游业。可是，有的房子已经坍塌，成了残砖烂瓦，村民穷得连吃饭都成了问题，哪里有钱修复大面积的建筑群呢！这时他们又想到了地下埋藏的煤，只有向煤要钱。他们办起了煤矿，赚到了钱，才在附近建起别墅群，动员村民从古建筑里搬出。随后，他们对古建筑群进行了全面修复，旅游业才得到迅速发展。目前，皇城相府已成为全国有名的旅游胜地，旅游业发展得如火如荼。皇城村的煤矿虽然仍在办，但旅游的收入已超过了开矿的收入。皇城村村民的看法是，煤作为不可再生资源，总有一天会挖完，而他们开创的文化旅游产业，会越来越兴旺。

皇城相府是这样，别的一些建筑群，如天官王府、砥洎城和被誉为中国历史文化名村的高平良户等，它们的建筑和传承都离不开煤炭的支持。不仅带有防御功能的居住性建筑群落如此，就连炎帝陵、开化寺、青莲寺等这些著名历史人文景观的落成和修缮，也都有煤炭和冶铁资本所做出的贡献。

晋城诸多的人文景观与乌金之山有着紧密的联系，那么，晋城很多的自然景观，是不是可以游离于乌金山峰之外，自成风景呢？当然，自然景观是自然的造化，“花自飘零水自流”，无须人们多操心。可是，一切景观都是人观，都是相对人类而言，自然景观如果一味“养在深闺人未识”，未被发现和开发，景观就构不成旅游观光资源，只能是闲置。而要把自然资源变成观光资源，就要通路，通电，通水，还要解决游客的住宿和餐饮问题。这些都需要大把花钱，需要有人投资才行。这时，晋城的煤炭人出手了。他们意识到，经济发展需要转型，需要多元化。在开发矿业的同时，他们放眼长远，抽出一部分资金，着手自然景观的开发，发展旅游产业和旅游文化。短短几年来，他们已开发出号称“百里画廊”的阳城县蟒河景区，“一座有故事的山”陵川县王莽岭，还有弘扬“东方养生智慧”的彤康庄园。

蟒河景区是由竹林山煤业公司投资开发的。景区内溪水清澈，山峦倒映，瀑布成群，妙境天成，如同开展不尽的山水画卷。更让人喜爱的是活跃在景区的几百只猕猴，它们看着或围着游人蹿上跳下，闪转腾挪，极尽灵动讨喜之能事。有记者问我对蟒河的观感，我记得我说的是，蟒河之美出乎我的意料之外，北方人看山水不必去江南，看猴子不必去峨眉，到蟒河就可以了。

王莽岭景区的开发管理和经营，都是由大型煤炭企业兰花集团主导。王莽岭因传说王莽追赶刘秀在此安营扎寨而得名，它是八百里太行自然景观的典型代表，被誉为“太行至尊”。王莽岭高处和低处一千多米的落差，形成了绝壁千仞、群峰林立，峡谷纵横的地质奇观。冷暖气流时常在此交汇，以致四季云雾蒸腾，变幻万千，堪与庐山媲美。我们在王莽岭流连期间，突遇大雨来袭，尽管穿了雨衣，还是湿了裤腿，鞋里也灌了水。朋友戏称我们都成了诗（湿）人，这使我对王莽岭的美好印象更加深刻。当晚，兰花集团的朋友得知我以前长期在煤炭系统工作，如今还兼着中国煤矿作家协会的主席，让我写几句话。我写的是：兰花之香，深厚绵长。

彤康庄园由黑转绿的转变更为典型，因为庄园主几年前还是一位国有煤炭企业的老总，总部在北京的煤炭大厦有他的办公室。在能源结构调整和绿色发展理念的作用下，他毅然走下高楼，走出北京，在晋城泽州县置下了六千余亩土地，带领员工搞起了以“净天、养地、裕民、利己”为愿景的有机山楂种植，并以品质独特的“泽州红”山楂为原料，酿造出了以山楂红酒为主体的具有民族特色庄园酒。他们所创造的富含黄酮山楂酒的生产方法，获得国家发明专利。同时，彤康庄园还是全世界惟一一家生产山楂白兰地的地方。我们参观了山楂园，品尝了各种山楂酒，还吃到了庄园里的苦菜、苋菜等多种野菜，再次体会到，一切幸福生活都离不开绿色。

2016年7月28日至8月15日（中间去内蒙古11天）

于北京小黄庄

草原上的河流

我多次看过大江、大海、大河，却一直没有看过草原上的河流。我只在电影、电视和画报上看见过草原之河，那些景象多是远景，或鸟瞰之景。在我的印象里，草原上的河流蜿蜒飘逸，犹如在绿色的草原上随意挥舞的银绸，煞是漂亮动人。这样的印象，是别人经过加工后传递给我的，并不是我走到河边亲眼所见。别人的传递也有好处，它起码起到了一个宣传作用，不断提示着我对草原河流的向往。我想，如果有机会，能近距离地感受一下草原上的河流就好了。

机会来了，2014年初夏，受朋友之约，我来到了向往已久的呼伦贝尔大草原，终于见到了流淌在草原上的河流。那里的主要河流有伊敏河、海拉尔河，还有额尔古纳河等。更多的是分布在草原各处名不见经传的支流。如同人体上的毛细血管，草原铺展到哪里，哪里就有流淌不息的支流。水的源头有的来自大兴安岭溶化的冰雪，有的是上天赐予的雨水，还有的是地底涌出来的清泉。与南方的河流相比，草原上的河流有一个突出的特点，那就是自由。左手一指是河流，右手一指是河流，它随心所欲，我行我素，想流到哪里都可以。我看见一条河流，河面闪着鳞片样的光点，正淙淙地从眼前流过。我刚要和它打一个招呼，说一声再见，它有些调皮似的，绕一个弯子，又调头回来了。它仿佛眨着眼睛对我说：朋友，我没有走，我在这儿呢！

在河流臂弯环绕的地方，是一片片绿洲。由于河水的滋润，明水的衬托，绿洲上的草长得更茂盛，绿得更深沉。有羊群涉过水流，到洲子上吃草去了。白色的羊群对绿洲有所点化似的，使绿洲好像顿时变成了一幅生动的油画。

而南方的河流被高高的堤坝规约着，只能在固定的河道里流淌。洪水袭来，它一旦溃堤，就会造成灾难。草原是不怕的，草原随时敞开辽阔的胸怀，不管有多少水，它都可以接纳。水大的时候，顶多把草原淹没就是了。但水一退下去，草原很快就会恢复它绿色的本色。绿色的草原上除了会增加一些水流，还会留下一些湖泊和众多的水泡子。从高处往下看，那些湖泊和水泡子宛如散落在草原上的颗颗明珠。

在一处坐落着被称为亚洲第一敖包的草原上，我见几个牧民坐在河边的草坡上喝酒，走过去和他们攀谈了几句。通过攀谈得知，他们四个是一家人，父亲和儿子，婆婆和儿媳。在羊圈里剪羊毛告一段落，他们就带上羊肉和酒，坐在松软的草地上喝酒。他们没有带酒杯，就那么人嘴对着瓶嘴喝。他们四个都会喝，父亲喝一口，把酒瓶递给儿子；婆婆喝一口，把酒瓶递给儿媳。他们邀我也喝一点，我说谢谢，我们一会儿到蒙古包里去喝。我问他们河水深不深，能不能下水游泳？小伙子答话，说水不深，天热时可以到河里游一游。正说着，我看见三匹马从对岸走来，轻车熟路般地下到河里。河水只没过了它们的膝盖，连肚皮都没湿到。马儿下到河里并不是都喝水，有的在河里走来走去，像是把河水当成了镜子，在对着“镜子”把自己的面容照一照。我又问他们，河里有没有鱼？小伙子说：鱼当然有，河里有鲫鱼、鲇鱼、鲤子，还有当地特有的老头儿鱼。老头儿鱼最好吃。那么，月光下的河流是什么样子呢？小伙子笑了，说月亮一出来，满河都是月亮，可以在漂满月亮的河边唱长调。

又来到一条小河边，我看见河两边的湿地上开着一簇簇白色的花朵。草原上的野花自然很多，数不胜数。红色的是萨日朗，紫色的是野苜蓿，明黄的是野罂粟，蓝色的是勿忘我。这种白色的花朵是什么花呢？我正要趋近观察一番，不对呀，花朵怎么会飞呢？再一看，原来不是花朵，是聚集在一起的蝴蝶。蝴蝶是乳白色，翅膀上长着黑色的条纹，一片蝴蝶至少有上百只。蝴蝶们就那么吸附一样趴在地上，个别蝴蝶飞走了，很快又有后来者加入进去。这么多蝴蝶聚在一起干什么呢？同行的朋友们纷纷做出猜测，有人说蝴蝶在开会，有人说蝴蝶在谈恋爱，还有人说蝴蝶在产卵。蝴蝶们不说话，它们旁若无人似的，该干什么还干什么。

我想和蝴蝶做一点游戏，往蝴蝶群中撩了一点水。这条小河里的水很凉，也很清澈，像是从地底涌出的泉水汇聚而成。水珠落在蝴蝶身上，蝴蝶像是有些吃惊，纷纷飞扬起来。一时间，纷飞的蝴蝶显得有些缭乱，水边犹如开满了长翅膀的白花。蝶纷纷，“花”纷纷，人也纷纷，朋友们纷纷拿出手机，拍下这难得的画面。

这样清的水应该可以喝。我以手代勺，舀起一些水尝了一口。果然，清冽的泉水有着甘甜的味道。

倘若是我一个人独行，我会毫不犹豫地下到河里去，尽情地把泉水享受一下。因是集体出行，我只能和小河告别，眼睁睁地看着河水曲曲折折地流向远方，远方。

我该怎样描绘草原上的河流呢？我拿什么概括它呢？升华它呢？平日里，我对自己的文字能力还是有些自信的，可面对草原上的道道河流，我感到有些无能，甚至有些发愁。直到有一天晚上，我们来到被誉为长调之乡的新巴尔虎左旗，听了蒙古长调歌手的演唱，感动得热泪盈眶之余，我才突然想到，有了，我终于找到和草原上的河流相对应的东西了，这就是悠远、自由、苍茫、忧伤的蒙古长调啊！长调的婉转对应河流的蜿蜒，长调的起伏对应河流的波浪，长调的悠远对应河流的不息，长调的颤音对应河流的浪花……我不知道是草原上的河流孕育了蒙古长调，还是蒙古长调升华了河流，反正从此之后，我会把长调与河流联系起来，不管在哪里，只要一听到动人情肠的蒙古长调，我都会想起草原上的河流。

2014年6月26日于北京和平里

神木有石峁

我与神木有缘。作为一个小说作者，别人介绍我时，几乎都会提到神木，把我的名字和神木联系到了一起。这是因为，把我曾写过一部中篇小说，题目叫《神木》。这部小说2000年在《十月》发表后，被广泛转载，收入多种选本，获得过《十月》文学奖和第二届老舍文学奖，并翻译成了英、法、日、意大利、西班牙等语种，在国外出版。此外，《神木》还被拍成了电影《盲井》。《盲井》在获得了53届柏林电影艺术节最佳艺术贡献银熊奖之后，又在全世界范围内得了二十多项大奖。电影等于为《神木》插上了翅膀，带领《神木》飞向了远方。

有不少读者和记者问我，为什么给小说起名《神木》？与陕西的神木县是不是有关系？我的回答是：既有关系，也没有关系。说有关系，是我在煤炭报当记者时，曾到神木采访过，神木这两个字，好像触动了我心中的敏感点，让我难以忘怀。当时我就想，日后或许会以神木为题目写一篇小说。说没关系，是说我所写的故事不是发生在神木，是发生在别的地方的煤矿。之所以借用神木作为小说的题目，我听说有的地方的古人不知煤为何物，见煤能燃烧，就把煤说成神的木头。我去台湾的阿里山，见当地人把树龄超过三千年以上的古树尊为神灵，标为神木。人们一来到参天的神木面前，即肃然起敬，顶礼膜拜，并感到了人生的短暂，和自己的渺小。我看重的是神木的神字，天地有灵，万物有灵，我想通过小说赋予物质生活以无所不在的神性。小说总是从实到虚，实现实与虚的完美结合。而神木二字，树木为实，神灵为虚，仅两个字，便形神兼备，实和虚都有了。有这样现成的美好字眼，何不为我所用呢！

我第一次到神木是1986年的秋天，主要采访对象是煤田地质勘探队员。当时，神木的煤炭矿藏还没有大规模开发，尚处在勘探阶段。在我的印象里，神木到处都是茫茫的荒原，还有从附近的毛乌素沙漠弥漫过去的迷人眼的风沙。荒原上立着一些简易的井架，钻探队员劳动的身影在风沙中显得有些朦胧。应当承认，我那次对神木的了解并不全面，也不深入。拿勘探作比，我看到的只是一些裸露的、浅层次的煤炭，并没有看到蕴藏在神木地层深处的大海般浩瀚的煤田。但一个人到哪个地方去过，对那个地方的关注度就会高一些。我毕竟到神木采访过，又拿神木作了自己小说的题目，后来一听人说到神木，或在媒体上看到有关神木的报道，我都格外留意。我陆续知道了， 形成于侏罗纪时期的神木煤田，终于迎来了它的黄金时代，开始了揭示似的大规模开发。我国现代化程度最高的矿井和煤炭产量最高的矿井，都是建在神木，神木遂成为全国第一产煤大县。煤炭工业的快速发展，大大提升了整个神木县的经济发展水平，使神木县一跃成为全国县域经济综合竞争力百强县之一，在中国十大最关爱民生县评比中亦占有一席。

2015年11月上旬，秋霖脉脉之中，我第三次踏上神木的土地。如果说前两次神木之行仅与煤炭相关的活，这次专程到神木，主要想了解神木的历史文化。在神木的两天里，我们马不停蹄，先后看了石峁遗址、高家堡古镇、万佛洞石窟、杨家城、天台山和神木博物馆等历史遗存和文化景点，首先使我终于弄清了神木县名的来历。相传在唐代的古麟州城外，有三棵大松树，每棵松树须两三人手拉手才抱得住。这三棵松树被老百姓尊为神木，敬为神明，神木县由此得名。其次让我深感惊异的是，神木不仅有丰富的矿藏资源，还有着厚重的文化底蕴。被国务院确定为全国重点文物保护单位的石峁遗址，堪称神木厚重文化的代表。

据介绍，石峁这座城池的遗址上，是我国目前发现的规模最大的文化遗址，也是新石器晚期到夏早期北方地质的一处中心城址。在距今3800—4000年左右，这座城市人中集中，物质丰富，市场繁荣，文化先进，处于鼎盛时期。不难想象，当时的人们对这座城市是何其向往。

怀着敬畏之心，冒着细纷纷的秋雨，我们踏上了由中华民族的先驱们留下的石峁古城遗址。古城由石块砌成，有高高的城墙和门楼，还有内外瓮城。城墙向外突出部分，被称为马面。登上马面，可以更好地观察敌人，有效地抵御敌人的入侵。城墙的石缝里露出的木头，被说成是纴木。长长的纴木所起的作用如同现在的钢筋，有纴木的联结和拉扯，城墙会变得更加牢固。我看见了，由于岁月的剥浊，有一根纴木已经萎缩，使墙缝几乎变成了一个空洞。但纴木并没有完全腐朽，还顽强地存在着。像纴木这样的木头，是不是也可以被称为神木呢！

听同行的一位博学的作家朋友讲，在石峁遗址所发掘出的文物中，最宝贵最让人惊叹的是古玉，甚至说石峁是中国玉文化重要的发祥地。玉当然好，我国的玉文化源远流长，对玉的喜爱早已溶入中国人的血液中，谁不谈玉眼亮呢！据说散失在民间的出自石峁的玉器相当多，有的给小孩子当了玩意儿，有的老汉把玉器拴在烟袋上做了饰坠儿。又据说有人在参观石峁遗址时，看见坍颓千年的城墙石头缝里有一个光点，凑近一瞅，那里竟嵌着一件玉器。我看遗址看得也很仔细，希望自己也能发现一件玉器。然而我没有那么幸运，走遍雨中湿漉漉的石峁遗址，我连一块玉器都没能看到。

来到神木县博物馆，我才从展柜中欣赏到了一件件从石峁出土的玉器，我在别的博物馆也看过不少玉器，但石峁玉器给了我新的启示。石峁玉器不但有璇玑、人头雕像、璜等艺术品，还有一些实用性的玉刀、玉斧、玉钺、玉铲等。这与艺术的演变规律是一致的，都是从实到虚，从实用到无用，从生活到艺术。

2015年11月17日北京和平里

在雅安喝藏茶

1988年春天我去四川，朋友送给我一小盒蒙顶山茶。那盒茶喝完，之后再也没有喝到蒙顶山茶。我对喝茶不是很讲究，逮住什么喝什么。我之所以对蒙顶山茶久久不忘，说实话，并不是茶本身的力量，而是文化的力量，或者说是文字的力量。因为茶盒上印有两句茶联：扬子江中水，蒙山顶上茶。这样质朴的茶联，至少使我产生两种联想：一是好茶须配好水，蒙顶山茶与扬子江里的水是配套的；二是蒙顶山茶和扬子江一样，都是历史悠久，源远流长。联想归联想，我想什么时候能到蒙顶山走一走，喝上一杯真正的蒙顶山茶，并证实一下我的联想是否有道理呢？

机会来了，2016年7月6日，我作为“知名作家走进美丽雅安”采风团成员之一，和朋友们一起，冒雨登上了海拔一千多米的蒙顶山山顶。在山顶的茶馆，我们不仅喝到了顶尖的蒙顶山甘露茶，欣赏了茶侍者精彩的龙行十八式茶艺表演，还学到了有关蒙顶山茶的一些历史知识。据介绍，公元前53年西汉年间，一个叫吴理真的人，在蒙顶山首开人工植茶先河，种下了七棵茶树。

吴理真因此被称为茶祖，尊为神明。也就是说，蒙顶山不仅是中国茶文化的发源地，也是全世界的茶文化地标。蒙顶山之行，使我二十多年前的联想得到印证。同时我也认识到，人世间任何美好的事物，必须以文命名，与文相伴，靠文弘扬。

我这次主要想说说雅安的藏茶。藏茶对我来说是一种全新的茶，我以前从没有喝过藏茶，甚至闻所未闻。所谓藏茶，顾名思义，应该是西藏的茶吧？可我只听说过西藏有青稞酒、酥油茶，从没听说过西藏产茶呀！在雅安的西康酒店住下来，看了资料，参观了藏茶文化展览，并到雨城区的中国藏茶村品尝了三道地道的藏茶，总算对藏茶略知一二。藏茶原来并不叫藏茶，被称为黑茶。我国的茶叶，从颜色上分为红、绿、黄、黑、白、青六大系列，主产于雅安的藏茶属于黑茶系列。那么，黑茶为何定名为藏茶呢？黑茶和藏族人民又是什么关系呢？关系当然是有的，可说是关系密不可分，历史渊源极深。由于藏人所处的高寒地理环境和多油脂饮食习惯，他们对产于雅安的黑茶非常依赖，可说是无茶不成餐，无茶不成饮，天天都须与茶做伴。流传广泛的两句话，道出了自古以来西藏人民对黑茶的评价和珍爱，那就是“宁可三日无粮，不可一日无茶”。从茶的内涵、走向和覆盖面上说，把黑茶命名为藏茶都是贴切的，它不仅具有实用学方面的意义，还有彪炳民族团结方面的意义。

到雅安一进酒店的房间，我就把藏茶看到了。一开始，我看到靠近床头的墙边码放着一些东西，不知为何物。那些东西被用竹片编成的竹笆包裹捆扎成长条状，一条一条码上去，一共是六条。我用手摸了摸，掀了掀，条状的东西很沉，恐怕每一条都有一二十斤。我入住过无数个酒店，酒店的陈设几乎是固定的，无非是沙发、茶桌、床头柜、电视机之类，从没有看见过这种陌生的东西。我的好奇心上来了，一定要把码放在我房间里的东西弄个究竟。我凑上鼻子闻了闻，闻到了一股浓郁的香气，并看见上面装饰着三两片绿叶，突然领悟到，茶砖，这些东西很可能是打碎的茶叶压制成的茶砖。这时服务员往房间里送果盘，我就向服务员请教了一下，得知摆放在房间里的东西果然是茶砖，茶砖的名字叫藏茶。当晚，窗外大雨如注，青衣江的江水波涛滚滚。我在睡眠中听着涛声，闻着茶香，获得的是一种天人合一般的宁静感。

原来，雅安没有藏茶村，在地震后重建过程中，为了弘扬藏茶文化，他们专门建立了一个中国藏茶村。藏茶村不是通常意义上的村落，它是一处集藏茶历史博览、藏茶文化旅游、藏茶产品推销等为一体的创意产业发展基地。在藏茶文化展示馆，我看到一幅文成公主进藏时的油画，画面所呈现的诸多嫁妆中，就有马匹驮着藏茶。它至少可以表明，藏茶从唐代就开始输入藏区。之后藏茶源源不断地运到西藏，形成了茶和马匹交易的茶马市场，并在崇山峻岭之中踩出了雅安通往西藏的茶马古道。往西藏运茶，主要依靠人力背负。背夫被称为茶背子，大都由青壮男人担任，有时也有少量妇女和少年参与其中。一个男性茶背子一次背八至十包，总重量二百斤左右。妇女和少年只能背五包六包，一百多斤。运输路线有两条，一条远一些，一条近一些。远的那条路，即使每天起早贪黑，也要走二十多天。在艰难攀爬过程中，他们从不敢坐下休息片刻，因为一旦坐下，就很难再站立起来。实在累得不行了，或者需要喝一点水，他们只能用一种特制的被称为拐子的手杖，从后面支撑背架，方可站立一会儿。天长日久，茶马古道的古板路上留下了一个个深深的拐子窝。拐子窝里有千千万万茶背子的汗水，也有他们的泪水。稍近的那条路，因为要翻过布满凶险的二郎山，稍有失足，就有可能连人带茶跌进万丈深渊，有去无回。我想起小时候听到的一支歌：二呀么二郎山，高呀么高万丈。枯树荒草遍山野，巨石满山岗。羊肠小道难行走，康（雅安原为西康省的省会）藏交通被它挡。解放之后，雅安到西藏修通了公路，汽车喇叭一响，人们再也不用靠人力背负往西藏运茶了。

藏茶的红色茶汤是用沸水煮出来的。在藏茶村的茶室，我目睹了茶博士用玻璃茶壶在电茶炉上烹茶的过程。取一小块藏茶，放进清水里，随着沸水升腾，茶汤很快变成茶花一样的鲜红色。把茶汤倒进茶盏里，即可饮用。红色只是藏茶的四个特色之一，它还有浓、陈、醇的特色。浓者，茶香浓郁，爽口酣畅；陈者，茶魂不老，愈陈愈香；醇者，滑润甘甜，余味绵长。

此次雅安归来时，获赠一盒藏茶。待有闲时煮来，和家人细细品味。

2016年7月20日至25日于北京和平里

群英垂竿向渔滩

芦苇吐穗柑橘鲜，阿蓬江水碧如蓝。秋闲钓鱼何处去？群英垂竿向渔滩。这是我在2016年9月24日去重庆黔江的阿蓬江边看过钓鱼比赛之后，顺手写下的几句顺口溜。

这次黔江之行，能看到一场全国性的群英垂钓大赛，对我来说是一个“得来全不费工夫”的意外收获。采风活动本来已近尾声，采风团的大部分成员亦纷纷散去，只有北京去的两三位作家，因预定的行程尚未结束，还在那里流连。23日的活动结束后，主办方安排我们第二天上午在酒店休息，下午不耽误去机场登机就行了。然而，当我听说第二天上午黔江有“体彩杯”2016中国群英垂钓大赛，心里一动，顿时来了兴致。我从小就喜欢钓鱼，在农村老家时，除了冬天冰封了水面不能钓，春天、夏天和秋天，我都会拿上竹子做的钓竿到水边钓鱼。有一次，我把鱼钩往水里甩时，鱼钩还钩到了蹲在我身后的岸上看钓鱼的小伙伴的嘴唇子，把小伙伴钓得哇哇大哭。钓鱼钓到了人，把人嘴钓成了鱼嘴，这件被村里人当笑谈的钓鱼插曲给我留下了终生难忘的印象。走出家乡参加工作后，我钓鱼的机会几乎没有了。大概因为关于钓鱼的记忆还在，兴趣也没有失去，看见哪里有人钓鱼，我总是愿意驻足看一会儿。我认为能长时间专注于鱼漂的人都是有意志力的人，而意志力的核心就是耐心。至于大规模的钓鱼赛事，我只在电视上偶尔看见过，还没有到比赛现场看过。既然遇到了到现场看钓鱼比赛的宝贵机会，我当然不想错过。我把想看钓鱼比赛的想法对主办方的朋友说了出来，朋友当即打电话与赛事组委会负责人联系，把我们看钓鱼比赛的事落实下来。

此前，我们在黔江已经看了蒲花暗河、濯水古镇、小南海等多个景点。暗河自然造化的神奇，壮观；古镇文化的幽深，厚重；小南海水域的辽阔，以及由清代地震形成的堰塞湖的历史传说，都大有文章可作。可看了钓鱼比赛之后，我重新确定了文章的选题，决定写一写对钓鱼比赛的观感。相比之下，我觉得钓鱼比赛更能反映黔江的发展变化，也更能概括黔江的生态文明。

举办全国性的大型垂钓比赛活动，并非易事，它不是什么时候想举办都可以，也不是哪个地方想举办就办得起来。我的看法，它至少必须具备两个条件，或者说必须得到两个环境的保证，一个是国泰民安的大环境，再一个是生态优良的小环境。如果一个国家处在战乱、动乱和其他非正常状态，不可能组织带有休闲性、娱乐性的钓鱼比赛。同样的道理，如果一个地方环境脏乱，水质不清，鱼虾不生，谁会去那里钓鱼呢！目前我们国家的大环境就不用说了，人人都有切身感受。那么钓鱼比赛场所，黔江市冯家社区渔滩村的生态小环境究竟如何呢，还是让我们实地走一走、看一看吧！

一来到渔滩村，我们就看到了阿蓬江宽阔的江面和江边沟沟岔岔大片大片的明水。因下游不远处建了电站，修了水坝，使水位升高，水面平静。水面明如镜，万物映其中。秋日的蓝天，蓝天下的朵朵白云，都映在明水里。江边缓缓升起的青山，青山上的树林、农舍、梯田等，也映在明水里。山峦有多高，映在水底就有多深。一只白鹤贴着水面翩翩地飞过来了，水上的白鹤与水中的白鹤相逐相随，颇有些相看两不厌的意思。垂钓大赛已经开始，从全国各地25个省、市集中到渔滩的360名垂钓高手，三人一组，分散到120个用木板搭成的钓鱼台，正钓得全神贯注。钓鱼者使用的鱼饵、鱼漂都是统一的，连他们身上穿的蓝白相间的服装也是同样的。朝江水的对面望去，只见坐在钓鱼台上的那些钓鱼者也被倒映在水里，好像他们都变成了水中的鱼。据介绍，这种在自然水域举办的垂钓大赛，此前黔江市已举办过两届。钓上来的鱼种只有鲤鱼、鲫鱼、草鱼三种鱼可以参加称重。前两届比赛中，获得冠军的选手竟钓到了总重427斤鱼。而单尾重量排第一的获得者钓到了一条62斤的鱼王。不管钓到多少鱼，也不管钓到多么大的鱼，待比赛结束，这些鱼都要放回阿蓬江，让鱼儿重归自然。

水上有一座高架铁索桥，我们沿着桥到对岸去了，并在江边的小路同时也是村边的小路上走了一段。给我的感觉，在小路上移步换景，我们如同走在多姿多彩的画廊里。靠近江边的一侧栽的多是垂柳、凤尾竹、柚子树和柑橘树。季节到了中秋，树上黄中带绿的柑橘结得硕果累累，有的还落到了地上。靠近村边的一侧种的多是花木，那些花木有木槿、百日红，还有产于当地的一种开着黄灿灿花朵的槐树。当然了，村边的菜园里种的还有豌豆、辣椒、大葱、小白菜等各种各样的蔬菜。每一种蔬菜都青翠欲滴，让人一见就想吃。渔滩村的生态环境如此优美，怪不得把全国的垂钓中心选在这里呢！

垂钓大赛日，像是渔滩村民的节日，村里的大人、孩子、妇女、老人等，穿上新衣服，纷纷走出家门，到江边观看比赛。这样的节日与一般的节日不同，一般的节日是热闹的节日，而因垂钓大赛而起的节日是安静的节日。村民们懂得比赛的规矩，对垂钓文化也有所理解，他们脸上带着甜美的笑容，都静静地坐在岸边，或站在钓鱼台的栏杆外面看比赛。偶尔传来一两声公鸡的鸣叫，不但不会打破现场的宁静，反而使宁静显得更加旷古，更加深邃。

就在十几年前，渔滩村还是一个贫困的山村，村民们连日常的衣食温饱都成问题。自从渔滩村的生态环境得到改变，由“桑田”变成了“沧海”，自从偏僻的小山村成了有名的垂钓基地，各地腰包鼓鼓的垂钓者纷至沓来，当地的村民坐地生财，很快富裕起来。他们纷纷盖起了楼房，开起了饭店，办起了农家乐，日子一天比一天红火。当地土家族山歌里有一句唱词，叫高粱生起节节高。依我看，渔滩村的面貌和村民的生活质量也是节节高。

谁能说渔滩村不是重庆黔江市发展变化的一个缩影呢！

2016年9月29日于北京和平里

月光下的抚仙湖

我看电视有一搭无一搭。看到搞笑热闹的场面，我很快就翻过去。偶尔遇到自然清新的画面，我就看一会儿。

我曾在电视上看到几个渔民在湖边捕鱼。他们捕鱼的方法很原始，也很特别。渔民在湖边开掘两条在拐弯处相通的渠道，一条是进水口，一条是出水口，他们并排安装两台手动式木轮水车，不停地从湖里向渠道内抽水。抽进渠道内的水，只装模作样地稍稍旅行一下，便从出水口重新流进湖里。人们利用鱼儿总愿意逆流而上去产卵的习惯，在出水口给鱼儿造成一种有水自远方来的假象。鱼儿对水流是敏感的，立春时节它们急于繁殖后代的心情也很迫切，于是便纷纷向出水口游去。不料有一个机关正潜伏在出水口上游不远处等待着它们。那个机关是一只竹编的鱼篓，鱼篓的大肚子像水牛腰那样粗，刚好可以卡进渠道里。而鱼篓的开口却像酒坛子的坛口那样小。这样一来，鱼儿一旦钻进鱼篓里，再想退出来就难了。人们适时将鱼篓取出，滤掉的是水，余下的是活蹦乱跳碎银一样的小鱼儿。据说这个湖的湖水极清澈，能见的透明度达七八米。俗话说水至清则无鱼。大概因为这个湖的水太清了，虽然湖里也有鱼，但鱼很少，也很小，每一条小鱼都像一根金针花的花苞一样。也许是因为水清的缘故，这个湖里生长的小鱼儿味道格外鲜美。电视主持人不无夸张地说，就算把全世界所有的鱼种都数一遍，也比不上这种生性爱清洁的小鱼儿好吃。可惜，电视看过了，我没有记住电视上所说的湖泊在我国什么地方，也没记住小鱼儿的名字叫什么。

我还在电视上看过一个节目，说是在一个很深很深的湖底，发现了一个古代的城郭遗址。那是一档探索类的现场直播节目，从画面上可以看到身穿潜水服的考古队员正在水下抚摸古城城基的情景。随着水下考古的画面不断展开，我看到了水底的石头台阶、塔形建筑。刻在石头上的人物脸谱，以及石板铺地的街道等等。2006年10月间，我曾到意大利的那不勒斯参观过被火山爆发掩埋过的庞贝古城遗址，一座生气勃勃的城市突然被毁灭让我深感震撼。这次看到的淹没在水下的城郭，同样让我震撼。在我的想象里，这座面积并不算小的城市也曾车水马龙，商贾云集，灯红酒绿，人声鼎沸，而现在却成了鱼儿穿行的水下世界。这种巨变不是沧海与桑田的关系，而是城市与沧海的关系。这次看罢我记住了，这座水下城遗址是在我国的云南。至于在云南的什么地区，我没有弄清楚。

以上两个电视节目是我前些年看的，在我的记忆中像两个梦一样，已经有些遥远，有些朦胧。随着时间的再推移，也许这“两个梦”会逐渐淡去，至于在记忆中消失。试想想，我们每个人都做过很多梦，梦醒即是梦散，有多少梦能长久留在我们的记忆中呢！

2009年11月底，《北京日报》副刊部组织我们到云南玉溪参加笔会。笔会的最后一天，也就是11月29日，笔会的组织者把我们拉到了澄江县一个叫抚仙湖的地方。抚仙湖？我怎么从来没听说过？抚仙湖有什么好看的？及至到了抚仙湖看了湖水，听了当地人对抚仙湖的介绍，并翻阅了宾馆床头上放的有关抚仙湖的资料，我不由地兴奋起来，啊，天爷，原来我记忆中的两个节目都发生在抚仙湖，都是在抚仙湖拍摄的。有把记忆中的云朵变成雨水的吗？有把“梦中”的情景变成活生生的现实展现在眼前的吗？这样的事情我就遇到了，这让我大喜过望，深感幸运。

抚仙湖的美，当然取决于抚仙湖的水。有人把抚仙湖的水比作钻石般透明，也有人把抚仙湖的水比成翡翠般美丽，我都不愿认同。因为钻石和翡翠不管怎样宝贵，还都是物质性的东西。直到看见明代的一个文学家把抚仙湖的水说成是“碧醍醐”，我才觉得有些意思了。醍醐虽然也具有物质的性质，但同时又被见赋予了仙性、佛性和神性，用醍醐比喻抚仙湖的水是合适的。下午我们在湖里划船时，我就暗暗打定主意，要下到水里游一游。我看了湖边竖立的标牌，说下湖游泳是可以的，为安全起见，天黑之后最好别下湖。有这等好水，又有下水游泳的机会，我可不愿错过。愚钝如我辈，何不借机接受一下“醍醐”的灌顶呢！

从船上下来，朋友们上街去购物。我换上游泳裤，开始下湖。季节到了小雪，加上天色已是傍晚，湖水极凉，跟冰水差不多。可我把身体沉浸在水里就不觉得凉了，相反，似乎还有些温暖。我在水边蛙泳，自由泳，俯泳，仰泳，来来回回游了好几趟。望着远山青黛的脊梁，望着天空已经升起的将圆的月亮，我畅快得直想大声呼喊。我真的喊了，我在水里举起双臂喊了好几声。我听见我的长啸一样的喊声贴着清波荡漾的湖面传得很远很远。哎呀太痛快了！我们不远千里万里，跑到这里，跑到那里，原来追寻的都是自然之美啊！我们最想投入的还是自然的怀抱啊！亏得这次来到了抚仙湖，不然的话，我可能一辈子都无缘得到抚仙湖的抚慰啊！

晚饭之后安排的是歌舞晚会，我没有按时到晚会上去，还想到湖边去看看月亮，再看看月光下的抚仙湖。当晚是农历十月十三，月亮早早地就升了起来，而且月亮眼看就要圆了。月亮哪儿都有，但要看到真正明亮的月亮却不是很容易。抚仙湖上空的月亮无疑是明亮的，我不能辜负这么好的月亮和月光。

湖边铺展着开阔而洁净的沙滩，我仰面躺在沙滩上，久久地望着月亮。天空没有云彩，星子在闪烁。在深邃的天空和群星的衬托下，月亮像一个巨大的晶体，在无声地放着清辉。过去我一直认为，太阳是有光芒的，而月亮只有光，则无芒。这次在抚仙湖边看月亮，我改变了以往对月亮的看法，其实月亮也是有芒的。我觉出来了，月亮的道道光芒从高天照射下来，像是直接照到了我眼上。只不过，太阳的光芒是强烈的，人们不敢正视它。而月亮的光芒是柔和的，给人的是一种普度众生的感觉。

我坐起来，眺望月光下的湖面。远山看不到了，波光粼粼的湖面一望无际。白天看，湖面是深蓝色，比天空还要蓝。夜晚看，湖面有些发紫，宛如薰衣草花正遍地盛开。月亮映进湖里，天上有一个月亮，湖底似乎也有一个月亮。天上的月亮往下照，湖底的月亮往上照，两个月亮交相映辉。我想起湖底的古城遗址。湖水的透明度这样高，月光的穿透力又这样好，古城的街道也应该洒满了月光吧，留在古城里的那些魂魄大概也在踏月而行吧。我还想起那些捕鱼的渔民。因季节不对，我没有看到那些渔民的身影。但我看到了水边的水车，和立在岸边上的一只只巨大的鱼篓。没有风，没有人声，也没有鸟鸣，一切是那么的静穆。湖水偶尔拍一下岸，发出的声音是那样的轻柔，好像还有一点羞怯，如少女含情脉脉的温言软语。要是有一幅油画就好了，可以把停泊在湖边的游船。船边水中的月影，以及岸边的草亭和树林画下来，那将是一幅多么静美的图画。可惜我不会画画。要是有一首诗就好了，可以把眼前的美景描绘一下，把心中的情感抒发一下。可惜我不是诗人。要是有首歌就好了……想到歌，我真的轻轻地唱了起来。那是一支关于月亮的歌，曲子舒缓，悠长，还有那么一点伤感。唱完了歌，一种虚幻感让我一时有些走神儿，身体仿佛漂浮起来，在向月亮接近。我知道，那不是我的身体在漂浮，而是灵魂在漂浮，那种感觉真是美妙极了。人往往追求实感，其不知，至高的美的境界是虚，是太虚。白天为实，夜晚为虚；阳光为实，月光为虚；湖水为实，氤氲为虚。人从虚空来，还到虚空去，虚的境界才更值得我们追寻。

2010年1月9日于北京小黄庄

闻香而至

我们人类的目光是有限的，许多事物本来活生生地存在着，我们的肉眼却看不到。作为一个不大不小的酒徒，我早就听说过，茅台酒之所以风味独特，尊贵典雅，不可模仿，不可复制，盖因为茅台镇的上空麇集、活跃着大量的微生物群。是数以千万亿的微生物们在默默地参与着酿酒过程，是酱香深厚的琼浆里有着无数生命的投入。正所谓一方水土养一方微生物，一方微生物养一方酒，离开茅台镇就造不出茅台酒。知道了这个奥秘，在深秋一个微雨的日子，和朋友们一到向往已久的茅台镇，我就禁不住仰脸往空中瞅，想看看微生物是什么样子，想欣赏一下集结起来的微生物群是何等壮观的景象。可空中空空的，我什么都看不见。我把眼睛张大再眯起来，眯起来再张大，还是什么都看不见。空气的透明度是不太高，灰暗中还有那么一点濡。那是缭绕的云雾和丝丝细雨造成的，与传说中的微生物似乎没什么关系。然而酒香袭来了，酒香一袭来就如风如雨，如云如雾，就是包围性的，笼罩性的。我们不必特意去闻，只要置身于茅台镇，只要有呼吸的功能，酒香自然而然就进入到我们的肺腑里去了。这种香是饱满的，又是滋润的；是醇厚的，又是悠长的，还没喝到茅台酒，空气中弥漫的酒分子好像已先让我们有了几分醉意。我还是不甘心，既然微生物是形成茅台酒的重要因素，甚至可以说是产生茅台美酒不可替代的功臣，到了茅台古镇，怎么可以不一睹微生物的芳容呢！怎么可以不与微生物们共同干一杯呢！可爱的微生物们，你们在哪里?

虽然我的眼睛看不见微生物，好在我有一颗心，有一双心目，还不乏想见的能力，可以尽情地把微生物想象一下。在我的想象中，微生物是有翅膀的，它们的翅膀是透明的，透明得好像没有翅膀一样。它们可以像鱼一样在水中游，也可以像鸟一样在天上飞。因它们的体形微乎其微，仿佛地球的引力对它们是无效的，它们游得和飞得速度非常快，几近超音的速度。微风吹来，它们闻到了曲香和酒香。它们张圆了鼻翼，振起翅膀，纷纷朝着香气飘来的方向蜂拥而去。它们先是发现了一大片一大片的高粱，加起来有七八十万亩，简直一望无际。正值中秋，高粱红透，称得上万亩红遍，坡坡尽染。红土地与红高粱相映，仿佛连高粱的叶子也变成了红的。从高处往下看，它们如同飞行在红色的海洋上。它们知道，这些高粱是专为茅台酒厂种的。这种生长在本地高原的红高粱，韧性强，耐蒸煮，有着异乎寻常的优良品质，被称为糯高粱。而外地的高粱虽然价格便宜，但结构松散，一煮就糟了。茅台酒厂宁可多花高于外地高粱四倍到五倍的价钱，也只买本地的高粱作酿酒原料。微生物还知道，这么好的高粱，平均需要五斤高粱才能酿出一斤酒。如此说来，高粱就是美酒的前身，酒的美好味道就蕴藏在火红的高粱穗子里头。一时间，它们产生了一些错觉，分不清酒香是从茅台镇传过来的，还是从高粱地里蒸发出来的。它们变成超低空飞行，在美丽如画的高粱地上方盘桓了好一阵儿，才恋恋不舍似地继续向茅台镇进发。

它们必须飞越一条河，这条河是著名的赤水河。赤水河发源于云南，一路穿峡越谷，蜿蜒流过连绵青山，途经贵州仁怀市的茅台镇，最后汇入长江。春夏频雨季节，雨水裹着两岸紫红的泥土流入奔腾不息的河里，使河水的波浪呈现出赤红的颜色，赤水河由此而得名。将近九月九重阳节，河水渐趋平缓，直至浮华落尽，变得澄清起来。这时的赤水河，倒映着两岸的青山，变得碧蓝碧蓝。有小小渔船泊在岸边，渔夫的女人在船侧探着身子洗一把青菜。水面的船上有一个女人，水底的船上也有一个同样的女人。船上的女人举着一把青菜，水底的女人也是举着一把青菜。女人大概把饭做好了，须把船撑走，给丈夫送饭。当船篙触动岸边的浅底时，水面便泛起一朵粉红，如一朵桃花飘然而降。粉底的泛起，不但不影响河水的清澈，有一朵红做点缀，反衬得河水更清更明，颇有些万绿丛中一点红的意思。这时国酒厂的人开始下河取水了，所有酿酒之水都是取自此时的赤水河。水质清凉微甜，酸碱适度，并含有钙镁等多种有益的微量元素。此水应是天上有，最适合造就茅台酒。微生物们在河边停下了，望着对岸的茅台镇，它们怀着近乎朝圣的心情，要把自己好好梳洗打扮一番。它们洗了头，洗了脸，洗了脖子，全身上下无处不洗到。洗过一遍，它们以水面作镜子检查一番，还要再洗一遍。待洗得一尘不染，它们才整起队伍向茅台镇飞去。

进入茅台镇，微生物们才知道，茅台镇坐落在一个四面环山的山谷内，冬暖夏热，最合适微生物繁衍、生活和居住，此地已经生存着大量的微生物。青山依次升上去，山顶立着几棵高树。山坡上的一层层绿不是梯田和庄稼，而是茅草和灌木。有风吹过来，微生物群不会被吹走，也不会被驱散，因为屏障一样的青山把风给挡住了，风变得很微弱。这样的风只会使微生物感到更舒服。换句话说，这个山谷是微生物的温床，也是微生物的圣地和天堂。当地的微生物对闻香而至的外来的微生物并不排斥，有朋自远方来，不亦乐乎！它们捧出十五年、五十年的陈酿欢迎外面来的客人。它们像是举行盛大的招待宴会，又像是进行旷世的狂欢，干杯之声不绝于耳，每个微生物都很亢奋，都喝得红头涨脸。有的开始跳舞，有的开始唱歌，还有的一再高呼好酒！好酒！

当然，微生物中有男有女，有雌有雄，有公有母。美酒的力量使它们浑身的血行加快，性别意识得到加强，加强到空前放浪，空前自由，空前生机勃发，所向披靡。它们省略了铺垫，省略了许多程式化的东西，甚至省略了牵手、拥抱和接吻，一上来就直奔主题。它们和一个微生物奔了主题还不够，还要和另外一个微生物再奔主题。它们和十个微生物奔了主题不尽欢，还要和一百个微生物轮番进行车轮大战。要知道，微生物的生命力是相当旺盛的，并以繁殖速度奇快而著称。于是它们的后代一生百，百生万，以百万倍的速度快速增长，一夜之间，一对男女微生物便可以生产出数以万亿记的子女。周边地区微生物的大量涌入，不仅使生殖资源不断得到扩大和更新，还便于资源的合理和优化配置，避免了近亲结婚造成的种族衰退。同时，微生物的杂交，还实现了种群的优胜劣汰，为微生物带来新的遗传基因，注入了新的活力。是不是可以做出这样的判断，在我们这个星球上，茅台镇的微生物是最多的，从单位面积所容纳的微生物数量来看，茅台镇的微生物密度是最高的。倘把一个个微生物扩大成一只只蜜蜂，茅台镇的蜂鸣当压倒一切。倘把微生物群扩大成鸽群，茅台镇的上空当遮天蔽日。倘把微生物想象成凤凰呢，我的天，那简直不敢想象！

说到凤凰，茅台镇微生物们的精神其实就是凤凰涅槃的精神。它们是上天的派来的精灵，当它们循着香气来到开发式发酵的曲醅堆上方，就毫不犹豫地投身到曲醅里去了，并将自己的身躯溶进了曲醅。茅台美酒在全世界飘香之时，它们也因此获得新生。

2005年10月26日北京

亲近汉水

也许小时候老在水里扑腾的缘故，或许我的天性中含有某种和水相投合的东西，反正不管走到哪里，只要一见到好水，我脑子里闪过的第一个念头，就是跳下去，游一游。夏天，我在宁夏的沙湖里游过。初秋，我在贵州的赤水河里游过。在明月高悬的夜晚，我独自一人悄悄走进了云南玉溪的抚仙湖。同样是夜晚，我在海南三亚的大海里也游过一番。更有甚者，有一年去希腊，我和朋友们竟在一大早扑进爱琴海里去了，并伸展双臂，在著名的爱琴海里欢呼。

俱往矣，数来数去，恐怕最让我难以忘怀的，还是2014年7月在襄阳期间投入汉江的一次畅游。

历史上，襄阳被称为“兵家必争之地”，同时也被民间誉为“铁打的襄阳”。我理解，所谓“铁打”，无非是说襄阳古城铁桶一般，固若金汤。到了襄阳我才了解到，从根本上说，襄阳的坚不可摧，五行中主要靠的不是金木火土，而是水；不是城，而是池；习惯上说是“铁打”，实际上是“水造”。也就是说，襄阳的不可动摇和长盛不衰，很大程度上，是因为“自有源头活水来”，得益于汉水这个天然优势。

襄阳的水系是够发达的。浩浩荡荡、碧波万顷的汉江穿城而过，源源不断地给这个城市注入着活力，并使这个城市充满钟灵毓秀之气。与汉江相连的，是襄阳的护城河。襄阳的护城河最宽处达250米，平均宽度180米，据称在全中国乃至全世界，都是最宽的护城河。在襄阳几天，我们远望是水，近观是水，抬眼是水，低眉是水，仿佛水一直与我们相伴相随。这天傍晚，我们从一个城楼上下来，沿着城墙内侧一道梯梯石阶砌成的斜坡，一直走到汉江的水边去了。江面宽阔，江水很清，江面升起阵阵清凉的气息。这时我的念头升起来了，能下到水里游一游就好了。我看见前面不远处，有几个人正在江水里游泳。这表明汉江是开放的，人们是可以下江游泳的。我还看见，就在我身边，一个年轻人正训导他的一只大型宠物在江水里游泳。年轻人的办法，是奋力把一只小皮球扔到清波中，让宠物游过去，把皮球叼回来。如此循环往复之中，大概宠物觉得有些单调，也有些疲倦，当它再次把皮球叼回后，不愿再撒口，并水淋淋地往岸上走去。年轻人不答应，他从宠物口里夺下皮球，又一次抛入水中。目睹此景，我有点同情那只宠物，也有点羡慕那只宠物，真想跳入水中，替宠物把皮球取回。

我多次到过黄河岸边，想下到黄河里游一游。但有人告诉我，黄河中暗流涌动，有不少漩涡，到黄河里游泳是危险的。我只好作罢。我也有过游长江的冲动，可惜没得到机会。有一年长江涨水，江水漫上了汉口江边的公园，我挽起裤腿，在公园里蹚了蹚水，算是和长江稍许亲近了一下。而汉江的一江好水如此波澜不惊，舒缓缠绵，当非常适合游泳。汉江也叫汉水，作为一个汉人，如果一辈子不到汉水的怀抱里待一会儿，是不是有点遗憾呢？是不是会心有不甘呢！

晚上，汉江两岸的灯火亮起时，我们乘上游轮，在江上穿行。船行带风，鼓动着我们的衣衫，吹扬起我们的头发，让人神思邈远，生发思古之幽情。在我的想象里，住在襄阳古隆中，一向乐水的智者诸葛亮，是在汉水里游过泳的。对汉水喜爱有加的李白，是在汉水游过泳的，不然的话，他不会写出“遥看汉水鸭头绿”的诗句，不会把汉水比喻成满江美酒。在襄阳长大，名号前冠以襄阳的大书家米芾，是在汉水里游过泳的。以“米颠”狂放不羁的性格，他的泳当是裸泳。写过《春晓》等著名诗篇的孟浩然，就更不用说了，他生在汉水边，长在汉水边，汉水就像是他家门前的一条河，他不到水里打打扑腾，简直说不过去。那么，我们怎么办呢？难道就这样拘着，眼睁睁错过到汉水里一游的机会？

让人欣喜的是，想游汉江的不止我一个，同行的几个文友一拍即合，不游汉江不罢休。第二天一大早，一阵小雨之后，我们结伴向汉江进发。踏进汉江的一瞬，我有些感动，好像这是我人生的一个重要愿望，这个愿望终于实现了。又好像作为汉族的一个子孙，汉江一直在这里等我，而我却来得有些迟了。好在汉江对我一点儿都不拒绝，她仿佛一下子抱住了我，并轻轻拍打着我，说到这里就是到家了，让我放松身心，好好玩吧！

在水里的感觉与在岸上的感觉大不一样。如果在岸上是隔岸观景的话，下到水里顿时有了回归的感觉。如果在岸上还能看到对岸景物的话，下到水里，使本来辽阔的江面显得更加辽阔，顿生烟雾苍茫之感，并渐渐有些忘我。人类有许多享受，温暖的阳光、清新的空气、美好的食物、相吸的异性、灿烂的艺术等，都会构成人类的享受。千万别忘了，享受水，也是人类的一大享受。水，是生活的必需，也是生命的必需，享受水，是生命的一种本能。古人曰：水者，何也，万物之本原也。

我游泳没受过专业训练，完全是野路子。我觉得这样挺好，游起来自由自在，无拘无束。比如说我喜欢仰泳，游一会儿，就仰躺在水面休息一会儿。这时候，我的两只耳朵浸在水里，一切尘世的喧嚣都被屏蔽，耳边只要哗哗的水声。我的两眼望着天空，望着天上的白云和飞鸟，觉得离天空越来越近，似乎全世界就剩下我一个人。我禁不住长长叹了一口气，感叹汉江真好啊，待在水世界里真美妙啊！以致上得岸来，我仍觉情犹未尽，意犹未尽，对着江面长啸了几声。

是的，像汉江这样的好水不多了，能让人下水游泳的江河湖塘变得越来越少。据报载，现在衡量治水成效的一个重要标准，就是看当地领导敢不敢下水游泳。这表明，下水游泳不再是一件轻而易举的事，而是成了一种奢侈。我想，我要是住在襄阳的话，别的事往后放放，每天先到江里游一通再说。从这个意义上说，襄阳人的生活是奢侈的。而我只是襄阳的一个过客，到汉江游泳，一辈子也许就这么一次吧。

忽闻汉江之水很快就要通过南水北调工程调到北京，调到北京的宝贵汉水也许不能供我们游泳，但如果我们每天能喝到汉水，精神上是也算是一种安慰吧。

2014年9月4日至7日于北京和平里

第6辑·文情

小说创作的实与虚

小说创作的实与虚（之一）

近年来，我多次应邀到鲁迅文学院、解放军艺术学院等学院讲文学创作。我讲的一个比较多的题目是《小说创作的实与虚》。从现场和之后的听众反应来看，效果还算可以。我事先没有写成讲稿，只是列了一个比较简单的提纲，根据提纲的提示来讲。我历来不愿意在讲座上念稿子。念稿子可能会显得正规一些，严谨一些，也省事一些。但念稿子也会让人觉得呆板，拘谨，并影响激情的参与和灵感的意外发挥。感谢鲁迅文学院，他们要把讲稿结集出书，就把我的讲课录音整理成了书面的稿子。现在我把这份稿子再作增删，交由《小说选刊》连载，以期和朋友们交流。

我为什么选择讲这个题目呢？我觉得这是我们中国作家目前所面临的一个共同的、带有根本性的、亟待解决的问题。或者说，你只要有志于小说创作，只要跨进小说创作的门槛，很可能一辈子都会为这个问题所困扰，一辈子都像解谜一样在解决这个问题。常听一些文学刊物的主编说起，他们不缺稿子，只是缺好稿子，往往为挑不出可以打头的稿子犯愁。挑不出好稿子的一个主要原因，是小说普遍写得太实了，想象能力不强，抽象能力缺乏，没有实现从实到虚的转化和升华。他们举例，昨天有人在酒桌上讲了一个段子，今天就有人把段子写到小说里去了。报纸上刚报道了一些新奇的事，这些事像长了兔子腿，很快就跑到小说里去了。更有甚者，某地发生了一桩案子，不少作者竟一哄而上，都以这桩案子为素材，改头换面，把案子写进了小说。这些现发现卖的同质化的小说，没有和现实拉开距离，甚至没有和新闻拉开距离，只不过是现实生活的翻版或照相，已失去了小说应有的意义和存在的价值。

我自己也是一个写小说的作者，听了主编们的议论，我难免联想到我自己。我不想承认也不行，在初开始写小说时，我的小说写得也很实。有编辑朋友对我提出，说我的小说写得太实了，说做人可以老实，写小说可不能太老实。还有作家朋友教导我：庆邦你要敢抡，抡圆了抡，让读者糊里糊涂跟你走，到底也不知道你抡的是什么。这样的教导让我吃惊不小，我也想抡，可没有抡的才气怎么办呢？我也有些不服，在心里替自己辩解，老实和诚实相差大约不会太远，老实不会比浮华更糟吧。我出第一本中短篇小说集时，没有请人为集子作序，是我自己为小说集《走窑汉》写了一个序，序言的题目就叫《老老实实地写》。我那时有些犯拧，也是自己跟自己较劲：你们不是说我写得太实吗，我就是要往实里写，就是要一条道走到黑。随着写作的年头不断增长，随着对写作的学习不断深入，加上对自己的写作不断提出质疑，我越来越认识到，写小说的确存在着一个如何处理实与虚的关系问题，写小说的过程，就是处理实与虚关系的过程。只有认识到虚写的重要，并牢固树立自觉的虚写意识，自己的创作才可能有所突破，并登上新的台阶。

和西方国家的小说比起来，我们的小说为什么写不虚呢？我想来想去，无外乎以下几个方面的原因。文学不是哲学，但文学创作离不开哲学的滋养和支持。我们的小说之所以写不虚，首要的原因，是我们缺乏务虚哲学的支持。从我国的哲学传统来看，应该说老庄时期的哲学还比较崇尚务虚，有着一定务虚的性质。老子讲究无为，讲究道法自然，信言不美；庄子主张人生是一场逍遥游，他和惠子关于“子非鱼”和“子非我”的一系列争论，都很有意思，表现出对务虚的乐趣。到了孔孟的哲学，其主要内容围绕“修身、齐家、治国、平天下”展开，就成了实用主义或功利主义哲学。这种哲学被推到“独尊”的位置，久而久之，必然影响到我们的创作。第二个原因是，自五、四新文化运动以来，我们所沿袭的主要是现实主义的创作路子，现实主义写作一直是文学创作的主流。其间虽然有一些类似现代、荒诞、魔幻、意识流的作品穿插进来，但总是没有形成气候。现实主义和浪漫主义相结合的创作手法，也被大张旗鼓地提倡了一阵子。我理解，这种结合就是“实与虚”的结合之一种，如果结合得好，有望生长出不错的作品。然而一旦进入创作实践，强大的“现实”老是压弱小的“浪漫”一头，“浪漫”怎么也“浪漫”不起来。第三个原因，是我们不尚争论。从某种意义上说，争论就是一种务虚的方式。有些事情通过争论，才能产生思想的碰撞，并激起思想的火花。魏晋时期的竹林七贤，比较热衷的一件事情就是争论。他们把争论叫做清谈。后来把清谈上升到清谈误国的高度，就不许再争论了。原因之四，是我们的文字不同于西方的文字。我们的文字是形象化的，是具象的，可以说每一个汉字都是一个结结实实的实体。我们的文字当然是优秀的文字，它是我们中华民族的文化基因，是中华文明的伟大载体。许多辉煌的典籍都是由汉字著成的。可是，我们的汉字在某种程度上也局限了我们的思维，使我们长于形象思维，而抽象思维的能力相对就弱一些。而西方的拼音字母是简单的，字母本身似乎就是一种抽象的东西。他们借助那些抽象的符号进行思维，时间长了，在不知不觉间就养成了抽象思维的习惯和能力。而抽象思维，体现的正是务虚的思维。

认识到了我们务虚的弱势和局限，并不是说算了，我们放弃务虚吧，恰恰相反，这更能激发起我们务虚的热情，促使我们从务虚方面更加不懈努力。因为对小说创作而言，小说的本质就是虚构，就是务虚。或者说，写小说就是真真假假，虚虚实实；以实写虚，以虚写实；实中有虚，虚中有实；在实的基础上写虚，在虚的框架内写实。汪曾祺在评价林斤澜的小说时，说林斤澜的小说“实则虚之，虚则实之；有话则短，无话则长”，正是对小说创作之道的高度概括。前面提到，老子说过信言不美。按一般理解，是说花言巧语不可信，不好听的话才可信。若从文学创作的角度来理解，我觉得老子这句话大有深意，他的意思是说，凡是真实的东西都不美，只有虚的不真实的东西才是美的。英国的唯美主义作家王尔德的说法，印证了我对老子这句话的理解。王尔德说：叙述美而不真之事物，乃艺术之正务。我国的京剧大师梅兰芳有一句名言，叫不像不是戏，太像不是艺。大师一语所道破的，正是所有艺术创作实与虚的辩证关系。举例来说，一个演员在台上演悲戏，该悲不悲，该戚不戚，就入不了戏。如果在台上哭得泪流满面，一塌糊涂，那就大煞风景，不是艺术了。我们都知道，我们所推崇的一些事物，都是想象和虚构出来的，在现实社会中是不存在的。比如龙，我们见过蛇，见过其他身披鳞片的动物，可谁见过龙呢！龙却是我们中华民族的象征，我们都被说成是龙的传人。比如凤凰，我们见过喜鹊，见过孔雀，可谁见过凤凰长什么样儿呢？正是谁都没见过，人们才可以尽自己的想象，把它往美里塑造。

进入小说的操作阶段，在实与虚的步骤上，我把小说的写作过程分为三个层面：第一个层面是从实到虚；第二个层面是从虚到实；第三个层面是从实又到虚。我这么说可能有点儿绕口，但这的确是我从几十年的创作实践中总结出来的，它逐步升级，一层比一层高，一层比一层难。从实到虚，是看山不是山，看水不是水。第二个层面，看山还是山，看水还是水。到了第三个层面呢，山隔一层雾，水罩一片云。从实到虚，是从入世到出世；从虚到实，是从出世再入世；从实再到虚呢，就是超世了。

说到这里，我必须赶紧强调一下，或者说必须给虚下一个定义。我所说的虚，不是虚无，不是虚假，不是虚幻，虚是空灵、飘逸、诗意，是笼罩在小说世界里的精神性、灵魂性和神性。

我这样讲，朋友听了，可能还是有点儿云里雾里，不明就里。我要把实与虚的转化过程讲明白，必须举一些小说的实例，从理论与实践的结合上具体加以分析。我会举一些自己的小说来剖析。我的小说在实与虚关系的处理上，可能做得并不是很好，并不是很完美，但因我对自己的小说比较熟悉，讲起故事情节方便些，请朋友们能够谅解。

小说创作的实与虚（之二）

我先讲第一个层面，从实到虚。实是什么？实是现实，是存在，是生活，也是一个人的阅历、经历和人生经验的积累。实对创作来说，是源，是本，一切文学创作都是从实出发，都是从实得来的。如果离开了实，创作就成了无源之水，无本之木，就无从谈起。换句话说，一切虚构都是从实处得来，没有实便没有虚。我打个比方，飞机起飞，先要在跑道上跑一段，并逐渐加速，才能起飞。这个跑道就是实的东西。鹰的翱翔也是同样的道理，它不会凭空起飞，起飞前需要有一个依托，双脚在山崖上或枯树上一蹬，翅膀才能展开。树和山崖就是起飞的基础。人的生命和做梦的关系，也是一组实与虚的关系。每个人做梦，都是对生命个体的一种虚构。梦的边界是无限的，可以做得千奇百怪，匪夷所思。但梦有一个前提，梦者必须有生命的存在，如果没生命了，就再也不会做梦了。树和树的影子，必须是先有树，再有树的影子。在不同时段，树的影子有时长，有时短；有时粗，有时细，变化很多。但它万变不离其树，树的存在才是树影赖以变化的根本。我这里反反复复说明实的重要，是想提醒从事写作的朋友们，还是要劳其筋骨，饿其体肤，在生活积累上下够功夫。老子说过，实为所利，虚为所用。我们利用砖瓦、水泥、钢筋等建筑材料，建设了一座房子，房子里面的空间，是为我们所用的。而我们要想得到空间，得到虚的东西，建筑材料作为实的东西，还是第一性的。

我举的第一个例子是我的一部中篇小说《神木》。通过这部小说，我来回顾一下，是怎样把从现实生活中得来的一块材料变成小说的。这部六万多字的中篇小说首发在《十月》文学杂志2000年第3期，之后，《小说选刊》《小说月报》《中华文学选刊》都转载了这部小说。这部小说还先后获得了第七届《十月》文学奖和第二届老舍文学奖。作为一部小说，如果它的影响还很有限的话，后来被李扬拍成了电影《盲井》，其影响就扩大了一些，扩大到全世界去了。《盲井》获得了柏林第53届国际电影节最佳艺术贡献银熊奖之后，在美国、法国、意大利、荷兰等国，又陆续获得了20多个奖。随着电影影响的扩大，英国、法国、意大利都为《神木》出了单行本。如果连电影也没看过，我说一个电影演员，大家应该知道，王宝强。王宝强就是演《盲井》的其中一个角色出道的。在此之前，他和一帮人天天守候在北京电影制片厂门口，期待着能在某部电影中当一个群众演员，当上了，可以挣一个盒饭，十块钱。当不上，就要饿肚子，挺盲目的，也挺可怜的。导演李扬发现了他，把他拉进了剧组。他得了金马奖的最佳新人奖之后，应邀演了不少电影和电视剧，很快火了起来。2010年春天，我在美国西雅图参加国际写作计划期间，美国人专门为我放了一场《盲井》。在看电影期间，一些美国胖老太太吓得直哆嗦。看完电影，她们好像仍心有余悸，问我：真有这样的事吗？这故事是真的还是假的？我的回答是：有真也有假，有实也有虚。

这是发生在煤矿的一个故事，或者说是一个案例。20世纪的八九十年代，我国各地在地球上戳了很多黑窟窿，开了很多小煤窑。一些农民纷纷放下锄头，拿起镐头，到小煤窑打工，挖煤。他们每天冒着危险，累死累活，却挣不到多少钱。因为窑主对他们盘剥得非常厉害，他们挖出的煤，换来的钱，大都流进窑主的保险柜里去了。可是，窑工一旦在窑下发生死亡事故，窑主会给窑工的家属一点补偿，少则几千元，多则上万元。有人看到拿死人换钱比较容易，可以让窑主出点血，就起了杀机。他们一般是两人结伙，把另外一个黑话称为点子的打工者骗来，给点子改名换姓，其中一人装成点子的亲爹亲叔或亲哥，把点子骗到窑下，装模作样地干几天，就把点子打死了。按照分工，装成点子亲人的人负责哭，哭得声嘶力竭，颇像那么回事。另一个人负责和窑主交涉，要求报官，还假装让死者老家的村长来，支书来。一般来说，窑主不愿意报官，不愿意官了。官了要罚款，要吃喝，要送礼，还要停产整顿，会造成许多麻烦和更大损失。而私了就是直接拍钱解决问题，要省事省钱许多。他们号准了窑主这种心理，表面上虚张声势，目的是诈钱，私了。通过私了拿到钱，他们把死者的骨灰盒随便找个废井筒子一扔，接着物色下一个点子，继续拿人命换钱。那些死者死无葬身之地，都是真正的屈死鬼。之所以案发，是两个家伙撞到枪口上了。辽宁西部某煤窑的一个窑主，原是干公安的，下海当了窑主。他开的煤窑正在打井筒子，还没有见煤，就出了死亡事故。当打死人的家伙向他要钱时，他极不情愿，也有些怀疑，就用审案的办法把对方审了一下。这一审，一个惊天大案暴露出来。案子一个连一个，类似的案子已在陕西、河北、内蒙古、山西、江苏等地发生了许多起，四十多条无辜的生命被剥夺。那时我还在《中国煤炭报》工作，煤炭报为此发了一篇几千字的长篇通讯，题目叫《惨无人道的杀戮》。这个案例让我受到强烈震撼！这是弱肉强食，是大鱼吃小鱼，小鱼吃虾米，虾米吃泥巴。通过这种案例，可见人的心灵被金钱严重扭曲，导致有些人对金钱的追求到了一种何等丧心病狂的程度。这是多么可怕的社会现实。

心灵受到震撼之后，我有些按捺不住，想把这个案例写成小说。并不是说我的社会责任感有多么强，也不是说我批判现实的意识有多浓，一个简单的想法是，我不满足于把这种案例仅仅停留在纪实的报道上，想换一种方式，让它传播得更广泛一些，更远一些，为更多的人所知。当然了，我会借小说表达自己的一些思考。在古今中外的小说中，把一些案例变成小说的情况并不鲜见，关键是看怎么变。如果仅仅是拉长情节，增加细节，把新闻语言变成文学语言，把篇幅从几千字抻到几万字，虽然也算变成了小说，但这样的小说有什么意义呢，实质上和报道有什么区别呢！人家看小说，与看报道所得到的信息量是一样的，有什么必要再点灯熬油地看小说呢！我一直认为，文学与新闻有着本质上的区别。我曾讲过另外一个专题，就是文学与新闻的区别。我把区别分为十多种，其中最主要的区别是：新闻是写实，文学是虚构；新闻是信，文学是疑；新闻是客观，文学是主观；新闻是写别人，文学是写自己；新闻是逻辑思维，文学是形象思维；新闻使用的是大众传播语言，文学语言是心灵化的、个性化的等等。基于这些认识，我必须把这个素材打烂，重组，用一条虚的线索，把整个故事串联起来，带动起来。可我冥思苦想，怎么也找不到那条虚的东西。在没有找到虚的东西之前，我决不动笔。我知道勉强动笔也没有方向，不会有好结果。反正素材在那里放着，又不会烂掉，对它不舍不弃，继续想象就是了。

事情过去了一年多，有一年秋天，我到河北某个煤矿采访，看到路边有些中学生放学后背着书包回家，他们或一个人骑一辆自行车，或两个人骑一辆自行车，或者步行，在我乘坐的汽车外一闪而过。看到那些中学生，我脑子里灵光一闪，心说有了，我那篇小说可以写了。找到虚构的线索之后，我禁不住有些激动，以致手梢都有些发抖。这条虚构的线索是什么呢？我要安排一个高中生去寻父。两个坏家伙把一个老实巴交的窑工打死了，死者正是这个高中生的父亲。过年了，父亲没有回家，一点儿音信都没有。高中生等着父亲挣回来的钱交学费，交不起学费，学就没法继续上。无奈之下，高中生只好中断学业，背上铺盖卷儿和书包，并带上全家福照片，走上了一边打工、一边寻父之路。在我的想象里，两个坏家伙把高中生的父亲打死之后，在物色下一个点子时，在火车站与这个高中生不期而遇，就把这个高中生带走了，带到偏远的地方一个黑咕隆咚的煤窑里了。于是，一系列惊心动魄的故事情节在这里拉开了大幕。

在原始的素材中，没有这样一个孩子，这孩子的出现，完全是我虚构出来的。他是整篇小说的虚构点，也是故事情节的生长点，有了这个孩子的加入，可以说把整篇小说都盘活了。首先，我是从现实故事结束的地方，另起炉灶，开始我的小说意义上的故事。这样，小说就摆脱了现实的樊篱，与现实拉开了距离，进入了海阔天空的虚构空间。其次，我拿孩子未受荼毒的、纯洁的心灵，与两个阴暗的、歹毒的心理相对照，小说的明暗关系就鲜明一些，不至于铁板一块。更重要的是，在怎样对待孩子的问题上，我让两个家伙产生分歧，发生内讧，一切按我的逻辑行事，而不受现实逻辑的束缚，我建造心灵世界主观愿望就可以实现。

小说创作的实与虚（之三）

有了虚拟的线索，或虚构的框架，不等于我们已经拥有了小说。要把小说落实，创作就进入了第二个层面，从虚到实。如果说第一个层面是想象、构思和规划，第二个层面就是实战、实证和具体操作。与任何建设项目一样，我们有了蓝图还不够，还要把它变成写在大地上的宏图。往小了说，我们仅仅做成了一副鞋底的样子还不够，这个鞋底还是虚泡的，还是样子货，我们必须拿起针线，通过一针一线、千针万线，把鞋底纳得结结实实，鞋底上才能上鞋帮子。

考验我们写实能力的时刻到了，面对洁白的稿纸，我们难免有些紧张，迟迟不敢写下第一个字，第一句话。这时候，我会对自己说，放松，放松，不要紧张，慢慢来！这样说过之后，我的心情会放松一些，并找到了自己行文的节奏。但我对文字的敬畏之心犹存，仍不敢有半点马虎。写实作为一个写作者的基本功，它有些类似画家的素描和写生。一个画家如果没受过素描、临摹和写生方面的长期训练，上来就让他创作一幅画，那是不大可能的。作家也是一样，他的写实的功底是经过长期勤学苦练积累下来的，没有任何捷径可走，没有哪一个人生下来就会写作。我们判断一个作家的写实功底如何，有时不必把他的一部书全部看完，只看看开头部分或个别章节就可以了。因为写实必用文字，文字里必带出他的功夫和气质，他一出手，就可以看出水平如何。

不是每个人都具备写实能力。有的人口才很好，能把故事讲得云里雾里，天花乱坠。你建议他把故事写下来，可一写就不行，不像那么回事。还有一些眼高手低的人，他看别人的小说，好像都不太看得上眼。那么有人就说，你来写一篇试试。他一写，十有八九抓瞎。这些道理都说明，写实是一件扎扎实实的事，来不得半点偷懒儿、虚假和耍花活儿。你尽可以想象，尽可以虚构，但是紧接着，你必须使用写实的逻辑，来证明你的虚构是合情合理的，是真实的，是能够自圆其说的。哪怕你虚构了一匹马的脖子上长了一个人头，这没关系，下一步你得用细节证明这匹人头马确实存在才行。否则，读者不认为你是荒诞，而是荒谬，是瞎编。

那么，我们怎样才能够把虚构的东西作实呢？很简单，就是写我们所熟悉的生活。这话听起来有些老生常谈，但常谈不衰的话很可能含有真理的性质。有记者问我：你为什么老是写农村和煤矿的生活呢？我说：因为我对这两个领域的生活比较熟悉呀！我在农村长到19岁，锄地耙地，挑水拾粪，割麦插秧，放磙扬场，啥样的农活儿我基本上都干过，写起来不会掉底子。我在煤矿干了九年，掘进工、采煤工、运输工，主要工种也都干过，说起煤矿上的事，谁想蒙我不太容易。熟悉什么，只能写什么。你让我写航天，写航海，打死我，我也写不来。

我一再说过，写作是一种回忆状态，是激活和调动我们的记忆。人有三种基本能力，体力、智力、意志力。智力当中又分为三种基本能力，记忆力、理解力、想象力。作为一个写作者，记忆力是第一位的。从某种意义上说，我们的写作就是为个人保存记忆，也是为我们的民族保存记忆。一个人如果失去记忆，这个人无疑就是一个傻子。一个民族失去记忆更可怕，有可能重蹈灾难的覆辙。关键是，我们记忆的仓库里要有东西，要有取之不尽的东西，写作时才能手到擒来。一个人如果没什么经历和阅历，记忆的仓库里空空如也，你能指望他写出什么像样的东西呢！

我们所调动的记忆，不一定都是什么大事件，大场面，大动作，更多的是一些日常生活的常识。曹雪芹在《红楼梦》一开始写到一副对联，上联是：世事洞明皆学问，下联是：人情练达即文章。这副对联看似简单，实则大有深意，耐人咀嚼。什么是文章呢，人情练达即是文章。我理解，所谓人情练达，就是你必须懂得人情世故，熟知日常生活中的常识。说白了，你如果没下厨做过饭，就很难写出油盐酱醋的味道。你如果没谈过恋爱，就很难写出恋爱的真正滋味。你如果没结过婚呢，写婚姻生活也会捉襟见肘。当然了，一个人的生命有限，经历有限，我们不可能把人世间的生活都经历一番。但在这里我还是想忠告朋友们一句，知之为知之，不知为不知，还是要抱着学习的态度对待写作。比如我曾写过一篇涉及到养蚕的小说。我小时候看见过母亲和姐姐养蚕，但自己没养过，对养蚕的整个过程不是很熟悉。我就向母亲请教，让老人家对我详细讲解养蚕的过程和细节。有母亲给我当老师，我写起养蚕心里就踏实多了。再比如我写过一篇关于童养媳的小说。我听说有一个当婆婆的对童养媳很苛刻，要求一个才八九岁的童养媳每天必须纺一个线穗子，纺不成就不许睡觉。白天，小女孩光着膀子在树下纺线。夜晚，小女孩在月亮地里纺线。我吃不准，一个小女孩一天能不能纺一个线穗子。我大姐虽说没当过童养媳，但她也是刚会摇纺车就开始纺线。我给大姐打电话，问一个人一天能不能纺一个线穗子？大姐说可以，在起早贪黑的情况下可以纺一个线穗子。噢，这样我心里就有数了，就敢写了。

要把虚构的东西写实，写得比真实的生活还要真，比真实的生活还要有感染力，这不仅要求我们写得细节真实，情感真实，符合常识，更重要的是，还要做到心灵真实。写每篇小说，我们都要找到自己，找到自己真实的内心，并通过抓住自己的心，建立和这个世界的联系，继而抓住整个世界。当一个人有了生命意识即死亡意识的时候，心里是很恐惧的，像落水的人急于抓到救命稻草一样，急于抓到一些东西。有人急于抓到房子、汽车，有人急于抓到金钱、宝石，女的急于傍到大款，男的急于找到小蜜，等等。抓来抓去，都是一些物质性的东西。到头来怎么样呢，是一场空，我们什么都抓不到。这一点，曹雪芹在《红楼梦》的“好了歌”里早就说得很明白。“好了歌”里涉及到金钱、权力、妻子、儿女等，也都是物质性的东西。好就是了，什么都没有，白茫茫一片大地真干净。那么，人到世上走一遭，真的什么都抓不到吗，一点儿东西都不能留下吗？我的看法，还是可以抓住一些东西的，这就是抓住自己的内心，再造一个心灵世界。我们之所以热爱写作，不放弃写作，其主要的动力就源于此。曹雪芹通过写《红楼梦》，抓住了自己的内心，也抓住了全世界所有人的心，遂使《红楼梦》成为不朽的世界名著。老子说过，死而不亡者寿。曹雪芹虽然死了，但他所创作的作品将永葆艺术青春，永远不会消亡。

回头再说《神木》这篇小说，在写作过程中，我也是力图找到自己，找到自己的内心与小说中人物内心的联系，并设身处地地为人物着想，力争把小说中的人物写得活灵活现，贴心贴肺。小说中的那个孩子，还没长大成人就失去了父亲。我也是从小就没了父亲，成了没爹的孩子。在这一点上，我比较能够理解那个孩子的心情。我很喜欢上学，学习成绩也不错，一心一意想上大学。可文化大革命粉碎了我的大学梦，我初中还没有读完，只得中断学业，回乡务农。按我的理解，那个因交不起学费而中断学业的孩子也非常爱学习，所以在寻父打工的路上，他除了带铺盖卷儿，还背上了自己难以割舍的书包。打工之余，他还在读自己的课本。这些细节看似在写别人，其实都是在写我自己。小说中还有一个细节，有好几个朋友读到后都跟我提起过，都引起了回忆和共鸣。两个坏家伙逼着那个男孩子到路边的按摩店去按摩，男孩子失贞后非常伤怀，哭得一塌糊涂。男孩子哭着说自己完了，变坏了，变成坏人了，没脸见人了，甚至要去死。我们通常看文艺作品，知道女孩子把失贞看成人生的大事情，好像从此变成另外一个人似的，相当伤怀。其实好多女的不知道，男人是一样的，男孩子的第一次一点儿也不比女孩子好受。这是我自己的体会，就是光想哭的那种感觉。这也说明，作品要达到心灵真实，作家是要付出血本的。

小说创作的实与虚（之四）

我所说的小说创作的三个层面，是步步登高的三个层面。但三个层面并不是孤立的，截然分开的，而是你中有我，我中有你，互相紧密联系在一起，最后通过完成的小说，浑然形成一个完美的整体。

从实再到虚，是一个比较高的层面，要达到这个层面是有一定难度的。有的作家点灯熬油，苦苦追求，都很难说达到了这个层面。在我的有限的阅读经历中，能让我记起的达到“太虚”境界的小说不是很多。如果让我推荐的话，外国作家的小说，我愿意推荐海明威的《老人与海》和契诃夫的《草原》。中国现代作家的小说，我愿意推荐鲁迅的《阿Q正传》和沈从文的《边城》。而我国当代作家的小说呢，我觉得史铁生的《务虚笔记》、刘恒的《虚证》，还有阎连科的《年月日》等、在虚写方面做得比较成功。特别是沈从文的《边城》，我看了不知多少遍。每看一遍，都能激起新的想象，并得到灵魂放飞般的高级艺术享受。《边城》是经典性的诗意化小说，可以说整部小说都是用诗的语言写成的，堪称一部不分行的诗。朋友们可能注意到了，我所推荐的以上几篇小说，之所以达到了小说创作的高境界，是它们都具备了以下几个特点。第一，小说是道法自然的，与大自然的结合非常紧密，都从大自然中汲取和借喻了不少东西，从而使小说得天地之灵气，日月之精华，雨雪之润泽，实现了和谐的自然之美。第二，小说从大面积的生活中抽象，抽出一个新的、深刻的理念，然后再回到生活中去，集中诠释这个理念，完成了对生活的高度概括。第三，这些小说的情节都很简单，细节都很丰富。它们不是靠情节的复杂多变取胜，而是靠细节的韵味引人入胜。沈从文在自我评价《边城》时就曾经说过：用料少，占地少，经济而又不缺少空气和阳光。第四，这些小说都在刻画人物上下足了功夫，人物不但情感饱满，而且有人性深度。

我自己的小说，不敢与上面的小说相提并论。但当我逐步确定了虚写的意识之后，在虚写方面也下了一番功夫，并取得了一定成果。如果让我举例的话，我愿意举一些自己的短篇小说，如《梅妞放羊》《响器》《遍地白花》《春天的仪式》《红围巾》《夜色》《黄花绣》等等，大约能举出十多篇吧。我所列举的这些篇目，都是短篇小说，没有长篇小说和中篇小说。我自己觉得，在小说的务虚方面，我写短篇小说做得稍好一些。还有，我所举的这些例子都是农村题材，没有煤矿题材和城市题材。这是因为，我离开农村已经多年，已与农村生活拉开了距离。我所写的农村生活的小说，多是出于对农村生活的回望。这种回望里有对田园的怀念，有诗意的想象，也有乡愁的成分。近处的生活总是实的，而远方的生活才容易虚化，才有可能写出让人神思渺远的心灵景观。

我们对小说的虚写有了理性的、清醒的认识，是不是说以后每写一篇小说都能达到虚写的效果呢？我的体会是，不一定。因为现实像地球的引力一样，有着强大的吸引力和纠缠力，现实像是一再拦在我们面前，让我们写它吧，写它吧，我们一不小心，就会被现实牵着鼻子走，并有可能掉进实写的泥潭。反正我并没有完全摆脱现实的诱惑和纠缠，加上抽象能力有限，不能超越现实，有些小说仍然写得比较实。为了给自己留点儿面子，这里就不举具体的例子了。

那么，在《神木》这篇小说里，从实又到虚做得怎么样呢？

这个层面体现在哪里呢？是否做到了从实又到虚的转化和升华呢？我可以负责任地说，在从实又到虚的转化和升华中，我还是做出了自觉的、积极的努力，给小说揉进了一些虚的东西，使虚的东西成为推动小说向前发展的动力，并最终主导了这篇小说。在这篇小说当中，虚的东西是什么呢？是理想，是我的理想，也是作为一个作家应有的理想主义。我一直认为，人类的发展，社会的进步，民族的复兴，包括个人的前途，都离不开理想的引导和推动。理想好比是黑暗中的灯火，黎明前的曙光，一直照耀着人类前行的足迹。作家作为人类精神和灵魂的工作者，工作的本质主要是劝善的，是改善人心的。他有时会揭露一些丑恶的东西，其出发点仍是善意的，是希望能够消除丑恶，弘扬善良。所以作家应始终高举理想主义的旗帜，在任何时候都不放弃自己的理想。

在现实生活中，那两个拿人命换钱的家伙，直到东窗事发，才停止了罪恶行径。我不能照实写来，那样的话，就显得太黑暗了，太沉闷了，也太让人感到绝望。我必须用理想之光照亮这篇小说，必须给人心一点希望。从全人类当前的现状来看，在工业化飞速发展的今天，头脑高度发达的人类似乎已经无所不能，人类能上天，能入地，能潜海，还能克隆牛，克隆羊，克隆人等。可以说人类在科技层面是大大进步了，甚至每天都有发明创造，每天都有新的进步，仿佛整个地球都容不下人类了。可是人的人心呢？人的灵魂呢？是不是也在随着进步呢？大量事实表明，人心进步一点非常艰难。科学技术的进步有时不一定能改善人心，反而把人性的恶的潜能激发出来，导致资源争夺不断，局部战争不断，汽车炸弹爆炸不断。这时作家的责任就是坚持美好的理想，提醒人们，不要只满足于肉身的盛宴，还要意识到灵魂的存在，让灵魂得到一定关照，不致使灵魂太堕落。我给小说起名《神木》，除了早期有些地方不知煤为何物，把煤称为神的木头，也是想说明世界上任何物质有有神性的一面，忽略了物质的神性，我们的生命是不健全的，生活就会陷入愚昧状态。有了神性的指引，生命才会走出生物本能的泥潭，逐渐得到升华。

在《神木》这篇小说中，我的理想体现在有限制、有节制的写了其中一个人的良心发现和人性复苏。一个人急于把骗来的孩子打死，另一个人却迟迟下不了手。这个人也有孩子，他的孩子也在读书。由自己的孩子联想到被骗来的这个孩子，他对这个孩子有些同情。他想，他们已经把这个孩子的爹打死了，如果再把这个无辜的孩子打死，这家人不是绝后了嘛，这样做是不是太残忍了。所以他找多种借口，一次又一次把打死孩子的时间推迟。他说，哪怕是枪毙一个犯了死罪的死刑犯，在枪毙之前，还要给犯人喝一顿酒呢，他建议让这个孩子也喝一顿酒。酒喝过了，他又说，这个孩子长这么大，连女人是什么味都不知道，带他去按摩一次，让他尝尝女人的味吧。于是，他们又带孩子去了矿区街边的按摩店做了按摩。至此，这个人可以把孩子打死了吧。按照这次分工，这个人负责把骗来的人打死，另外一个人负责和窑主交涉，要钱。可是，他还是不忍心把这么一个纯真的孩子活活打死。后来，他在井下做了一个假顶，也就是用木头支柱支起一块悬空的大石头，准备在适当的时候让石头掉下来，把这个孩子砸死。这样在不知情的人看来，这个孩子是被冒顶砸死的，不是因为别的原因死的，他心里会好受一些。在他冒着危险做假顶时，另一个人不但不帮忙，还站在一旁看他的笑话，讽刺他，说他是六个指头挠痒，多这一道。他把假顶做好后，另一个人来到假顶下面，说要试一试假顶做得怎样。他说可不敢试，弄不好，他们两个就会被砸在下面。说着，他用镐头对另一个人甩了一下。这一甩，尖利的镐尖打在了另一个人的耳门上，耳门那里顿时出了血。另一个人以为对方要把他打死，换钱，两个人在假顶下扭打起来。扭打中碰倒了支石头的柱子，石头轰然而下，反而把两个害人的家伙都砸死了。临死前，做假顶的人对孩子喊，让孩子跟窑主要两万块钱，回家好好上学，哪儿都不要去了。结果是，孩子上井后对窑主说了实话，窑主只给孩子很少的一点路费，就把孩子打发了。直到最后，我都让孩子保持着纯洁的心灵，没让孩子的心灵受到污染和荼毒。这也是我的理想所在。

导演李杨在把《神木》拍成《盲井》的过程中，下了不少矿井，付出了不少艰辛，我应该感谢他。但我对电影也有不满意的地方。比如：他让两个家伙嫖娼之后，在歌厅里大唱“掀起社会主义性高潮”，这在小说里是没有的，我认为没有必要。再比如：电影收尾处，他让孩子说了假话，得到了两万元赔偿，这也有悖于我的初衷，我的理想。

小说创作的实与虚（之五）

现实为实，理想为虚，这只是实与虚的关系之一种。实与虚的关系还有很多，我一共梳理出了十多种，比如：生活为实，思想为虚；物质为实，精神为虚；存在为实，情感为虚；人为实，神鬼为虚；肉体为实，灵魂为虚；客观为实，主观为虚；具象为实，抽象为虚；文字为实，语言的味道为虚；还有近为实，远为虚；白天为实，夜晚为虚；阳光为实，月光为虚；画满为实，留白为虚；山为实，云雾为虚；树为实，风为虚；醒着为实，做梦为虚；等等。总的来说，实的东西是有限的，差不多是雷同的。而虚的东西是无限的，且不断发生变幻。实的东西和虚的东西结合起来，实因虚的不同而不同。

这么多种实与虚的关系，我不可能逐种都展开讲。如果每一种实与虚的关系都讲到，并举例加以说明，恐怕三天都讲不完，内容写一本书都够了。其实大家都是触类旁通、一点就透的智者，我不必啰里啰嗦说那么多，只提纲挈领地提示一下就行了，如果我的提示能让朋友们认识到虚写的重要，并逐步确立起虚写的意识，我就算没有白费口舌。

但其中还有一种实与虚的关系，我认为特别重要，愿意拎出来和不厌其烦的朋友讨论一下。在所有实与虚的关系中，有一种关系最难处理。因为处理起来难度最大，我几乎愿意把它放在所有实与虚关系的首位。这种关系就是生活和思想的关系。

我们都知道，小说创作的主要目的是为了抒发情感，情感之美是审美的核心。好的小说应当情感真挚，饱满，动人。我们同样都知道，小说创作的主要任务不是为了表达思想，按照社会分工，表达思想应该是哲学家的主打。可是，小说创作既要有觉，还要有悟；既要有情感的触发，还要有思想的指引，小说毕竟是理性结出的果实，离开思想还真的不行。思想是小说创作中的思路，有了这条思路，才能引导我们从此岸到彼岸，没有这条思路呢，我们有可能失去方向，无路可走。铁凝说过一个意思也很好，她说小说所表达的不是思想本身，而是思想的表情。一句思想的表情，就把生活与感情、生活与思想、实与虚结合起来了。是不是可以这样说，我们所拥有的生活只是写作的血肉，而对生活的识见才是写作的灵魂。换一个说法，我们靠生活画了一条龙，还要用思想为龙点睛。只画龙，不点睛，龙还不是一条活龙。只有既画了龙，又点了睛，龙才会活灵活现，乘风腾空。

小说中的思想代表着我们的世界观，也就是对生活的看法。我们选择什么样的题材，结构什么样的故事，包括使用什么样的语言，一经落笔，对生活的看法就隐含在作品里面了。没有一件作品不隐含作者的观念、思考、判断、倾向和价值观。问题的关键在于，隐含在作品中的思想是什么样思想，是自己的，还是别人的？是新鲜的，还是陈旧的？是独特的，还是普泛的？是深刻的，还是肤浅的？好作品和一般化作品的分野在这里，好作家和平庸的作家也往往是在作品的思想性上见高低。鲁迅的作品之所以有力量，正是在于他的思想独特、深刻、犀利，处处闪耀着思想之光。

有一位我所熟悉的作者，操练小说已有十多年，他写一篇，写一篇，总是不能突破自己，质量老也上不去。他多次听我讲小说创作，每次听过之后，都表示终于明白了，连茅塞顿开、醍醐灌顶这样的大词都说了出来。结果怎么样呢，再写的小说还是不行。他很苦恼，问我：这到底是咋回事呢？我没好意思说他的文学天赋差一些，只是指出他没有自己的思想。别人提倡什么，你写什么，这怎么能行呢！作家的职责很大程度上在于表达与别人不同的看法，人云亦云，有什么意思呢！

由于哲学素养不够，我本人也不是一个有思想深度的人。我只是认识到了思想性对小说创作的重要，始终没有放弃对小说中思想性的追求。请允许我举一个例子。母亲对我讲过发生在我们邻村的一件事。那是在“文革”后期，防止资本主义复辟的斗争仍在进行，仍不许人们做生意。做生意被说成是资本主义的尾巴，谁胆敢露一下“尾巴”就要挨批，就要被割“尾巴”。有一个货郎，他家的日子实在难以为继，穷得连吃盐买灯油的钱都没有了。无奈之际，他就悄悄挑起货郎担，到远一些的地方卖以前剩下的针头线脑。他外出做生意的事还是被队长知道了，队长组织社员批斗他，罚他的工分，还把他送到大队参加“斗私批修”学习班。所谓参加学习班，就是把他关进黑屋里，不给吃，不给喝，跟蹲班房差不多。货郎大概忍无可忍，有一天，社员们在饲养室的场院里刨粪，晾粪，货郎举起三齿的钉耙，一下子锛在队长的天灵盖上，把队长锛得七窍出血，当场毙命。货郎见队长死了，扔下钉耙，撒丫子向附近的麦田跑去。搞资本主义的人把队长打死了，这还得了！社员们抄起钉耙，一窝蜂似地向货郎追去。货郎知道跑不掉，站下不跑了。结果被冲上来的社员们一阵乱钉耙锛死，锛成了一摊肉泥。

听到这件事后，震惊之余，我觉得这里面有小说的因素，说不定可以写成一篇小说。一开始我想把它写成批判极“左”路线所造成的民不聊生。但当时表现这种思想的小说很多，几乎充斥了各种刊物，如果我还是按照这个思路写，写不出什么新意不说，就算写出来了，发表了，也只能被大量的小说所淹没。于是，我暂时没有写。后来我琢磨着想把它写成一篇复仇的小说，写货郎向队长复仇。复仇小说有心灵的交锋，人性的角力，容易写得紧张，惊悚，动人心弦。但我想了想，还是没有写。因为在此之前我已经写过一篇复仇的小说《走窑汉》。这篇小说还受到了好评，林斤澜说我通过这篇小说“走上了知名的站台”。自己写过复仇的小说了，如果再按这个条路子写，就是重复自己，会让人觉得不好意思。我把小说的思想也称为短篇小说的种子，在没有找到合适的种子之前，我们不必急于动笔，只管让它在脑子存放着就是了，反正它不会烂掉。我们对它认识再认识，总会有一天，种子会成熟起来，破壳而出，最终变成与众不同的小说。

这个素材一直在我脑子里存放了二十多年，后来我读美国作家斯坦贝克的小说集，读前言时，知道他以前是研究海洋生物的。他的研究得出了一个结论，海洋生物一旦形成集体，具有很大的攻击性。他把这种攻击性说成是集体的攻击性。看到这里，我联想到人类，想到人类一旦形成集体，人性的恶也会以前所未有的能量爆发出来。我把这种人性恶称为集体的人性恶。有了这个理念，素材便以全新的面貌呈现在我面前，好，小说可以写了。

我写小说愿意盯着人性来写，先是人性，后是社会性；先是趣味，后是意味；先是审美，后是批判；先是诗，后是史。我们每一个生命个体，都是人性的复合体，同时存在着各种各样的人性。人性非常复杂，有着无限的丰富性。我们不想承认也不行，在每个人的人性当中，既有正面的成分，也有负面的成分；既有善，有时也会有恶。特别是处在群体之中，在一种隐姓埋名、去个性化的情况下，人性的恶会不自觉的表现出来。这样的例子在现实生活中可以举出很多。比如一个人爬到建筑物的高处，准备往下跳。下面聚集的众多看客，不一定希望这个人被救下，而是希望看到人家真的跳下来摔死。四川成都就发生过这样的事，一个男人站在楼顶，很多人在下面仰着脸看，有人喊：跳啊，跳啊，你怎么还不跳？还有人喊：要想跳你早就跳了，我看你还是怕死！结果这个人被激得真的跳下来，摔死了。下面的人一阵呜呼，集体的人性恶得到了极大地满足。互联网中的网络暴力，所表现的也是一种集体的人性恶。还有我国历史上所发生的一些群体性的政治事件，也都有集体人性恶的参与和推动。

以这个思路为统领，我在原有素材的基础上展开充分想象，设计了张三嫂、李四爷、王二爹等几个代表群体的人物，让他们轮番在货郎面前拱火，怂恿货郎跟队长拼命。货郎本来是一个懦弱的人，并没有打算跟队长拼命，但经不起众多村民的反复挑唆，好像他若不把队长打死，自己就不算一个男人。货郎在没有退路的情况下，只好把队长打死。货郎把队长打死了，村民们得到了理由，也把货郎打死了。在小说的最后，我渲染了村民们追打货郎时类似狂欢的场面，把集体人性恶的表演推向了高潮。小说的题目叫《平地风雷》，发在《北京文学》2000年第8期。小说一经发表，就受到了评论界的注意。陈思和先生主编一本《逼近世纪末小说选》，收录了这篇小说。

这个题目就讲到这里，谢谢朋友们！

细节之美

一

上次我谈的是《小说创作的实与虚》，这次主要谈谈小说的《细节之美》。

小说是一种美学现象，或者说是一种以词表情、表意的美术。作者写小说，是发现美、捕捉美、表达美的过程。读者读小说，也是寻找美、欣赏美、享受美的过程。不管是书写，还是阅读，都离不开审美意识的参与。世界上的任何现实都是可以批判的，同时也是可以审美的。这就要求写作者要对现实保持审美的敏感、审美的能力和审美的态度，哪儿美就往哪儿走。我曾给《解放日报》写过一篇文章，题目就叫《哪儿美往哪儿走》。我说好比外出旅游，打听到哪儿有瀑布，哪儿有喷泉，哪儿有奇松怪石、珍禽异兽、遍地野花和梦幻般的云雾，我们就奔哪儿去。

小说的美是由多种美组成的，其中有情感之美、自然之美、情节之美、形式之美、思想之美、劳动之美、语言之美、节奏之美、韵味之美等等，当然还有细节之美。这么多美相辅相成，组合得当，作品才称得上完美。如果有一样不美，就有可能给作品带来瑕疵，并影响作品的整体审美效果。而在诸多审美要素中，千万不要因为细节的细微而看不起它，忽视它。一滴水可映太阳，针尖小的窟窿可透进斗大的风，一个蚁穴可毁掉千里长堤，这些警句都说明着微和著的关系，说明着细节的重要。可以说每一篇好的小说都是由细节编织而成，细节既是经线，也是纬线，经纬交织才能形成紧凑的小说织品，并形成织品上的各色美妙图案。

我们都知道，在艺术作品中，所谓细节，是相对情节而言。不管是小说，还是戏剧、电影、电视剧等，都是情节和细节互为支持，谁都离不开谁。情节若离开了细节，情节很可能只是一个框架，一个空壳。而细节离开了情节呢，也会无所依附，握不成拳头。只不过，情节要简单一些，细节会丰富一些。拿一个人的一生作比，情节是有限的，是数得过来的。生，是一个情节；死，又是一个情节。在生与死之间，还有恋爱、结婚、生孩子等情节。有人情节多一些，有人情节少一些。因人们的生命长度差不多，情节多的，也不会多到哪里去；情节少的呢，也不会少多少。相比之下，人的一生细节就多了，从每天的吃喝拉撒睡，到油盐酱醋茶，一颦一笑，一言一行，都构成了细节，这些细节谁能数得清呢！

拿人的身体作比，什么是情节？什么是细节呢？如果把人体的躯干、头颅、四肢比作情节的话，那么人体组织内的细胞就是细节。作为生命活动的基本单位，细胞当然很细小，有的细胞小得我们肉眼看不到，须借助显微镜才能看到。每个人身上的细胞数以万计，百万计，亿计，谁都弄不清自己身上的细胞到底有多少。而且，细胞的数量是动态的，永远都是一个变量。比如我这会儿在谈细节之美时，脑力要高度集中，要一句接一句说话，很可能消耗掉了不少细胞，也新生了不少细胞。这个比喻进一步说明了细节和情节的紧密关系，同时说明了细节对于情节的重要性。

是否可以这样说，情节是因，是果，细节是从因到果的过程。情节是从此岸到彼岸，细节是从此岸到彼岸的流水和渡船。

如果让我给细节下一个定义的话，我认为，所谓细节，就是事物的细微组成部分。

世界上的万事万物，都是以细节的方式存在的。抹去了细节，整个世界就会变得空洞无物。我们看世界，也主要是看细节。看到了细节，我们就看到了万事万物的生动存在。如果看不到细节，等于两眼空空，心里空空，什么都没看到。看小说也是同样的道理，也是通过细节看情节，通过细节看世界。小说世界是再造的世界，是心灵的世界，它对读者看细节的水平要求更高。好的读者都是有耐心的读者，总是慢慢看来，细细领略。他们不急于看情节，不急于知道事情的结果，而是专注于细节，在细节的百花丛中流连忘返，尽情享受。

现在我们大致知道了什么是细节，知道了细节对于写作的重要，真正谈细节，还是要从现实中的细节谈起，然后再谈小说中的细节，以及怎样发现、捕捉和使用细节。既然是谈细节之美，请朋友们不要着急，允许我细细道来。

我们这个世界，或者说整个人类，都在朝着现代化的方向奔。我的看法，从某种意义上说，现代化的过程就是不断细化的过程。说一个国家是发达国家，或是欠发达国家，其衡量指标有多种。其中有一个指标也许是软指标，但不容忽视。这个指标就是看国民对细节的重视程度和习惯程度如何。所谓发达国家，就是讲究细节的国家。不太发达的国家呢，往往是对细节不太重视，不太讲究。

2003年，我作为中国文化界知名人士代表团成员之一，曾应邀访问日本，去了八九天。访问期间，我们马不停蹄，走了好几座城市，看了很多庙，也欣赏了一些艺术表演，留下了难忘的印象。访问结束时，日本外务省请我们喝酒，吃饭，并召开座谈会，让我们谈谈对日本的观感。我本来不想谈，但参加座谈会的一位日本副外相点到了我，称我刘先生，问我对日本印象如何。我上来就说，我觉得日本的国民很注重细节。出乎我意料的是，副外相否认了我的说法，他说不不，我们过去是很注重细节，现在不怎么注重了。这是怎么回事呢？我马上想到，我和外相的对话需要翻译，很可能是在翻译环节的表述上不够准确，使副外相误解了我的意思。我随口举了几个例子，用事实表明了我的看法。我们在日本乘坐大巴车旅游观光，发现每一个前排座位的靠背后面都有一个茶杯套，有的是尼龙套，有的是钢丝套。泡一杯茶放在套子里，不管汽车跑得再快，茶杯都不会掉下来，茶水也不会洒出来。套子不用时，尼龙套自己会瘪下去，钢丝套往上一抿，会贴在靠背上，不占什么空间。而在我国国内外出乘车，汽车上就没有放茶杯的地方。我们泡一杯茶水，要么拿在手里，要么放在地上，用两只脚夹着。有时我们睡着了，茶杯就滚到了别人脚边去了。

再比如鞋拔子。我们国内的旅店大都不提供鞋拔子，客人出门穿鞋，提鞋，只能用手指头代替鞋拔子。少数旅店虽然备有鞋拔子，但鞋拔子都比较短，只有一拃多长。客人需要提鞋时，必须蹲下身子，鞋拔子才能插进鞋里。日本不但每个旅店都备有鞋拔子，而且他们的鞋拔子比较长，有一两尺长，客人提鞋时无须下蹲，鞋拔子就可插进鞋里。

我还提到在日本看到的茶道、香道艺术表演，说茶道、香道其实就是取材于日常生活中的细节，通过把细节放大，拉长，使平时并不起眼的日常生活中的细节程式化，仪式化，并提升为抽象的道，升华为文化艺术。

听了我的解释，副外相连连称是，说他们确实很注重细节。原来翻译把我的话翻译错了，把细节说成是细枝末节，好像我在指责日本人不顾大局，老是纠缠一些细枝末节。哪能呢，人家出于友好，请我们去做客，我们应该多说人家的好话才是，哪能派人家的不是呢！说来这件事本身就是一个细节，因为是细节，它让我难以忘记，并让我想到不同国家语言上差异性。

相比之下，一些欠发达国家，在细节上就不大讲究，或者说还没有条件讲究。我曾去过非洲的肯尼亚，看到他们的马赛马拉野生动物保护区保护得不错，基本上还是原始状态，在保护区里在可以看到成群的大象、野牛、角马、斑马、长颈鹿、羚羊等。但那里的土著居民在生活细节上就不大讲究。远远看去，他们大都穿着大红大紫的衣服，在草原绿色的背景下，倒像是一株株花树。近距离一看就不行了，他们的衣服没有经过剪裁，加工，既不上袖，也不缀扣，像带格子的床单一样，只往身上一披一裹就完了。他们都赤着脚，光着腿，外衣里面很少穿衣服。即使有人在里面穿了内衣，内衣也很脏污。他们大概不怎么洗澡，身上的气味很浓。成群结队的苍蝇在他们头顶上飞来飞去，不时落在他们的脸上、鼻子上和嘴角儿，像是在和他们套近乎。不难看出，他们虽然和野生动物大大拉开了距离，有了自己的文化，也接受了不少文明的东西，但总的来说，日常生活中还没有树立起细节意识，没养成注意细节的习惯，生活上还显得有些粗枝大叶，生活质量也不够高。

二

以前，我们中国对有些细节也重视不够。一些本来是举手之劳的事，因为我们没想到，没做到，就显得不够有序，不够文明。比如说，在没有动车之前，我们火车站的站台上从来不作几号车厢停靠的标记。火车开过来了，站台上的旅客提着大包小包，纷纷追着列车跑，在着急地寻找自己所乘坐的车厢，显得乱糟糟的。有了动车之后，因动车停靠的时间较短，有的车站才在站台上用油漆标上了车厢号。这下就好多了，旅客上车前不必乱跑，手持车票，在标号所指定的位置，在站台上排队等着就是了。开会和就餐也是。我国在改革开放之前，不管开什么会，或赴什么宴会，桌上都不摆与会者的名签，大家犹豫着，不知道往哪里坐，找不到自己的位置。现在不同了，不管是开会，还是参加什么宴会，桌上都会提前摆上名签，你对签入座就是了。从这个意义上说，细节所代表的是方向，是位置，也是秩序和文明。这些细节同时标志着我们国家在不断发展，不断进步，正逐步与发达国家接轨。

细节的重要，对于国家和社会是这样，对于每一个人也是这样。细节往往是一个人的标志，也是人与人的区别所在。我们看黑种人，都是黑脸、黑胳膊、黑脚，上下一抹黑，看不出什么明显的区别。换成黑种人看黑种人，他们一眼就能认出谁是张三，谁是李四。因为我们是笼统看去，看得不深入，不仔细，没有看到标记性的细节。我们看一群绵羊也会出现同样的情况，成群看去，都是大耳朵，卷毛儿，草包肚子，身上脏得黄拉吧唧的，看不出谁是妈妈，谁是女儿。但让羊群的牧羊人来看，人家用羊鞭一指，就能指出甲乙丙丁来。这也是因为我们只看到表面，没看到细节。表面看都差不多，只有细节才千差万别。

在“文革”期间，农村时常召开社员大会。妇女们手不识闲，人手一只鞋底子，都在趁开会纳鞋底子。虽然都是纳鞋底子，但纳鞋底子的心情和动作不一样。贫下中农的老婆会把线绳子放得很长，拉得很快，弄得哧哧响，无所顾忌的样子。而地主富农家的老婆或闺女，都是轻轻拉线绳子，不敢把线绳子弄出声响来，很收敛很压抑的样子。通过纳鞋底子这个细节，我们可以判断出他们身份的不同，政治地位的不同。

我们还可以通过细节，判断出一个人的性格，以及工作作风。比如我们到一家报社或杂志社的编辑部，看到有的编辑桌上杂乱无章，很多稿子堆在一起，稿面上落着烟灰，桌角积有灰尘，我不会认为他是一个细心的人，工作有条理的人，很难相信他会编出好稿子来。而有的编辑桌子上稿件并不多，稿件整整齐齐码在一起，桌面擦得一尘不染，我会对这样的编辑产生好的印象，认为这样的编辑是注重细节的人，是讲究条理的人，同时也是热爱编辑工作的人，有希望成为一个好编辑。这就叫细微之处见精神，也是一枝一叶知春秋。

我反复谈了现实中的细节，下面我来举一篇小说的实例，谈一谈小说中的细节。我举的例子是沈从文先生的短篇小说《丈夫》。有一年，《中篇小说月报》让我推荐一篇小说，并进行点评。我点评的就是这篇小说。我在谈关于短篇小说的种子时，也重点分析过这篇小说。小说不长，不到一万字。小说的情节也很简单，无非是说农闲时节，丈夫到城里大河边的妓船上找到做“生意”的妻子，和妻子欲行亲热之事。然而就在同一条船上，也可以说就在丈夫的眼皮子底下，由于妻子的“生意”很忙，一而再，再而三地接客，以致丈夫连跟妻子亲热的机会都没有。丈夫所目睹的几个顾客，不是有钱人、有枪人、就是握有权柄的人，个个都很强势，交易并不公平，妻子的“生意”做得并不容易。丈夫不堪忍受打击，为了找回做人的起码尊严，丈夫双手捂着脸孔，像小孩子一样哭过之后，两口子一块儿转回乡下去了。这简单的情节，是全靠细节充实起来的。小说的细节非常密集，犹如满田鲜活的禾苗，随手一提就是一棵。又如树上一嘟噜一串的繁花，随便一摘就是一朵。细节多种多样，有风景细节、人物形象细节、动作细节、对话细节，还有气氛细节、情感细节等等。在写到丈夫初见妻子，用吃惊的眼睛搜索妻子的全身时，有关妻子的形象细节是这样描绘的：“大而油光的发髻，用小镊子扯成的细细眉毛，脸上的白粉同绯红胭脂，以及城里的神气派头、城里的人衣服”，都使从乡下赶来的丈夫感到惊讶，并手足无措。短短一天一夜，丈夫在船上遇见五个男人，以细节为区别，五个男人各不相同。第一个男人是船主或商人，“穿生牛皮长筒靴子，抱兜一角露出粗而发亮的银链，喝过一肚子烧酒，摇摇荡地上了船。”第二个男人是吃水上饭的水保，也是妻子的干爹。水保的特点是长满黄毛的手上戴着一颗奇大无比的金戒指，脸膛像是用无数橘子皮拼合而成的正四方形。第三个和第四个男人都是当兵的，他们喝得烂醉，一同到船上寻欢。小说的细节主要表现他们的蛮横。他们粗野地骂人，用石头打船篷，争着和妻子亲嘴，然后一个在妻子右边，一个在妻子左边，做猪狗一样不成样子的新事情。第五个男人是查船的巡官，巡官被描绘成“穿黑制服的大人物”，派头很大，一出场就有四个全副武装的警察守在船头。既然威风八面，巡官做事的风格与别的男人也不同些，他虽然也看中了丈夫的妻子，但并没有当场和妻子苟且，而是让一个警察回来传话，巡官还要回来对妻子过细考察一下。“过细考察”，这样的说法当属于语言细节。这样的语言细节之所以让人过目不忘，暗暗叫绝，除了细节准确地符合巡官的身份和口气，细节背后还暗示着一些东西，让我们想到当权者是怎样在冠冕堂皇的旗号下贩卖私货的。这一系列细节都很有效，也很有力量，每一个细节都承载着作家的情感和思想。

我还是想重提一下丈夫捂脸痛哭的那个细节，那个细节在整篇小说中显得特别重要。它是小说的支撑点和爆发点，我还把它称为小说生发的种子。它的出现和存在，使整篇小说有了转折和升华性的意义，一如烟花腾空，大放光彩。

请允许我举一篇我自己小说的例子，这篇小说的题目叫《鞋》，是一个短篇，八九千字的样子。这篇小说曾获得第二届鲁迅文学奖，读过它的朋友可能多一些。用一句话概括，这篇小说写的是一位农村姑娘给未婚夫做鞋的故事。我给这篇小说的定位是，回望田园式的农业文明，描绘渐行渐远的民俗之美，风情之美，以寄托乡思和乡愁。因此，它不靠故事情节赢人，也不靠思想的深刻取胜，而是靠细节立篇，蓄势，靠细节中的诗情画意取胜。这篇小说中的细节如同姑娘守明纳在鞋底子上的密密的针脚，一个接着一个，每一个都结实有力。在选择鞋底针脚的花形时，经过对比挑选，她最后选中了枣花型。因为她家院子里就有一棵枣树，四月春深，满树的枣花开得正喷，她抬眼就看见了，现成又对景。写到这里，我有一段对枣花的工笔细节描写："枣花单看有些细碎，不起眼，满树看去，才觉繁花如雪。枣花开时也不争不抢，不独领枝头。枝头冒出新叶时，花在悄悄孕育，等树上的新叶浓密如盖，花儿才细纷纷地开了。人们通常不大注意枣花，是因为远远看去，显叶不显花，显绿不显白。白也是绿中白。可识花莫若蜂，看看花串中间那嗡嗡不绝的蜜蜂就知道了，枣花的美，何其单纯，朴素。枣花的香，才是真正的醇厚绵长啊！守明把第一朵枣花纳到鞋底上了。她来到枣树下，把鞋底上的花儿与枣树上的花儿对照了一下，接着鞋底上就开了第二朵，第三朵。”这样的细节表面看是写花，实际上是喻人。

《小说选刊》在选载这篇小说时，秦万里兄为其写了一则短评，短评的题目就叫《细节的魅力》。他评道：“最值得称道的是作品的细节。如同守明纳在鞋底上的细密针脚，刘庆邦以精细的笔触，描绘出一位农村少女纤纤的柔情。生在那个时代的农村姑娘，没有多少文化，也不懂得城市姑娘卿卿我我的恋爱游戏。而我们会通过那双普普通通的千层底布鞋，看到她的全部幻想和恋情，看到她身上散发着令人动情的质朴气息，她就活灵活现地站立在我们面前。作品达到这样的效果，是细节的魅力”。

三

细节对于小说来说如此重要，小说对于细节的需求量又是这么大，那么，细节是从哪里来的呢？我们到哪里去采取细节呢？

从我自己的写作经验来看，首先，我认为细节是从回忆中得来。写作的过程既然是一种不断回忆和深度回忆的过程，从我们记忆的仓库里选取细节应该是首选。

我曾经写过一部有关三年大饥荒的长篇小说，叫《平原上的歌谣》。我曾担心这样的小说能不能出版。但不管能不能出，我都要写。因为经历过那段生活的人越来越少，如果我不写，后来的人就更不一定写。就算写了，也只能是第二手、第三手资料，不会写得很真切。我觉得我有责任为我们的民族保存那段惨痛的记忆。还好，小说第一版在上海文艺出版社顺利出版，首印六万册。几年之后，北京十月文艺出版社把这部小说列入我的长篇小说系列之中，又出版了一次。有位电影导演看了这部小说，有意拍成电影。后来他之所以放弃，主要原因是场景难以再现，细节难以再造。就说主要演员和群众演员吧，现在遍地都是胖子，多是脑满肠肥的人，到哪里去找那些面黄肌瘦、皮包骨头的人呢！就算主要演员愿意饿肚子，愿意减肥，所付出的代价恐怕也太大了。这使我想到，事情一旦事过境迁，靠借助外力复制细节是很难的。其实饥饿在世界上有些地方并没有消失，据联合国儿童基金会提供的统计资料显示，目前全球仍有大约十亿人处在饥饿之中。我们在电视上和画报上也会时常看到非洲因饥饿而流离失所的难民，他们或骨瘦如柴，或奄奄一息，瞪着大大的眼白在等待救济。有一张照片让我难忘。照片上有一个垂死的孩子，还有一只秃鹫。秃鹫立在孩子不远处，正虎视眈眈地盯着孩子。照片的画外音不言而喻，它是说秃鹫也很饥饿，正等待拿孩子充饥。这样的细节震撼人心，很有说服力。但这样的细节我的小说用不上。若硬把它搬过来，会显得不自然，读者一看就会识破。这又使我想到，好的细节是借不来的，靠移植是不行的，求人不如求己，最好的办法还是眼睛向内，深入挖掘自己的记忆，从记忆的库存中选择小说所需要的细节。

好在大饥荒最严重的1960年我已经9岁，记忆能力已经形成，对很多挨饿的细节记得很清楚。我吃过榆树皮、柿树皮，还吃过从河里捞出来的杂草。杂草上附着一些硬壳子的小蛤蜊，吃在嘴里嚓嚓响。我饿成了大头，细脖子，肋骨根根可数，肚子上露着青筋。我到村东的学校上学需要翻过一道干坑，不挨饿时干坑对我形不成障碍，我跑上跑下，跟跑平地差不多。饿软了腿就不行了，我得四肢着地往坑沿上爬。往往是刚爬到半道，又滑了下来。我父亲就是那年去世的。为父亲送葬时，需要由我摔碎一只盆底钻了不少洞眼的瓦盆。一个堂叔担心我力气不够，摔不碎瓦盆，替我把瓦盆摔碎了。每忆起这些细节，都会让我感到痛心。

我们每个人的脑子里都储存有大量记忆，人们把人脑和大海联系起来，说成是脑海，是有道理的。人的大脑的确有着海量般的记忆功能，与电脑比毫不逊色。电脑的存储量再大，也是有限的。而脑海的记忆是无限的，没有超量一说。但是，有一点我们必须弄清楚，人的记忆之库不是轻易就能打开，必须付出艰苦的劳动。因为我们有很多记忆平常是不被触动的，它们可能长期处于休眠状态。随着个体生命的消失，记忆也会烟消云散，再也不可寻觅。人类世界再优秀的大脑，最后也逃不过这样的命运。这提醒我们还活着的写作者要有紧迫感，要尽快打开记忆之门，唤醒沉睡的记忆，让记忆中的精彩细节重新焕发生机。我的体会是，你要挖掘某个方面的记忆，须给这方面的记忆确定一个方向，再找到一个有力的线索，然后顺着这个线索找呀找，挖呀挖，才会挖到发光发热的细节。在写作过程中，我常常会有这样的欣喜，原以为有些记忆中的细节早就消失了，再也唤不回来了。不料想，当我拽着某条记忆的线索，来到某个记忆深处，那些曾经熟悉的细节便纷纷向我涌来。看到那些细节，我像见到久别重逢的老朋友一样，禁不住热泪盈眶。因为感动，我善待细节。

第二，细节是看来的。原来我说细节是观察来的，现在稍作改动，改成是看来的。之所以把观察改成看，是我觉得观察是自觉的，主动的，类似记者的眼睛采访行为。而看，分为有意识地看，和无意识地看，也是理性的自觉的看，和感性的不自觉的看。在很多情况下，我们的目光被某种事物所吸引，所看是无意识的。保留在我们记忆中的许多细节，都是在不知不觉中看来的。我少年时候，有一天，我们村一个地主家的闺女到我家喊我二姐下地割麦。那个闺女头戴一顶新草帽，脸红红的，眼睛弯弯的，牙白白的，一笑还有两个酒窝，看去真是好看。当时，我不知道是怎样看的人家，不知道自己的神情是什么样的。等那个闺女离去时，二姐瞪了我一眼，指责我，说我的两只眼睛直盯盯地看着人家，眼皮连眨一下都不眨，看人没有这样看的。二姐的指责似乎让我看到了自己的样子，我看人家可能看得太直接了，也太露相了，顿感非常害臊。这种看就是无意识地看，忘我的看，这样看来的细节，以及二姐对我的指责，都给我留下了深刻的印象，我一辈子都不会忘记。这个细节也让我认识了自己，认识到自己对美是敏感的。

从事创作之后，我的一部分看就比较自觉了，变成了有意识地看。不管是无意识，还是有意识，内里都有一种心理在支持着我们，或者说在支配着我们，这种心理就是对生活的热爱和兴趣，就是对万事万物的好奇心。别人没有兴趣的，你要有兴趣。别人不愿意看的，你不妨看一看。反正我一直相信，对于一个写作者来说，任何生活和细节都是有用的，只有暂时用不上的细节，没有无用的细节。一个细节在这篇小说里用不上，在另一篇小说里可能正是出彩儿的细节。所谓好奇心，也是童心。儿童张着小眼睛看东看西看，看什么都陌生，都新鲜，什么都想看一看。在看世界方面，我们应该向儿童学习，始终保持一颗童心。有一天我下班回家，见一位农村人模样的师傅在一所小学校门口吹糖人儿。不少小学生在那里看，我也停下来看了好一会儿。糖人儿是用熬制好的糖稀吹成的。师傅从一直加着热的容器里取出一块糖稀，用手捏巴捏巴，用嘴吹巴吹巴，一只闪着铜色光亮的老母鸡就吹成了。师傅又取出一块糖稀，变戏法儿似的，一个打着眼罩子的孙猴子又吹出来了。这种手艺现在已经很少看到，太好玩了，太神奇了，这就是我们中国的民间艺术啊！糖人儿两块钱一个，除了可以观赏，还可以吃。一个小男孩儿买了一个，他让他的同学也买一个。他的同学也是一个男孩儿，不料那个男孩儿撇着嘴说：我才不买呢，你看他的手，多不卫生！吹糖人儿的师傅听了小男孩儿的话，嘴上没说什么，但情绪像是有些低落。我的兴头也像是受到了一点打击，心说，你不买就不买，说那样的话干什么！你不能不承认，小男孩儿的话有一定道理，他是审视的目光，是从健康的科学的角度看问题。他的父母听到他那样说话，一定会对他大加赞赏。但是，若用童心来衡量，我觉得那个小男孩儿过早地失去了童心，变成了大人的心和现代的心。童心与幻想相连，与艺术相连。而科学往往会打破幻想，让人沮丧。

我曾当过二十多年新闻记者，到处采访，写了数不清的新闻稿件。记者采访的主要方法是向当事人提问，人家怎么说，你怎么记。当作家不大一样，作家出于对别人的尊重和对自己的尊重，不好意思对别人问来问去。作家获取细节的办法主要是张着眼睛看。看房坡上的一棵草。看废旧的矿工帽里盛了土，土里长出了一枝花。看一个女人和一个男人的相视一笑。我这里说的用眼睛看，其实是用心看。我们的脸上长着一双眼，心里也长着一双眼，心里的眼叫心目。只有心目把细节看到了，才算真正看到了。有一年秋天，我到河北蔚县一座用骡子拉煤的小煤矿看了六七天，回头写了《车倌儿》《鸽子》《有了枪》《沙家肉坊》《红蓼》《卧底》等，五六篇短篇小说和一篇中篇小说。

四

第三，细节是听来的。我们在看世界时，同时也在听世界，看与听相辅相成。有时以看为主，有时却以听为主。比如在一些相对封闭的空间，有人讲一些事情，我们就只能发挥耳朵的功能，听。我们不要嫌别人话多，更不要把别人大声说话视为噪音，在别人所讲的事情里，我们很可能会听到一些让人心里一动的东西，会听到个把有用的细节。我不知别人如何，反正我的小说中的不少细节是听来的。我这样说是不是不太好听，噢，你们写小说的，原来在偷听别人说话。我认为这不能算偷听，是你非要把话往我耳朵里送，我不听有什么办法！

有一年夏天，我到北方某煤矿参加一个活动。上午看了山，中午喝了酒，下午乘车往宾馆返。我喝得迷迷糊糊，在车上闭着眼，似睡非睡。有的朋友喝了酒兴奋，在车上不停地说话。喝了酒的人听喝多了酒的人说话，脑子里嗡嗡的，像隔着一床棉被一样的东西，一般来说听不进去。或者说东耳朵听，西耳朵就冒掉了。可是，那日我听到一位工会干部讲到一个细节，脑子里激灵一下，马上就清醒了。别看我仍闭着眼睛，朋友或许以为我在睡觉，其实我心里的眼睛睁得大大的，耳朵也支棱得像接收捕捉器，一字一句都记到我心里去了。那是一个什么样的细节呢？是说一位矿工在井下发生事故死了，负责检验尸体的工作人员在死者的口袋里发现了一份离婚申请书，申请书是写给法院的，申请法院批准他和老婆离婚。这个细节就这么多，如果换算成数字，恐怕一百个字都不到。但它的容量却很大，如同一粒饱满的种子，里面包含的有根有茎，有叶有花，还有果。也就是说，这个细节是有质量的细节，它为我提供了丰富的想象空间。矿工为何要和老婆离婚？老婆为何不同意离婚？闹离婚和发生事故有何联系？矿工死后老婆又如何表现？等等。我对这些问题展开想象，写成了一篇一万多字的短篇小说，题目就叫《离婚申请》。小说发表在《当代》2003年第2 期的头条位置，在第三届鲁迅文学奖评奖中还曾入围。在我的想象里，老婆随矿工来到矿上，租住的是农村村支书家多余的房子。趁矿工下井挖煤，支书对矿工的老婆插了一足。老婆的外遇被矿工察觉后，老婆痛哭流涕，表示一定改过。谁知道呢，过了一段时间，矿工又在自家床上把老婆和支书逮住了。矿工的离婚申请是在忍无可忍的情况下写的。矿工死后，老婆很是痛心和后悔。在矿上工会的帮助下，她从支书家的房子里搬了出来，并毅然和支书断绝了关系。矿上工会的一位干部对她很照顾，为她在矿上安排了活计，还经常登门看望她。为了感谢那位工会干部，她请人家喝了一次酒。酒至酣处，工会干部抱住了她，向她提出了要求。出于对丈夫死亡的敬畏，她态度坚决，把工会干部的要求拒绝了。好在工会干部很快理解了她，没有再勉强她。

我还写过一篇小说叫《幸福票》，这篇小说也得到比较多的好评，并被翻译到德国去了。这篇小说也是我从听来的一个细节生发的，而且就听了那么一耳朵。那时我还在《中国煤炭报》当编辑，当记者，有机会到全国各地去采访。一次我到山东某大型煤矿采访，坐在车上，听陪同我采访的矿上的新闻干事说了那么几句。他说当地有的小煤窑给干得好的窑工发幸福票，矿工拿到幸福票，就可以到窑主指定的歌厅去找小姐“幸福”。我一听，心里暗暗叫好，得来全不费功夫，这是送上门的小说材料。不能说这种材料不是新闻，但若是把它当成新闻写出来，报纸是不会发的。把它写成小说就不一样了，人们认为小说是虚构的，在审查时会放它一票。

我用听来的细节写成的小说还有不少，这里就不再列举了。我想提请朋友们注意，同样的细节，不是每个人都能听到，都能把它写成小说。这要求我们起码要具备两个条件。一是我们的心是有准备的心，须始终保持一颗小说心，保持对细节的敏感。说得通俗一点，要把小说源源不断地写下去，我们得老操着小说的心，不管走到哪里，不管是外出，还是参加聚会，我们得留出一部分心眼，想着小说的事。有人会说，一天到晚想着小说的事，累不累呀！其实没什么，习惯就好了。二是我们得懂话。懂话指的是我们听别人说话时的判断能力和选择能力。有人在公开场合说得长篇大套，滔滔不绝，很可能说的都是官话、套话、废话。可他一转身，一变成私下里说话，有可能会说出一些对我们来说有用的小说细节。这两个条件不是短时间所能具备，是经过长时间修炼形成的。

第四，细节是想象出来的。也许有朋友不同意我这个说法，认为细节是实打实凿，来不得半点虚假。是的，我也认为细节必须真实，不能有任何虚假成分。但我同时也认为，想象和真实并不矛盾。不但不矛盾，很多细节正是通过想象实现的，而且，想象出来的细节有可能比现实生活中的细节更真实，更细致，更完美。有些作家为了强调细节的个人化和独特性，说任何情节都是可以想象的，而细节难以想象。有些事情你没见过，没经历过，没听说过，细节想象很难抵达。我以前曾认同过这种说法，也说过故事好编，细节难圆，故事可以想象，细节不好想象。经过长期的创作实践，现在我的看法是，正因为细节难圆，正因为对于细节的想象有难度，我们才更需要知难而进，充分调动起我们的想象力。我们知道，整部《西游记》的故事情节肯定是虚构的，是想象出来的。那么，支撑大情节的大量细节，肯定也需要在想象的前提下继续想象，才能把跌宕起伏的故事演绎下去。其中有个白骨精，为了迷惑唐僧，接近唐僧，最终达到吃到唐僧肉的目的，曾一而在、再而三地伪装自己，一会儿变成美丽的村姑，一会儿变成脚步蹒跚的老妪，一会儿又变成出来找女儿和妻子的老头儿。白骨精的伪装把唐朝僧人蒙蔽得够呛，唐僧差点儿成了白骨精的腹中之物。亏得孙悟空炼有火眼金睛，才看穿了白骨精的本质，把白骨精给识破了。孙悟空三打白骨精的一连串细节无疑是想象出来的，在这里，想象出来的细节，对于充实情节，推动情节的发展，起到了根本性的作用。如果没有作者吴承恩对于细节大胆而丰富的想象，《西游记》能否成书是不可想象的。

我自己的小说，里面的很多细节也是想象出来的。前面提到的短篇小说《鞋》，里面的一系列细节可以说多是源自想象。写这篇小说之前，我心里也曾打过鼓，一个姑娘为未婚夫做一双鞋，有什么可写的呢？能不能写出几千字上万字来，写成一篇像模像样的短篇小说呢？这时我必须给自己打气，使自己确立自信，一旦动手，就要坚定不移地写下去，决不容许后退，更不容许半途而废。这里我插一句，不少小说在写作之前，我都犹豫过，担心不能建立一个完美的小说世界。还好，让我略感欣慰的是，我从没有写过半半拉拉的小说，所写的小说不一定称得上完美，起码是完整的。王安忆说我是有自信和能力“将革命进行到底”。我想，这个自信和能力还是得力于记忆力、意志力和想象力。

想象力是人类所特有的一种特殊的力量，它是一种心理的力量，精神的力量。这种力量不像人的承重力、爆发力、耐久力等那么显而易见，在更多的时候，它只是一种潜力，并不表现出来。我们挖掘想象力的过程是劳动的过程，而且是艰苦劳动的过程。打个比方，想象细节好比挖掘深埋地底的煤炭，需要穿过土一层，石一层，沙一层，水一层，克服许多艰难险阻，才有望把煤炭采到。而一旦把煤采到，并点燃，它就会焕发出璀璨的光焰。在无意识的情况下，我们脑子里也会出现一些类似幻想象的东西，但那些东西是缥缈的，无序的，并不是真正的想象。我个人的体会，当我在书桌前坐下，摊开稿纸，拿起笔来，手脑联动，方能进入想象的状态。我们的想象之船都有开不动的时候，写到一个地方，觉得应该再有一两个细节才能饱满，充分，可是，却没有什么可写的了。这时，我们万万不可偷懒，万万不可放弃对细节的想象，必须坚持下去，奋力开展想象。我写《鞋》时就遇到过写不下去的情况，我使劲想呀想呀，脑子里灵光一闪，终于想出了让自己满意的细节。回头看自己的小说，一些多年后还能让自己称妙的细节，多是产生在再坚持一下的努力之中。

五

我们拥有了细节，下一步就是在小说中如何用好细节。细节人人都有，用法各不相同。如果胡子眉毛一把抓，秧苗稗草分不清，细节再多也是白搭。只有把细节心灵化、动态化、微妙化、最优化，使细节尽显光辉，才会收到好的效果。也就是细节的“四化”吧。

心灵化。我在报纸上看到，郑州有一个警察被称为神探。好多疑难案件别人破不了，他能破。同一个案件，他的看法与别人的看法往往不一样。最后的事实表明，他的看法总是高人一筹。那么就有记者问他：破案的诀窍是什么？他否认自己有什么诀窍。在记者的一再追问下，他才说：其实没什么，我只是比别人更心细一点儿。他把自己的全部经验归结为一句话，就是更心细一点儿。这样问题就来了，心细到什么程度才算心细？心细有没有分级的标准？心细有没有界限？我想来想去，好像没有现成的答案。雨果曾经说过：“世界上最宽阔的是海洋，比海洋更宽阔的是天空，比天空更宽阔的是人的心怀。”反过来我想说，世界上最细的也是人心，微米比毫米细，纳米比微米细，人心比纳米更细。人类遗传基因所形成的心细，使我们有条件发现细节，并在写作过程中将细节心灵化。

我理解，细节的心灵化，不仅是以心灵为主体，从以往的从外部看世界，变为从内部看世界，并再造一个心灵世界。所体现的也不仅是叙事技巧和叙事风格的转变。更重要的是，我们还要找到自己，找到自己的心灵，找到自己的心灵与细节的联系，经过挑选，把细节放在自己心里，用心灵的土壤培育过，用心灵的血液浇灌过，用心灵的阳光照耀过，细节才会开出花来，结出果来，才能打上自己心灵的烙印。

王安忆在细节的心灵化方面做得非常出色，她的长篇小说《长恨歌》，堪称心灵化叙事的典范。我们也知道心灵化叙事的重要，但往往不能把心灵化叙事贯彻到底，写着写着，有时会从心灵化的水底漂起来，漂到水面，甚至脱离心灵化的轨道。而王安忆不是，她仿佛有在心灵深处吸氧的能力，一口气来得特别长。一部几十万字的长篇小说，她一开始就进入人物的心灵，潜哪潜哪，一直潜到心灵深处。到了深处之后，她就没有再浮上来。她的小说细节都是发生在心灵的时间内，几乎脱离了尘世的时间。这样的小说心灵密度极大，不管你翻到哪里，不管你从哪一页看起，哪怕只看几行，心也会有所得。

动态化。欲使细节活起来，须让细节动起来。万物动起来才能显示活力，凝固不动，很难称得上生动活泼。这要求我们，在时间上，不能把细节放在过去时，要尽量放在现在时，进行时。在空间上，要让细节如在眼前，给人以在场感，现场感。以电影作比，它的每一个镜头，都是以衔接和流动在展示细节。它们有时会使用特写镜头，也会使用慢镜头。这些手法的运用，是为了放大细节，拉长细节，使细节更加毫发毕现，给观众留下更深刻的印象。但他们很少使用定格的镜头。即使偶尔使用定格镜头，也多是为下一个活动镜头做准备，使活动镜头取得最佳效果。

仍以沈从文的《丈夫》为例，其中的每一个细节都是按时序登场，应合的都是进行时的节拍，提供的是电影镜头式的连贯画面，给予人的是动态化的细节美感。这些动态化的细节互相支持，第一个细节给第二个细节提供了动力，第二个细节又推动着第三个细节的发展。就这样一波连着一波，把波浪推向远方。

微妙化。关于细节的微妙化，我想稍稍多说几句。微者，细微也。妙者，美妙也。只有微，没有妙，还称不上微妙。把细微和美妙结合起来，才称得上微妙。在小说创作中，微妙的境界是一种比较高的境界，要抵达这个境界，需要付出不懈的努力。我从事小说创作几十年，慢慢悟到了微妙的重要，一直力图把小说写得微妙一些。我甚至认为，小说不是什么大开大阖、轰轰烈烈的艺术，而是一种安静的、微妙的艺术，写小说就是要写出微妙来。何谓微妙？词典上并不微妙的解释是不能让人满意的。古人有一些说法，倒比较接近微妙的含义。老子说过：“古之善为士者，微妙玄通，深不可识。”老子说出了微妙的一个特点，那就是意境深邃。竹林七贤之一嵇康也说过：“夫至物微妙，可以理知，难以目识。”嵇康说出了微妙的又一个特点，是说微妙可以意会，但从表面上难以看得出来。

我本人的体会是，要做到小说细节的微妙化，应在三个字上下一些功夫，这三个字，一个是隐，一个是比，一个是超。所谓隐，就是不能把话说得太直白，不能把话说尽，说三分，留三分，藏三分，大海中只露出冰山一角就行了。《红楼梦》一开始出场了一个人物叫甄士隐（真事隐），说的就是把真事隐去的意思。我们看贾宝玉和林黛玉的交往，很多细节都是内敛的，含蓄的，隐幽的，讲究山后有山，水后有水，话后有话。他们内心波涛汹涌，虽有千般情愫，万般心事，但说出来的不过是一些小水花儿而已。而正是通过“小水花儿”所透露出来的信息，使我们沉浸其中，产生无尽的想象。如果像现在有的小说，把两性关系写得大动干戈，淋漓尽致，等于剥夺了读者的想象余地，反而没什么看头了。所谓比，就是比喻，以彼物比此物。我们写某一细节，有时会觉得过于拘泥，过于实，这时我们的目光会从正写着的对象上移开，以比的手法，写一写别的事物。比如我们正在描写唢呐发出的声响，却笔头子一转，写起遍地成熟的高粱，写起白水汤汤和漫天大雪。自然界的景象看似与唢呐的声响无关，其实，我们正是借助自然界的景象来描绘民间音乐动人心魄的力量。音乐是虚的，我们抓不住它。而自然的景象是实的，我们正好可以借实比虚，以实的东西把虚的东西坐实。在更多的情况下，我们是借虚比实，给实的东西插上翅膀，让实的东西飞翔起来。所谓超，是指超越细节本身，物象本身，追求象外之象，言外之意。每一个细节都有它的指向性，局限性。而我们对细节加以形而上的思考，使它由具体变为抽象，也许就突破了它的指向性和局限性，使意象变得丰富起来，意境变得深远起来。

在写短篇小说《鞋》时，我在细节的微妙化方面作了一些尝试。比如，姑娘在想象里，仿佛已经看见未婚夫穿上了她做的新鞋，那个人由于用力提鞋，脸都憋红了。她问：穿上合适吗？那个人吭吭哧哧，说合适是合适，就是有点紧，有点夹脚。她做得不动声色，说：那是的，新鞋都紧，都夹脚，穿的次数多了就合适了。那个人把新鞋穿了一遭，回来说脚疼。她准备的还有话，说：你疼我也疼。那个人问她哪里疼。她说：我心疼。那个人就笑了，说：那我给你揉揉吧！她有些护痒似的，赶紧把胸口抱住了。她抱得动作大了些，把自己从幻想中抱了回来。这个细节里有隐有比也有超，其中有心理内涵，也有文化内涵。把这些内涵微妙着，是美好的。倘把内涵说破，就不见得美好了。

还要补充一句，要实现细节的微妙化，需要养成微妙意识，并树立起微妙自信。

最优化。面对很多细节，有一个挑选的问题，如何挑选，考验的是我们的经验和智慧。

我夫人很会挑茄子，到菜市场买茄子，眼前一堆茄子，她总能把最嫩的茄子挑出来。我挑茄子就不行，买回的茄子外表又圆又光，一切开才发现里面已长满了籽儿。可是，我在挑选小说的细节方面，我要比我夫人强一些。我总是能把最饱满、最美、最动人、最有力量的细节挑出来，把它们一一安置在小说最恰当的地方，最有效地发挥它们的作用。沈从文说过关于好小说成功的条件，那就是恰当。他所说的三个恰当中，除了文字恰当，描写恰当，还有“全篇分配更要恰当”。这个分配恰当里当然包括细节分配的恰当。说白了，就是要把好钢用在刀刃上。

在细节的使用上，细节的力量应是递增的。如果小说一开头就把最有力量的细节用掉了，整篇小说有可能会出现虎头蛇尾的状况。而把最精彩、最具感染力的细节用到小说的结尾呢，小说就会步步登高，获得总爆发的效果。

2012年8月16日于北京和平里

顽强生长的短篇小说

一

七十多年前的1942年5月2日，沈从文先生在西南联大国文学会作过一个精彩讲演，他讲的专题是关于短篇小说的创作。这篇大约六七千字的讲稿，我在1985年读过第一遍之后，又陆续读过五六遍。我敢说，从来没有一篇任何别的作品让我读这么多遍。我每读一遍，都有新的感悟，都在为自己持续写短篇小说加油，加油。一谈到短篇小说，我都会油然想起沈从文先生的这篇讲稿。有沈先生的讲稿在，我不大敢讲短篇小说。请允许我先把沈先生的讲稿概述一下，给自己壮壮胆。

沈先生讲到，当时有人认为短篇小说没什么出路了，短篇小说的光荣成了过去时，再写短篇小说就是落伍，甚至是反动，所写的作品就要受到检查，扬弃。他把短篇小说与长篇小说作比，说长篇小说铺排故事不受限制，可以铸造人物，承载社会流变，得历史意义和历史价值，更能从旧小说读者中吸引多数读者。他把短篇小说与戏剧作比，说戏剧娱乐性多，容易成为大时代中都会的点缀物，能繁荣商业市面，也能繁荣政治市面，所以不仅好作品容易露面，即使本身十分浅薄的作品，有时说不定在官定价值和市定价值两方面，都被抬得高高的。就中唯有短篇小说，既难成名，又难牟利，且决不能用它去讨个小官儿。社会一般事业都容许投机取巧，用小力气收大效果，唯有短篇小说是个实实在在的工作，玩花样行不通，擅长政述的人决不会摸它，天才不是不敢过问，就是装作不屑于过问，在这种情况下，沈从文总结出了短篇小说的“三远一近”，即：与抄抄撮撮的杂感离远，与装模作样的战士离远，与逢人握手每天开会的官僚离远，渐渐地却与艺术接近了。

几十年过去了，沈从文也已逝世近三十年，他的这篇讲稿不但没有过时，给我的感觉，它的现实感和针对性似乎都更强烈。在这个新兴电子媒体风起云涌的数字化时代，在市场商业大潮不断推动的娱乐化、实用化时代，短篇小说由于写作难度大，消耗心血多，不易和影视接轨，娱乐性、实用性不强，经济效益低，使得它受到越来越多的轻视的挤压，以致其生长的土壤更加贫瘠，得到的光照更加微弱，生长的空间愈发狭小。原来写短篇小说的作家，现在有一些作家不写了。有的年轻作者绕过了短篇小说的训练，一上来就写长篇小说，还说什么“扬长避短”。写长篇不可非议，但我觉得这种说法不太好，它容易千万误解，使人们误以为长篇的长是艺术之长，短篇的短是艺术之短。其实长篇小说和短篇小说在艺术上各有千秋，谁都不能代替谁。牡丹花代替不了桂花，桂花也代替不了牡丹花。

在一个关于短篇小说的座谈上，我除了向推荐沈从文的讲演，还斗胆提出，在目前情况下，写短篇小说要具有短篇小说的精神。我把短篇小说的精神概括为五种精神：一是对纯粹文学艺术不懈追求的精神；二是勇于和市场化、商品化对抗的永不妥协的精神；三是耐心在细部精雕细刻的精神；四是讲究语言韵味的精神；五是知难而进的精神。对每一种精神，我都有一些想法，或者说有着切身经验的支持。如果展开来讲，我有可能会把话讲长，把“短篇”讲成“长篇”，所以就不展开讲了。反正我对短篇小说的现状和前景并不悲观。从全国各地的文学刊物看，每期都有一定数量的短篇小说发表。一些热爱短篇小说艺术的作家，仍在孜孜不倦地探索和追求。在新起的年轻作家中，涌现出一批有志于短篇小说写作的作家，他们的写作取得了不俗的成绩。还有一些早已成名的作家，他们在写长篇小说之余，从未放弃短篇小说的创作。莫言在接受《中华读书报》记者访谈时就说过：“我对短篇一直情有独钟，短篇自身有着长篇不可代替的价值，对作家的想象力也是一种考验。前一段时间我又尝试写了一组短篇。短篇的特点就是短、平、快，对我的创作也是一种挑战。”

莫言还说过："写短篇完全可以成为一个大家。"先期设立的蒲松龄短篇小说奖，和后来设立的林斤澜短篇小说奖，对于继承中国短篇小说创作的优良传统，表彰当代汉语短篇小说的创作成就，重申短篇小说写作的文化价值，都起到了很好的作用。总而言之，短篇小说作为一种不可或缺的文学式样，在顽强地生长着，存在着。犹如在秋风中摇曳的点点山菊，让人们在不经意间眼前一亮，继而驻足观赏，生出无尽遐想。文学评论家陈晓明的判断是，短篇小说的存在，说明着中国当代文学性的存在。

我本人写短篇小说多一些。从1972年写第一篇短篇小说开始，我已经操练了四十余年，积累的短篇小说有二百六七十篇。比起外国的一些作家，我写得并不算多。契诃夫活到44岁，写了近千篇短篇小说。莫泊桑终年43岁，写了三百五十多篇短篇小说。欧亨利活得岁数稍大一些，活到48岁，发表的短篇小说也是几百篇。仅从作品数量上看，就可以看出他们的写作是多么勤奋。不过我心里也有些打鼓，这几位写短篇小说的大家，他们怎么连50岁都没活到呢，是不是写短篇小说特别消耗人的生命呢！我的创作成就当然不能和他们相比，但让我感到幸运的是，我不但活过了50岁，还超过了60岁。一个人的岁数超过了一个甲子，才写了不到三百篇短篇小说，的确不算多。

其实除了写短篇小说，我还写中篇小说和长篇小说，中篇小说写了二三十篇，长篇小说已经写了七部。在长、中、短三种小说中，王安忆认为我的短篇小说写得好一些，她给我写信，鼓励我多写短篇小说，说写短篇小说是需要一定数量的。我的短篇小说不管发表在哪里，她几乎都能看到。在给我的小说集写的序言中，她写道："我甚至很难想到，还有谁能像刘庆邦这样，持续写出这么多的好短篇。"在分析原因时，她说了三点，一是灵感，二是锻炼，三是天性。比起灵感和锻炼，她认为天性更为重要，说我的天性里似乎有一种与短篇小说投合的东西。王安忆所说的天性，让我觉得有些神秘，我的天性里哪些是与短篇小说投合的东西呢，连我自己都说不清楚。被誉为"短篇小说圣手"的林斤澜老师，对我写短篇小说亦多有提携。他为我的短篇小说《鞋》写过短评，还为我的短篇小说创作写过综合性的评论。他说我不吹萨可斯，不吹法国圆调，吹响的是自己的唢呐，是短篇小说写作道路上的"珍稀动物"。还说我"出自平民，来自平常，贵在平实，可谓三平有幸"。还有崔道怡老师、李敬泽等，对我的短篇小说创作都多有鼓励。他们的鼓励，使我坚定了持续写短篇小说的信心，我对他们心怀感激。

有媒体记者跟我探讨短篇小说，问短篇小说的特点是什么？它与中篇、长篇相比，有哪些主要区别？我知道回答这些问题是很难的，弄不好就会像盲人摸象，以偏概全。但人家把问题提出来了，你不回答又不行，我只得硬着头皮回答说，短篇小说的特点就在于它的虚构性，极端的虚构性。它是心中栽花，平地抠饼，在现实故事结束的地方开始短篇小说意义上的故事，在看似无文处作文。我借用汪曾祺评价林斤澜短篇的话，“实则虚之，虚则实之，有话则短，无话则长”，来表明自己的说法是有根据的。我还试着对何谓“有话”和何谓“无话”作了解读。我理解，所谓“有话”是指别人已经说过的话，已经写过的故事，已经表达过的思想，现实生活中已经发生的事情。所谓“无话”呢，是指别人还没有说过的话，没有写过的故事，没有表达过的思想，现实生活中尚未发生、但有可能发生的事情。既然“有话”了，作家就应该当少写，或者说不用写了。而“无话”的地方，才是作家施展身手大有作为的地方，才符合创作的本质性要求，实现作家创造性写作的愿望。

至于短篇小说与中篇小说、长篇小说的区别，我们当然不能以量化的标准，仅仅以小说的字数来衡量，相区别。我打了一个比方，说长篇小说像大海，中篇小说像长河，短篇小说像瀑布。“大海”波涛翻滚，雄浑壮阔。“长河”迂回，曲折，奔流不息。“瀑布”飞流直下，直捣龙潭。这三样东西虽说都是水质，但它们有着不同的形态，不同的任务，不同的审美效果。有作家朋友说，有的短篇小说可以拉长，可以拉成中篇小说，甚至是长篇小说。可是，能不能从一部长篇小说取下一块，变成短篇小说呢？我的体会是不能。因为短篇小说有着特殊的结构，特殊的肌理。写短篇小说有着特殊的取材方式和思维方式。

二

小说写作，包括短篇小说的写作，可不可以教授？对于这个和小说与生俱来的问题，有着不同的回答。不少人强调了作者天赋的决定性作用，认为小说创作不可教授。爱尔兰作家托宾和王安忆都是大学文学系的教授，他们的说法也不尽相同。托宾说过，他的教学工作，就是发掘学生的写作天赋，并帮助学生克服懒惰心理，使天赋得到较好发挥，不致自生自灭。王安忆的说法是，她的教学工作主要是培养学生对文学的兴趣。从他们的言谈里，可以听出他们出言谨慎，对小说写作能否教授都不是肯定的态度。

从我自己学习写作的过程来看，我倒认为小说写作是可以教授的。这个教授分直接教授和间接教授。直接教授是听老师面对面讲解，间接教授是通过阅读作家的书从中获得教益。我喜欢读沈从文的书，等于间接从沈从文那里得到教授。也可以说，沈从文先生是我从未谋面的写短篇小说的老师。这里顺便插一句，出于对沈老的崇敬，在他生前，我很想去拜访他，当面聆听他的教诲。由于怕打扰沈老的安静，也是由于自己的怯懦，我把拜访的机会错过了，造成了无法弥补的遗憾。不可否认，世界上的任何事物都有它的规律性，小说创作也不例外。小说作为一种人为制造的艺术，它也有基本的规则，也有规律可循，在操作过程中，也有技巧在里头。有人不爱听技巧这个词，好像一说技巧，就显得机械、小器、技术至上；不够自然，不够自由，不够混沌，就是对小说价值的贬低。其实玉不琢不成器，琢玉的工艺过程必定有技巧的参与，每一位琢玉大师，都是技巧娴熟的高手。不可以想象，把一块玉料交给一个缺乏技术训练的生坯子手里，他会把玉料弄成什么样子。写小说和琢玉有着同样的道理，在写作过程中，材料、劳动和技巧是统一的，只有很好地结合起来，才有望写出完美的小说。

我所知，在我们国家层层举办的作家研修班上，老师们讲宏观的东西、理论性的东西多一些，而讲微观的、技巧性、操作性的东西少一些，没有很好地把创作理论和创作实践结合起来讲。据说美国也办作家研修班，他们的课程内容设置与我们不大一样，他们主要讲创作技术。他们拿来一篇小说，把小说掰开，揉碎，拆成零件，然后把零件一点一点组装起来，使小说恢复原貌。或是仍使用这些零件，组装成别的样子，试试小说能不能出现另一种面貌。通过分析具体作品，他们看看小说怎样开头，怎样结构情节，怎样铺排细节，怎样使用语言，怎样一步一步把小说推向高潮，然后怎样结尾。台湾作家白先勇，在美国用英语写作的华裔作家哈金，都在美国的作家研修班参加过学习，都自称获益匪浅。

我没上过大学，理论修养不够，没什么学问。我想从自己的写作经验出发，尝试讲讲小说创作技巧方面的东西。这次我主要讲短篇小说的写作。

要写出一篇短篇小说，必须先找到短篇小说的种子。在植物界，高粱有种子，玉米有种子，小麦也有种子。在动物界，老虎有种子，熊猫有种子，人也有种子。世界上的万事万物，凡是生命形态，似乎都有种子。这个世界之所以充满生机，并生生不息，种子在保存信息、进化基因、传递能量等方面，都发挥着不可代替的根本性作用。和生物相对应，短篇小说作为精神性产品，我觉得短篇小说也是有生命的，短篇小说里面也存有种子。和种子说相类似的，有多种说法，有的说成眼睛、内核，有的说成支撑点、闪光点、爆发点，也有的说成是纲，纲举目张的纲。但我还是愿意把它说成是种子。不仅因为种子是形象化的，一提种子，我们还会联想起诸如饱满、圆润、孕育、希望、生机等美好的字眼。如果说种子说仍不尽意，非要给它下一个概念性定义的话，所谓短篇小说的种子，就是有可能生长成一篇短篇小说的根本性因素。

有一点必须说明的是，短篇小说的种子不同于植物和生物的种子，短篇小说的种子只适用于播种和生发，不宜于流传。也就是说，它的使用是一次性的。谁要以为得到一枚短篇小说的种子，就可以一生十，十生百，最后获得大面积丰收，那就有些可笑了。

现在有的短篇小说半半拉拉，干干巴巴，看完了让读者不得要领，得到的只是一堆枝叶和一片杂芜的印象，欣赏心理不能满足，还是一种阅读浪费的感觉。之所以如此，很大程度上是因为里面缺乏种子。

好比一棵玉米的胚芽包含在一粒玉米种子里面，一篇短篇小说的胚芽也包含在一粒短篇小说的种子里面。在写一篇短篇小说之前，如果我们没找到短篇小说的种子，就无从下手，就找不到行动方向，既没有出发点，也没有落脚点。我们这些生活在城市中的人，有人恰好住在一楼，楼前恰好有一块空地，这人就把空地开垦起来，想种一棵或几棵向日葵。地有了，肥料有了，墒情不错，日照充足，季节也正当时，可以说别的条件都具备了，万事俱备，只欠东风。这个东风不是别的，就是向日葵的种子。如果没有向日葵的种子，别的条件都是无效的，一切都是白搭。

为了进一步说清什么是短篇小说的种子，下面我该举一个例子了。请允许还是举自己小说例子，因为我对自己的小说熟悉些，叙述起来方便些。我所举例这篇小说叫《响器》，是我比较得意的一个短篇。响器是一种民族乐器，书面上称为唢呐，在我们老家把它叫大笛，吹唢呐叫吹大笛。我想通过这篇小说，以文字的方式叙述民间音乐的魅力，并表现民间音乐的自然性，以及自然的人性。小说的主人是一个少女，叫高妮。高妮对大笛的声响很是着迷，一听到吹大笛，她就感动得不能自已，不知不觉就会流下眼泪。她下定决心，一定要学吹大笛。她排除重重阻挠，下了千般功夫，受了万般辛苦，终于把大笛学会了，并达到了一种炉火纯青的境界。“大笛仿佛成了她身体的一部分，与她有了共同的呼吸和命运。人们对她的传说有些神化，说大笛被她驯服了，很害怕她，她捏起笛管刚要往嘴边送，大笛就自己响起来了。还说她的大笛能呼风唤雨，要雷有雷，要闪有闪；能让阳光铺满地，能让星星布满天。”我在小说的结尾写了一个细节：“消息传到外省，有人给正吹大笛的高妮拍了一张照片，登在京城一家大开本的画报上了……有点可惜的是，高妮在画报上没能露脸儿，她的上身下身胳膊腿儿连脚都露出来了，脸却被正面而来的大笛的喇叭口完全遮住了。照片的题目也没提高妮的名字，只有两个字：响器。”这篇小说的种子在哪里呢？就在于结尾处这个关于照片的细节。可以说，这篇由八九千字、一系列情节和大量细节所构成的小说，都是从这颗种子里生发出来的。从表面看，小说像是一步步接近种子，揭示种子，实际上是先有种子，这颗种子事先就埋进我心灵的土地里去了，才一点一点生根，发芽，开花，结果，小说才长成一个独立完整的世界。通过这个细节，我还想告诉人们，是人在响器，也是响器在人，其实每个人都渴望发声，都是一个响器。

不少短篇小说的种子大都是一个细节。细节的好处在于它是一个形象化艺术化的东西，到头来还是很含蓄，很模糊，给人许多联想，使短篇小说纸短情长，开拓出辽阔的空间。当然，短篇小说的种子不限于细节，它有时是一种理念，一句哲语，一处景观，一种氛围，或是一个人。这里就不再举例了。

短篇小说的种子结在小说的根部多一些，但它的位置并不是固定的，有时在根部，有时在梢部，有时在中间。有时还有这样的情况，通篇好像都找不到短篇小说的种子，可它的种子又无处不在。

无论怎么说，在现成的短篇小说里寻找小说的种子还是比较容易的，难的是在生活中寻找短篇小说的种子。它不像我们小时候到生产队的菜园里去摘黄瓜，哪根黄瓜是留种子用的，我们一眼就认出来了。因为那根黄瓜特别粗壮，旁边还插有一棵艾秆作为留种的标志。对于留种用的黄瓜，我们怀有一种敬畏感，是万万不敢摘的。

三

我早就听说过一种说法，说好的短篇小说是可遇不可求的。这里说得好的短篇小说，我以为指的是短篇小说的种子。这种说法有些宿命的味道，也是讲短篇小说的种子十年不遇，极为难得。这句话只说对了一半，其中含有无可奈何的消极成分，容易使人变得懒惰，变得守株待兔。如果谁要相信不可求，便不去求，恐怕一辈子也遇不到。我们不能因为在生活中寻觅短篇小说的种子难而又难，就不去寻觅。我们没有别的办法，只有去苦苦求索，去“众里寻他千百度”。

我们通常所说的深入生活的过程，我理解就是寻觅小说种子的过程，让人苦恼的是，短篇小说的种子像是在和我们迷藏，我们很难捉到它。我曾在一家报社工作，“深入生活”的机会多一些，有的朋友知道我业余时间喜欢写点小说，就愿意给我讲一些稀奇古怪的事情，意思是给我提供素材，让我写成小说。我到某个矿区待上几天，有的朋友跟我开玩笑，说我回到北京又可以写几篇小说了。我理解朋友的好意，只是笑笑。我想对他们说，写小说要有种子，没有种子，那些奇人奇事连狗屁都不是。

别说刚刚听来的故事，有的故事在我肚子里存了好多年，我隐约觉得里面有小说的因素，似乎可以写成一篇小说，可因为我找不到小说的种子，我把故事扒拉好多遍，迟迟不能动笔。好多事情都是这样，它在我们心里存着，让我们难以忘怀。我们觉出它是有价值的，只是一时还弄不明白它的真正价值在哪里。对于这样的事情，我们不能轻易放弃，不定哪一天，里面所包含的种子说不定突然就成熟了，像九月里焦芝麻炸豆一样呈现在我们面前。

我们找到了短篇小说的种子，不等于我们已经拥有了短篇小说，要把种子变成小说，还要进行艰苦、复杂、勤奋、细致的劳动。我在前面说到，我们在楼前的空地里种了向日葵，从种下那天起，我们就得牵挂着它，天天操着它的心。它破土发芽后，不等于万事大吉，中期和后期的管理也要跟上，除草，施肥，浇水，松土，一样都不能少。如果发现嫩叶上生了腻虫，还要喷点药，把腻虫杀死。向日葵棵子长了多余的杈子，也要及时打掉。反正我们得帮助向日葵排除干扰，让向日葵正常、健康生长。

这就涉及到短篇小说怎么写的问题，也就是短篇小说的写作方法问题。关于短篇小说的写法，有过多种不同的说法，有代表性的说法有这样几种：一说用减法；二说用最经济的文学手段；三说用平衡法或控制法。说法不同是好事情，它体现的是文无定法，和而不同。我对以上三种说法都不太认同。

先说减法。这种说法显然是针对用加法写短篇小说的作法提出来的。有的短篇小说使用材料的确过多，是靠材料叠加和充塞起来的。有的作者把短篇小说当成一只口袋，生怕口袋装不满，逮住什么都想往里装。他们装进一个又一个人物，塞进一个又一个情节，口袋装得鼓鼓囊囊，满倒是满了，结果里边一点空间都没有，一点空气都不透，口袋也被累坏了，填死了。更有甚者，材料多得把口袋都撑破了，稀里哗啦流了一地，不可收拾。这时候减法就提出来了，剪裁也好，忍痛割爱也好，意思是让作者把材料扒一扒，挑一挑，减掉一些，只挑那些上好的、会闪光的、最能说明问题的材料来使用。问题是这样做并不能从根本上解决问题，虽然减掉了一些材料，但材料还是叠加的，堆砌的。你让他再往下减，他就有些为难，因为减得太多了，一篇短篇小说的架子就撑不起来，体积就不够了。所以，我不赞同用减法来写短篇小说，减法的说法是机械的，生硬的，武断的，起码不那么确切。一篇完美的短篇小说就像一枝花，它的每片花瓣，每片叶子，甚至连丝丝花蕊，都是有机组成部分，都是不可减的，减去哪一点都会使花伤筋动骨，对花朵造成损害。试想，一朵六瓣梅，你若给它减去一瓣，它马上就缺了一块，不再完美。

再说用最经济的文学手段写短篇。这种说法是胡适先生在《论短篇小说》里提出来的，他说："用最经济的文学手段，描写事实中最精彩的一段，或一方面，而能使之充分满意的文章。"沈从文先生对"经济"的说法不是很赞同，他明确说过："我也不觉得小说需要很'经济'，因为即或是个短篇，文字经济依然并不是这个作品成功的唯一条件。"他判断短篇小说成功的标准是三个恰当，即："文字要恰当，描写要恰当，全篇分配更要恰当。"为了实现恰当的意义，"在使用文字上，就容许不怕数量的浪费，也不必对于辞藻过分吝啬。"我比较赞同沈从文的说法。

还要说说控制法。这种说法，对于防止把小说写疯，写得失去节制，把短篇写得太长，也许有一定道理。可我自己在写一篇短篇小说时，从不敢想到控制。相反，每篇小说一开始，我总是担心它发展不动，生长不开，最终不能构成一篇像样的短篇小说。写下小说开头的第一句话，我要求自己放松，放松，尽情地去写，往大有发展的方向努力。要是老想着控制的话，手脚一定发紧，放不开，写出的小说也会很局促，很拘谨。

另外，还有建筑法、编织法、烤法、烹制法等等，就不再列举了。

那么，我主要是用什么方法写短篇小说呢？前面已隐隐透露出来了，我主张用生长法写短篇小说。生长法是道法自然，也是投入自己的生命。我们从生活中、记忆中只取一点点种子，然后全力加以培养，使之生长壮大起来。或者说它一开始只是一个细胞，在生长过程中，细胞不断裂变，不断增多，不断组合，最后就生长成了新的生命。

人法地，地法天，天法道，道法自然。这是老子说的。老子的意思是说，自然的境界才是最高的境界。我们人类是从自然中来的，与自然有着天然的亲密关系。我们到处旅游，主要目的是投入大自然的怀抱，重温和自然的亲密关系。不管我们看到一朵花，一棵树，或是一汪水，一只鸟，人家都是自然天成，咋长咋合情，咋长咋合理；咋看咋好看，咋看咋舒服。我们看小说不是这样，有的小说让我们觉得别扭，看不下去。硬着头皮看完了，得到的不是美感，不是享受。这是因为我们写的小说还不够自然，还没有达到自然的境界。人类的各个学科都离不开向自然学习，文学当然也应该向自然学习。

我认定短篇小说是用生长法写成的，它是从哪里生长起来的呢？它不是在山坡上，不是在田野里，也不是楼前的空地上，而是在我们心里。一粒短篇小说的种子埋在我们心里，我们像孵化蚕种一样用体温温暖它，像孕妇一样为它提供营养和供氧，它才会一点点长大。这样长大的短篇小说才跟我们贴心贴肺，才能打上我们心灵的胎记，并真正属于我们自己。几十年来，我对短篇小说一是上心，二是入心。先说上心。平时我们会产生一些错觉，认为自己在这个世界上很重要，这也离不开自己，那也离不开自己。其实不是的。真正需要和离不开自己的，是自己的小说。小说在那里存在着，等待我们去写。我们不写，它就不会出世。一辈子我们上心干好一件事情，写好我们的小说就行了。再说入心。我们看到的现实世界很丰富，很热闹，很花哨，却往往有些发愁，觉得没什么可写的。它跟我们的生活有些联系，与情感、心灵却是隔膜的。我们的小说要持续不断地写下去，那我们怎么办？我们只有回到回忆中，只有进入我们的内心，像捕捉萤火虫一样捕捉心灵的闪光和心灵的景观。我个人的体会，只要入心，我们就会左右逢源，有写不完的东西。心多宽广啊，多幽深啊！我手上写着一篇小说，正在心灵世界里神游，突然又发现了另一处景观。我赶快把这个景观在笔记本上记上两句，下一篇小说就有了，就可以生发了。有时我按捺不住冲动，也会近距离写一下眼下发生的故事。这时我会很警惕，尽量防止新闻性、事件性和单纯社会性地把故事搬进我的小说。我要把故事拿过来在我心里焐一焐，焐得发热，发酵，化开，化成心灵化、艺术化的东西，再写成小说。

四

我说短篇小说生长于心，其实是全部身心都参与创造，每个器官都得调动起来，都要发挥作用。除了脑子要思想，要展开想象，听觉、视觉、味觉、嗅觉、触觉、知觉等等，一样都不能少。比如夏天写到下雪，在想象里，我们眼前似乎出现了大雪纷飞的情景，耳边犹如闻到了雪朵子落地的沙沙声，鼻子里像是嗅到了清冷的气息，身上也仿佛感到了阵阵寒意。只有这样，我们才能把自己独特的感受有效地传达给读者，并感染读者。审美是一个精神过程，也是一个生理过程。生理传达给心理，由感上升到悟，审美过程才会完美实现。

短篇小说的写作对人的力量也是一种有力的挑战和考验，它不仅考验人的智力、想象力、意志力，爆发力、甚至包括体力。许多事实一再表明，人的身体一衰老，其他能力就会减退和萎缩，短篇小说在心里就发展不动了，生长不开了。如果努着力硬要它生长，长出来的果实也不会很饱满。应该说林斤澜写短篇小说是比较持久的，年过八旬之后还在写短篇。但他后来写得非常吃力。我去看他，问他还在写短篇吗？他说想写，写不成了，脑力集中不起来了。刚想到一点东西，手还没摸到笔，东西就散掉了，再也找不回来。晚年他就是看看电视，读一些关于家乡历史的书。我们都知道，汪曾祺先生在憋了好多年之后，才华集中爆发，写出了《受戒》《大淖纪事》《陈小手》等短篇小说，那是相当精彩！随着年事变高，力气不支，他后来的一些短篇小说就不如从前。这不用我们说，听说他的家人对他后来的一篇写保姆的小说就有些不满，说一点灵气都没有，不让他拿出去发表，甚至开玩笑地说他“汪郎才尽”。这话汪先生很不爱听，也很不服气，他说他就是要那样写，故意写成那样。汪老不服老的劲头让人感佩，可每个作家都有写不动的那一天，谁不服老也不行。因为在背后起作用的是自然法则，在自然法则面前谁都免不了叹息。这好比每一个女人都有生育期，正当生育期，她会生出白胖的孩子。过了生育期，她就不会怀孕，不会生孩子。也好比果树都有一个挂果期，在最佳挂果期，它硕果累累，压弯枝头。一过了挂果期，它结果子就很难，即使结果子，也结得很稀。所以我提醒年轻的作家朋友们，在你们正具有短篇小说生长能力的时候，应当抓紧时间，尽可能多生产一些，免得日后因心有余而力不足而懊悔。

也许有朋友会问我自我感觉如何？说实话，前好几年，我就有了一种紧迫感。我已经过了60岁，除了意识到生命资源有限，我还感觉到了精力在减少，体力在下降，激情一年不如一年。我年轻时，一天曾写过一万多字，现在无论如何是做不到了。朋友们在我的小说里看得出来，二三十岁时，我写过诸如《走窑汉》《血劲》《拉倒》《煎心》等，把故事推向极端的酷烈小说。那些小说心弦绷得很紧，气氛都很紧张，有一些撼人心魄的效果。现在再让我写那样的小说，我的心脏恐怕就受不了。我现在写的多是一些波澜不惊的小说，多是一些审美的、诗意的、和谐的小说。小说里虽然也写到人性的碰撞，心灵的冲突，但多是一些内在的、微妙的细节，多发生在心灵的尺度内。话说回来，其实汪曾祺先生的经典作品多是在年过六旬之后写出来的。我愿意拿汪先生为自己打气，争取再写出一些让自己满意的小说。

短篇小说体积有限，规定了在生长过程中不能粗枝大叶，粗制滥造，一定要精耕细作，小心呵护。在情节框架确定之后，我们必须专注于细部，在细部上下够功夫，细到连花托上的绒毛都清晰可见，细到每句话、每个字、每个标点都不放过，都要精心推敲。短篇小说这种文体是一种激发性的文体，它是激发思想的思想，激发想象的想象，激发细节的细节，激发语言的语言。短篇小说是琴弦，读者是弓子。弓子一触到琴弦，整个琴就会发出美妙的音响。这样的文体，天生对行文的密度要求比较高。这个密度包括信息密度、形象密度、语言密度，当然也有细节密度。短篇小说的细写，让我联想到核雕艺术。所谓核雕，是以桃核、杏核等果品坚硬的内核为原料，在小不盈握的果核上雕出各色人物和故事。著名的核雕作品《苏东坡游赤壁》，就是明代的王叔远在不满一寸的桃核上精雕细刻而成。作者随物赋形，把小小的桃核雕刻成一叶扁舟，舟上有篷，有楫，有八个窗户，五个人物，还有火炉、水壶，手卷、念珠。再仔细看，小舟上刻有一副对联，题名清晰可见，共三十多字。一个有限的载体容纳了如此丰富的内容，可谓方寸之间见功夫。在日常生活中，我们对一些细微的东西往往注意不到，或者偶尔注意到了，也无意进行深究。而短篇小说像是给人们提供了另外一双眼睛，让人们一下子看到了平常看不到的新世界。这双眼睛跟显微镜有那么一点像，但又非显微镜所能比。显微镜再放大，它放大的只能是物质对象，而短篇小说让人看到的是微妙的精神世界。关于小说的细写，我曾以《细节之美》为题写过一篇创作谈，这里就不再详细讲了。

谈短篇小说创作，有一个问题不容回避，这就是语言问题。在小说的诸多要素中，高尔基把语言的要素放在第一位。汪曾祺对小说采取的是一票否决制，哪一票呢？就是语言这一票。他有一句关于写小说的名言，叫“写小说就是写语言”。原话是这么说的：“语言不只是一种形式，一种手段，应该提到内容的高度来认识……语言不是外部的东西。它是和内容（思想）同时存在，不可剥离的。语言不能像橘子皮一样，可以剥下来，扔掉。世界上没有没有语言的思想，也没有没有思想的语言。往往有这样的说法：这篇小说写得不错，就是语言差一点。我认为这种说法是不能成立的。我们不能说这首曲子不错，就是旋律和节奏差一点；这张画不错，就是色彩和线条差一点。我们也不能说，这篇小说不错，就是语言差一点。语言是小说的本体，不是附加的，可有可无的。从这个意义上说，写小说就是写语言。小说使读者受到感染，小说的魅力之所在，首先是小说的语言。小说的语言是浸透了内容的，浸透了作者的思想的。我们有时看一篇小说，看了三行，就看不下去了，因为语言太粗糙。语言的粗糙就是内容的粗糙。”在以前的创作谈中，我谈的多是自己的创作体会，很少引用别人的话。即使有引用，也比较简短。这次引用汪老的话比较长，是因为我认为汪老讲得非常精辟，也非常透彻，值得我们铭记。是的，我使用了铭记这个词，以表明对这段话的重视。其实在读到汪老这段话之前我就意识到了，语言不仅是人们日常生活和工作的工具，语言本身即是思想，即是情感。我们以语言为发动机，发动我们的思想。同时，我们还要以语言为抓手，抓住我们的思想。一个人如果语言贫乏，思想不可能丰富。同样的道理，语言是我们表达感情的出口，也是留住我们感情的载体。一个人如果语言单调，苍白，就不能有效地释放和传递感情，更谈不上以情动人。总的来说，语言的功夫是一个作家的基本功夫，也是看家功夫。

好的语言除了准确、质朴、精炼、传神、生动、自然、有个性，还应该是有味道的语言，有灵气的语言，陌生化的语言。语言的味道不是苦辣酸甜咸，不是味觉和嗅觉所能品味，不是物质性的东西。这种味道是一种氛围，一种意境，只可意会，不可言传，是深度语言所表达的精神性的东西。衡量一个作家的作品是否写得好，一个重要的标准，就是看它的语言有没有味道。我们知道，曹雪芹、鲁迅、沈从文等作家的作品，都有属于他们的独特的味道。有灵气的语言是给文字注入灵感的语言，是与自己的气质打通的语言。孙悟空从身上拔下一撮猴毛，说变，变，并对猴毛吹一口气，猴毛才会变鸟变鱼，变山变水。我想孙悟空光说变是不行的，关键是他吹出的那口气，有了那口气，他随心所欲，想变什么都可以。人们通常愿意把那口气说成仙气，与写文章相比，我宁可把那口气理解为灵气。陌生化的语言是排斥陈言、熟言和成语的语言，是对汉语追根求源、新翻杨柳枝和语不惊人死不休的语言。有了语言的陌生化，才有可能呈现陌生化的发现，实现创造的梦想。

五

我们要敢于承认小说是闲书，写小说的人是闲人。写小说的最好别说自己忙，忙人不适合写小说，闲人才能写小说。闲人是时间上有闲暇，还要有闲心和闲情逸致。好比走路，不能赶路，赶得行色匆匆，满头大汗，就不好了。信步走来，东看看，西看看，看见一朵花、一汪水、一只鸟、一片云等，都停下欣赏一番，这才是闲。小说中有一种笔法被有的人称为闲笔，但这个闲不是那个闲，它是小说的重要组成部分，我们不可等闲视之。

我不愿把小说中的这种笔法叫做闲笔，因为闲笔的说法不是很准确，不是很科学，容易让人产生误解。我试着给这种笔法起了一个名字。叫小说中综合形象的描写。

综合形象相对于小说中的主要形象而言，它是主要形象的铺垫、扶持、烘托和延伸。我们看到一些小说，特别是短篇小说，只是主要形象在那里走来走去，甚至一条道走到黑。这样的小说就会显得单调，沉闷，单薄。加入综合形象的因素呢，小说立马就会变得丰富，有趣，饱满，还会增加小说的立体感、纵深感和厚重感。

小说中综合形象的运用，类似于电影镜头中对于背景形象的交代。可以说每一个主要电影形象在活动时，都离不开背景形象的参与。比如电影《秋菊打官司》中有这样一个镜头，当秋菊挺着大肚子在集镇上走时，镜头顺便一扫，就把秋菊的背景形象尽收眼底。街面上有灰头土脸人来人往的人群；街边上有卖菜的、卖鸡蛋的、卖烧饼的、卖羊肉汤的、卖衣服的等各种摊位；一街两行有店铺的招牌和幌子；还有商贩的叫卖声，讨价还价声，汽车的喇叭声。这样一来，画面就丰富了，也热闹了。设想一下，如果镜头只留秋菊一个人，把背景形象都剔除，画面就不好看，也不真实，就构不成电影艺术。

这是因为，世界上的任何事物都不是孤立的，相互之间有联系的。我们在小说中既写到被称为主角的主要形象，也不能忽略其次要的综合性形象，其目的是寻找和建立它们之间的联系，这种联系既是物象与物象之间的联系，也是物象与环境、气氛、社会、时代等之间的联系。找到和建立了它们之间的联系，小说中的主要形象才会立起来。

比起长篇小说和中篇小说的写作，短篇小说的写作更像是短途旅行。短途旅行目的性强，用时少，不怎么停留，沿途好像还没看到什么风景，往往就到站了。那么短篇小说有没有必要写进一些综合性的形象呢？我的体会是很有必要。我甚至认为，越是篇幅有限，容量有限，越不能忽略对综合形象的运用。在写作过程中，只有眼观六路，耳听八方，不失时机地加进一些有趣味又有意味的综合形象，才会增加短篇小说的形象密度和信息量，才会使短篇小说纸短而情深意长。

我是在读沈从文的短篇小说时受到的启发，才想到综合形象这个词。沈从文非常善于运用综合形象，可以说他的每一篇小说里都有综合形象的描写。在短篇小说《丈夫》里，他一开始并不急于让丈夫出场，而是用一系列综合形象为丈夫的出场铺路搭桥。他用了四五个自然段，写了落雨，河中涨水，水涨船高，烟船妓船离岸极近。人在茶楼喝茶，从临河的一扇窗口，可以看到对岸的宝塔如烟雨红桃，还可以听到楼上客人和船上妓女的谈话，交易。于是有人下楼，从湿而发臭的过道走去，走到妓船上去了。上船花了钱，就可以和船上的大臀肥身年轻女人放肆取乐。沈从文写到的这些人，都没有具体的人名，每个人都是一种代指。这是综合形象的特点之一。沈从文在综合形象里写到天气、环境、场面还不够，他接着还写到了当地的风俗。从乡下来的妇人在船上服侍男人，说成是做生意，这种生意与别的工作同样，既不与道德冲突，也不影响健康，是极其平常的事。直到这时，作为小说的中心人物，丈夫才登场了。在船上，还有几句有关综合形象的描写，很是精彩。“到午时，各处船上都已有人烧饭了。柴湿烧不燃，使人流泪打嚏，柴烟平铺到水面如薄绸。听到河街馆子里大师傅用铲子敲打锅边的声音，听到临船上白菜落锅的声音。”

向沈从文学习，我差不多在每篇短篇小说里都有综合形象的描写。在《响器》里，人们听吹大笛时，“有人不甘心自我迷失，就仰起头往天上找。天空深远无比，太阳还在，风里带了一点苍凉的霜意。极高处还有一只孤鸟，眨眼间就不见了。应该说这个人死得时机不错，你看，庄稼收割了，粮食入仓了，大地沉静了，他就走了，死了，他的死是顺乎自然的。”

朋友们可能看出来了，综合形象的描写还有几个特点。首先，它描述的必须是形象，是拿形象说事儿，而不是空发议论。其次，它的描述必须简洁，有极高度的概括性，像“古道西风瘦马”那样的密度和效果。再其次，所有的综合形象都不能游离于文本，都是服务于文本的，与文章的主要形象有着内在的联系，是有效形象。

最后说说短篇小说的结尾。短篇小说的结尾很重要，一篇短篇小说的成败，在很大程度上取决于它的结尾如何。可以说，每个从事短篇小说写作的人都很重视它的结尾。以致用力太过，有了欧·亨利式的结尾之说。不能不承认，欧·亨利写出了不少经典性篇章，为世界的短篇小说创作做出了卓越贡献。可是，因他过分追求短篇小说结尾的力量和效果，使结尾形成了一个套路。有人为了表示对欧·亨利式结尾的反感和排斥，甚至提出不要短篇小说的结尾。我认为这种说法更过头，也不理智。你不要欧·亨利的结尾是可以的，但短篇小说不结尾是不可能的。树有根有梢，日有出有落，虎有头有尾，短篇小说怎么可能不结束呢，怎么可能没有结尾呢！除非你把一个短篇小说写了一个开头或写了一半放下了，只是一个半成品或未成品，还未构成一篇短篇小说。只要你承认一个短篇写完了，完成之处即是结尾。一篇小说的完成，米兰·昆德拉说成一件事情的终结，他认为：“只有在终结之时，过去才突然作为一个整体自我呈现，才具有一种鲜亮明澈的完成形式。”他说到的“突然”、“整体”、“自我呈现”、“完成形式”这几个词都很有意思，值得琢磨。

前面说过，一篇短篇小说的种子往往在短篇小说的结尾。种子生发之时，也为小说的前行指明了方向。写每一个短篇，我争取先望到结尾，找到方向，才开始动笔。也有这样的情况，小说前进着，前进着，觉得原来设想的结尾不够有力量，就得重新安排一个结尾。我在写短篇小说《鞋》时就遇到了这样的情况，小说行将结尾时，觉得美是美了，和谐是和谐了，但觉得不够分量，回味的余地也不够广阔，于是遥望再三，灵机一动，想到了一个新的结尾。新的结尾是一个后记，后记把小说素材的来源和真相兜底说了出来。林斤澜老师一下子就注意了这个结尾，在点评这篇小说时，他评道：“谁知正文后面，却有个人后记。这个后记看似外加，却才是真正的结尾。”又评道：“这篇《鞋》的后记，我认为当属翻尾，是比较成功的一例。前辈作家老舍曾比着长篇，说短篇更要锻炼技巧，这个结尾可作参考。”

林斤澜老师解释说，翻尾不是光明的尾巴，而是意象上的升华。短篇小说多有依靠结末一振，才上去一个台阶。林老说的是“升华”和“上台阶”，而王安忆的说法是“故事升级”。王安忆在课堂上分析了我的短篇小说《血劲》之后，得出了一个结论，他的结论对我的短篇小说创作有指导性的意义。他说：“我觉得，故事最后要有升级，故事最怕没有升级。我们有好的故事，好的人物关系，好的情节，然后慢慢朝前走，走到哪儿去呢？走远，升级。”

我们为什么特别重视短篇小说结尾的“升华”或“升级”呢？因为从小说的意义上说，结尾是结束，又不是结束，结尾是回味的开始，是意义思索的开始。也是昆德拉说的：“所有伟大的作品（正因其伟大）都包含着某些未尽之处。”这个未意当是言犹未尽，情犹未尽，意犹未尽。小说承载的是不确定的信息，它的边缘时模糊的，意义是混沌的，不同的读者可能产生不同的联想。蒲松龄写《聊斋志异》时，在每一个故事的结尾处，都有一个以“异史氏曰”的名义所作的揭示性总结性的点题。这样的点题规定了读者的思想，也遏制了读者的想象。现代小说不再作这样的事，小说的结尾多是开放性的，一个文本的结束看似关上了一扇门，却同时打开了多扇窗。

2013年3月18日于北京和平里

凭良心

小时候我常听人说，做事得凭良心，为人得凭良心。有人做了好事，人们对他的评价是，他怪凭良心。人们对某个好人的一生作总结性的评价，也是用凭良心这个词，说他凭了一辈子良心。相反，就是不凭良心，或者叫昧良心。乡亲们提到一个常干坏事的人，往往会一言以蔽之，说他没什么可说的，他不凭良心。在村头巷尾，一些农妇诅咒那些侵害别家利益的人，也拿凭良心说事，说谁要不凭良心，说让他遭这报应，遭那报应。

这么说来，凭良心像是一个普遍性的标准，什么人什么事都可以用它衡量。它既是为人处世的最低标准，也是最高标准。它的内容就那么几个字，简单好记，一点都不复杂，人们一听就记住了，就可以运用。

至于我自己，大概觉得凭良心这个说法太抽象，不够感性，太宽泛了，不够具体，所以听了也就听了，很长时间没往心里去，没有很好地尊重它，理解它。是呀，良心是什么呢？它看不见，摸不着，凭良心怎么个凭法呢？我曾听到被指责为不凭良心的人这样反问：良心多少钱一斤？他用这种反问否认良心的存在，抹杀凭良心这个标准。让人感到遗憾的是，被反问的人往往气得满面通红，却说不出有力量的话来，似乎很快显出良心不够强大的一面。

随着年龄和阅历的增长，加上自己经常写点东西，我对凭良心的说法越来越看重，它像耳提面命一样，不时地出现在我的脑子里。真的，我想了想，人的一生没有别的可凭，最终可凭的只能是良心。正因为凭良心的说法不够具体，比较抽象，它才具有无限性和公约性，对天下人都适用。现在的这守则那标准，动辄就是十几条，几十条，其中都没有凭良心这个条款。可有哪一套守则像凭良心这样深入人心呢！

一个从事写作的人，更应当凭良心。我们都知道了，写作要用心。中国的汉字就那么几千个，祖祖辈辈流传下来，你用我用他也用，带有很大的公共性。有人跟汉字打了一辈子交道，说不定没有一个字是属于他的。而有的人或许只写过一封信，那封信里所使用的文字却是属于他的。这就是不用心和用心的区别。我们用心血把文字浇灌过，浸泡过，并打上我们心灵的烙印，我们才跟那些文字们有了联系，那些文字才有可能属于我们。比如说，太阳，月亮，满天星斗，是全人类共有的，因为李白用他的心血和深情写了一首《静夜思》，那轮明月和如霜的月光就属于他了。当然，他用来写诗的那些文字，在特定的情况下，也属于他独有。我觉得，写作光用心还不够，还得用良心，也就是凭良心。你可以说凭才华，凭意志，凭勇气，凭想象，等等，这些对一个作者来说都需要，或者说都不可缺少，但这些都不是最重要的，最重要的恐怕还是要凭良心。

良心是什么？良心是人的内心对人间是非所作出的正确认识和判断，是正确的世界观，也是高尚的人生观和价值观。它不仅具有道德方面的含义，更具有良知良能的人性方面的含义。人性说复杂也复杂，说简单也简单。说复杂，可以举出几十种表现。说简单，只说出对立的二元就够了，这二元一个是善，一个是恶。这是人性的两种基本元素，所谓人性的复杂和丰富，都是从这两种元素中派生出来的。对人生的判断也是如此，或是凭良心，或是不凭良心，二者必居其一。现代人的一个突出特点就是喜欢来新的，闹大的，喜欢把原来简单的事情复杂化，以显示自己多么高明，多么具有超越的意义。这种做法很难说是凭了良心。

现在不凭良心的人和事不算少了，你只要随便翻翻报纸，几乎每天都能看到：为官的，鱼肉百姓；执法的，贪赃枉法；做工的，偷工减料；经商的，掺水使假，等等，连有的老百姓之间也弱肉强食，互相残杀。写书的人有没有不凭良心的呢？肯定有。不然的话，大街上不会充斥那么多的精神垃圾。写书，是一件最需要凭良心的活儿，如果连写书的人都昧了良心，我们还有什么希望呢?

2002年3月6日 北京

说多了不好

别看小说带一个说字，却是写的，不是说的，说多了不好。现在多种形式各个层次的媒体那么多，有千家万家，人家让你说吧说吧，你不说有点少，一开口便是多，得到的只能是不安和失落。

特别是短篇小说，似乎更说不得。比如一首诗，怎么说呢？你想了想，觉得离开诗不大好说，一说就白气，不如直接把诗背一遍好一些。真的，一篇好的短篇小说就如同一首诗，离开短篇小说本身，再说一句就是多余。再比如一挂瀑布，我们只有身临其境，才能看到水流跌落时造成的断面，欣赏到飞珠溅玉、彩虹横跨等壮美景观，听到天地间压倒一切的轰鸣之声，感受到瀑布的爆发力和静止般的垂落速度，呼吸到水雾的清凉气息，还追寻到瀑布的结尾处留下的虽清澈却不见底的深潭，那些深潭通常被叫作黑龙潭或白龙潭。离开藏于山中的瀑布时，我们总是三步一回头，要把瀑布再看一眼，再看一眼。因为我们知道，天下的水是很多的，瀑布却是很少的，一旦离开了瀑布，我们就找不到那种感觉了。当然，我们可以闭目回忆。但人们的记忆是有限的，能说出的记忆更是少得可怜。我愿意拿短篇小说与瀑布相比照，除了觉得短篇小说的开头、中段和结尾与瀑布有许多对应之处，还因为觉得好的短篇小说是自然的造化，是神来之笔，不可多得。它的美像瀑布一样，只可体会，不可言传。

最不可言传的是短篇小说的味道。每一篇优秀的短篇小说都有其味道，有的是水味、草味、雨味、月光味，有的是土味、铁味、血味、石头味，但又不完全是。有前辈作家把优秀短篇小说的味道说成是人生味，应该说有一定的概括性。细想这种概括也不能尽意。人世间有多种味道，我们的鼻子可以闻到香臭，我们的味觉可以尝出苦辣酸甜咸，可这些味道都是物质性的，而小说的味道是精神性的，在判定小说的味道时，那些物质性的标准几乎一点都用不上。可是，好小说的味道的确存在着，我们明明感到一篇小说的美好味道萦绕于心，却说不清道不明它的味道究竟是什么。我想，好的短篇小说大概好就好在这里，难写也正是难在这里。

对于优秀的短篇小说作家来说，他的每一篇短篇小说都有一种味道。合在一起，又有一种总的味道。那种味道独特，深长，持久，芳馥，如永远开不败的花朵散发出的幽香。鲁迅和沈从文就是这样的作家，他们的小说各有各的味道。我们读他们的小说，不必看他们的署名，一接触到他们的语言文字，我们马上就觉出来了，这是鲁味，或者说是绍兴味。那是沈味，或者说是湘西味。我们吟咏再三，品味再三，想找出他们的小说味道究竟在哪里，找来找去，原来味道就在字行里间。打个比方，如果一篇小说是一块十月的稻田，那么每一个字就是一棵成熟的稻谷。一棵稻谷香一点，众多的稻谷集合起来就香成了一片。

问题是，我们对汉字也不陌生，也时常把那些有限的文字用来用去，我们写出的小说怎么就不够有味道呢？这是因为我们用心还不够。这个心包括慧心和匠心。慧心是指一个作者的灵气、悟性和真诚之气，匠心大约是指作者不与人同的独特追求，以及创作技巧与恒久的耐心。慧心与匠心相辅相成，两相结合得好，才有可能成就一件有味道的作品。因作者以不同的心性和气质赋予语言文字，所产生的作品味道就不一样了。我在台北故宫博物院看到过一件我国的传世珍宝，玉白菜。那棵玉白菜是用一整块上乘的翡翠雕成，白菜碧帮绿叶，已够水灵。更让人惊喜的是，翻卷的白菜叶上还爬着一只蝈蝈。那只蝈蝈全须全尾，连小腿上的毛刺都看得见。蝈蝈欲跳欲舞，欲歌欲唱，生动极了。过去我们老是说雕虫小技，看了玉白菜上的玉蝈蝈，我一下子改变了看法，觉得雕虫不易。作为一件赏心悦目具有永久艺术魅力的工艺品，它称得上是慧心和匠心相结合的典范之作，值得我们写小说的好好学习琢磨。

2004年6月29日北京

伺候好文字

（创作谈）

我们中国的文字是有根的，而且根扎得很深。我曾去台湾的阿里山看巨树，那些树的树龄有的两千年，有的三千年，最长的超过了五千年。那些树也叫神木，都很粗，很高，须使劲仰视才看得见黑苍苍的树冠。我一路看，一路惊叹，颇感震撼，还有那么一些敬畏。我想到，肯定有许多人来看过这些巨树，那些人有宋朝的，也有明朝的，可那些人都死了，只有这些树还活着。我们也一样，当我们在这个世界上消逝，巨树仍将存在。一棵树能活几千年，因为它们的根扎得深，有强大的生命力。我们的文字也是一样，每一个字都有很深的根。就算每个字的根须每年延深一尺的话，几千年来，每个字的根深也有几百丈了。世界上有不少民族，原来也有自己的文字，不幸的是，他们的文字后来消亡了，被别的民族的文字吃掉了。所幸，我们的汉字保留下来了，延续下来了，并不断生长着。我们每个后来者都有一份功劳，在使用我们自己的文字方面，我们接过了前人的接力棒，像传宗接代一样，把文字继承下来，传播下去。可以预想，由于我们的衷情和心血浇灌，文字之根还将往深里扎，枝叶也会更加茂盛。

从这个意义上说，我们的文字是古老的。有人把文字比喻成货币，说货币就那么多，你用我用他也用。可我们的货币从贝壳，到金属，再到纸币，换过多少代了，而文字除了简化了一些，基本上没什么变化。也就是说，同样还是那些文字，李白用过了，白居易用过了，苏东坡、李清照用过了，曹雪芹、鲁迅、沈从文等等，也用过了。他们对文字久久凝视，反复吟哦，还禁不住用手摩挲。面对每一个方方正正的文字，我们似乎能看到他们贯注其中的深情目光，感受到他们留在每一个字面上的手温。现在的问题是，这些有限的文字他们都用过了，我们还怎么用？他们对文字深究过，锤炼过，欣喜过，忧愁过，几乎穷尽了文字的功能。宁坐十年冷板凳，文章决不写一句空话。吟安一个字，可以捻掉十根胡须。这些前人对待文字的认真态度，我们也不陌生。他们留给我们的可以发挥的余地究竟还有多少呢？有时我很悲观，觉得我们真的没方法了，好像握有文字秘诀的先人都离我们而去，时间愈久，我们离真传越远。而我们没什么学问，又很懒，态度也不够认真。

可文字我们还得使用。我们要吃饭，求爱，说话，写文章，一切都离不开它们。你可以不认识它们，但不能不使用它们。离开它们，什么生活，秩序，文明，都谈不上。文字是中华人祖留给我们的最通用的遗产。实在说来，我们对文字是不是轻慢了点儿，使用起文字来是否也显得过于随便。我们把它们说成是工具，使用它们时习惯说成驾驭。提起工具，我们会联想起铁锨、镰刀、斧头等家什。而驾驭呢，它的对象当然是牛马驴一类的牲口。结果怎么样呢，文字不是那么好使唤的，也不会那么驯服。虽然它们不会说话，但它们天生很敏感，也很自尊。你把它们的位置安排得稍稍有一点不合适，它们的倔脾气就上来了，就跟你发生对抗，弄得整篇文章都别别扭扭。这样的文章触目可见。表面看，文字也排成了队，还排得相当整齐，有的一排就是几万字，几十万字。若仔细看，就看不下去，仿佛每个字都噘嘴瞪眼，在那里鸣冤叫屈。这还算好的，有的使用的简直就是文字的头皮屑，或者是文字的外衣，这样的只能算是文字垃圾。

看来我们得小心了，必须给每个字以足够的尊重，用我们的心去体贴文字的心，温暖文字的心。尊重的前提是理解，只有我们对文字的来历和含意多了几分理解，才谈得上尊重。既然我们还要使用文字，就要把文字激活，使古老的文字不断获得新生。使文字获得新生没有什么捷径可走，靠群众和运动也不行，惟一有效的办法，作为一个生命个体，在使用一个个文字精灵时，必须启动我们的灵感，让我们的灵感和文字的灵魂接通。没有灵感参与的文字是僵死的，可憎的。注入灵动之气的文字才是亲切、自然和飞扬的。孙悟空从身上拔下一撮猴毛，说变，变，并对猴毛吹一口气，猴毛才会变鸟变鱼，变山变水。我想孙悟空光说变是不行的，关键是他吹出的那口气，有了那口气，他随心所欲，想变什么都可以。人们通常愿意把那口气说成是仙气，与写文章相比，我宁可把那口气理解成为灵动之气。

灵动之气哪里来，只能靠我们的心血来浇灌。经过长期、艰苦和真诚的劳动，经过日复一日地和文字相爱、相守和交流，文字才稍稍向我们交了一点底，文字告诉我们，我们不是在使用文字，而是在使用自己，使用自己的心。文字还告诉我们，因为每个人都不一样，个性、气质、智慧、感情、人格等各不相同，见诸于文字就有所区别。噢，是了是了，远的不说，就说鲁迅和沈从文吧，分别从他们心里出来的文字的确不一样。字还是那些字，因使用者心性不同，形成文章就大相迥异。仿佛他们的文章各有一个气场，一读他们的文章，就走进了不同的气场，在气质鲜明的气场里，你不必问作者是谁，气场里的气息自会告诉你。我们因此得出一个检验的方法，要判断一个作者达到了什么样的境界，最直观的办法，就是先看他的文字是不是有个性，是不是打上了心灵的烙印。

明白了这些道理，我们就不太悲观了。文字虽说是古老的，我们一代又一代的生命总是新的，时代也是新的，只要我们用心，总能赋予文字一些新意和新的气息。让我们试试吧。

2004年2月23日北京

历史性的成果（序）

不可否认，中国经济发展的主要能源来自煤炭。特别是改革开放以来，随着我国经济的快速发展，煤矿遍地开花，煤炭产量以翻番再翻番的方式叠加增长。因当初的采矿还主要依赖密集性的人工劳动，在煤炭产量不断增长的同时，煤矿工人的队伍也在迅速壮大，形成一支浩浩荡荡、战斗在地层深处的产业大军。让人始料不及的是，煤矿不仅出产煤炭产品，还自发地生长出一批书写矿工生活的作家，他们创作的闪耀着乌金之光的作品，频频成为中国新时期文学的亮点。

当然，从业队伍的扩大，煤炭产量的增加，与作家的生长之间并没有必然的联系，好比物质的富裕并不一定催生精神的丰富，前者和后者不会成正比。可后来矿工族群的构成一改过去大都是文盲的状况，的确加入了一些有一定文化素养的知识青年。这些青年不满足于物质生活，还热爱精神生活；不仅能胜任繁重的体力劳动，脑力劳动也不甘平庸。他们拿起笔来，写诗歌，写小说，写散文，写各种各样的文艺作品。渐渐地，他们成了诗人、小说家、散文家。他们的作品走向了全国，有的还走向了世界。不管是从全世界的范围内考察，还是与中国煤矿文学任何一个时期比较，自20世纪80年代以降，中国煤矿涌现的作家是最多的，煤矿文学作品的丰富也是前所未有的。别的不说，仅从六届全国煤矿文学“乌金奖”和一届全国煤矿长篇小说“乌金奖”的获奖作品来看，说蔚为大观恐怕一点都不为过。无论到哪里，我们都可以骄傲的宣称，中国作家所写的矿工生活的小说，并不比左拉、劳伦斯、戈尔马托夫等外国作家写的有关矿工生活的小说差。

不过回顾起来，我们也有不满足的地方，那就是煤矿文学的评论相对有些薄弱，未能与文学创作并驾齐驱。虽说也有一些不乏热情的评论，但由于评论者的视野、学养、理论资源、语言存量以及天赋所限，所写的评论只是粗浅的、随机性的零打碎敲，既没有形成系统，也没积成规模。有的评论视角甚至仅仅停留在社会学的意识形态层面，与文学评论所需的专业艺术水准相差甚远，只能让作者和读者哑然。文学创作与文学评论相辅相成，如果二者结合得好，配合得好，可以互相激发，互相滋养，互相提升，收到比翼双飞的效果。而煤矿文学创作和评论一头沉一头轻的状态，显然是不平衡的，对双方的发展都是不利的。

煤矿作家协会早就注意到了评论跟不上创作的问题，我也曾提议专门召开了一次加强文学评论工作的座谈会，意在组织和团结煤矿的评论队伍，提振一下评论作者的积极性，并动员更多的作者投入评论写作。不能说我们的努力一点效果都没有，实在说来，收效甚微。然而煤矿的文学创作，特别是小说创作，仍保持着不错的势头，不断有作品和作家出现。在新兴媒体风起云涌的今天，作家写出了作品，总是希望得到评论界的关注，以推介给读者，实现其作品的文本价值。作品出版后，他们满怀希望，像是打开了信息接收器，随时准备接收作品的反响。可他们东瞅瞅，西望望，石头是石头，大海是大海，石头沉到大海里，没得到什么动静。时间一长，他们就失望了。

希望重新然起，是中国矿业大学的史修永给我打了一个电话，说他们那里成立了一个中国煤矿文学创作与文化研究中心，由他主持当代中国煤矿文学的研究工作，希望得到我的支持和配合。我一听就觉得很好，“众里寻他千百度”，心情不禁有些兴奋。研究煤矿文学，本来应该是煤矿作家协会分内的事，煤矿作家协会的前身也的确叫过中国煤矿文学研究会，但由于人才、钱财、精力专注和学术氛围的缺乏，这项工作一直未能很好地开展起来，更不要说深入下去。而在中国煤矿的最高学府中国矿业学院成立煤矿文学和文化研究中心，那是再合适不过，不论是人才的优势，经费的支持，专业水平的保证，还是信息的采集，现代手段的运用，都让人有理由对他们的研究充满期待。我一再向史修永表示祝贺，并祝愿他们的研究咬定青山，持之以恒，早出成果。

如今成果出来了，史修永的这部《多维视角中的中国当代煤矿小说》，就是一份结实厚重的成果。我以前曾多次为煤矿和煤矿以外的作家的小说集、散文集、诗歌集等写过序，还从没有为一部文学评论集写过序。我知道自己没有受过系统的专业训练，学养不足，理论水平和抽象概括能力都不高，生怕说不到点子上。可这次我还是鼓足勇气，把为这部书写序的责任承担下来。我在心里给自己打气：不要怕，学无止境。写序之前必先读史修永这部书，把读书的过程当成一次学习的过程就是了。不是我谦虚，通过阅读史修永的这部书稿，我的确得到了不少启示，学到了不少东西。史修永以宏阔的思路，远大的目光，真诚的情怀，通过大量阅读、分析、归纳描述矿工生活的文学作品，勾画确立了煤矿文学的版图。他从中国文学史的角度着力，把煤矿文学的版图放在当代中国文学史的版图中加以考察，找到了煤矿文学与中国当代文学的内在联系，并发掘出煤矿文学特殊的生长环境，不同的精神文化诉求和独特的审美价值，证明煤矿文学是中国当代文学的重要组成部分，理应得到应有的正视、认可和尊重，给丰富多彩的煤矿文学以当之无愧的一席之地，赋予煤矿文学以文学史的意义。史修永一改过去对煤矿文学的评论，多停留在感性层面的做法，他一上来就以理性、学术、科学的态度，系统地探索煤矿文学特定的社会文化内涵和深刻的生命意蕴，无疑，史修永的这部专著在一定程度上填补了当代煤矿小说研究的一项学术空白。

史修永不像有的评论家那样，从外国的文学理论中拿来一个模具，将中国的作品往模具里装，把作品变成随处可以变形的填充物。史修永的研究是从作品本身出发，充分尊重每一位作家的创造性劳动和创作个性，阐释的是作品的题中之意。他不仅评论单部作品，难得的是，他还把几部作品放在一起，找出作品的共性，从而捆绑式地挖掘出煤矿文学的独特性。比如他以《沉沦的土地》《红煤》《富矿》等小说为研究对象，所撰写的《生态批评视野中的中国当代煤矿小说》，论述了煤矿作家对生态环境的忧患意识，引起了读者的共鸣，并得到了学界的好评。此论文在台湾“国立”中山大学文学院主办的以“环境、文体与科技”为主题的第四届两岸生态文学研讨会上宣读，并被收入由台湾大学出版社出版的会议论文集。

史修永在本书的后记里写道：“这只是一个开始……其中诸多问题还有待进一步深入研究和不断拓展。”这是我愿意看到的话。不难预见，史修永和他的研究团队会善始善成，修史修永，不断推出新的成果。

2015年9月24日于北京和平里

敢将十指夸针巧（序）

姚喜岱做了二三十年编辑工作，现在仍然在编辑岗位上辛勤劳动。年复一年，经喜岱的手所编发的稿子，恐怕可以用无数来形容。做编辑工作的同时，好在喜岱自己也写了不少稿子。这部《心底映象》作品集，就是他从众多作品中自选出来的。喜岱终于有了一本属于自己的书，作为和喜岱共事多年的老同事，老朋友，我由衷地为他高兴，向他致贺！

不知从何时起，人们一说到好的编辑，总愿意把编辑工作与给他人做嫁衣相联系，作比喻，这几乎成了一种思维定式。而我对这种比喻一直有所保留，不愿完全认同。任何比喻都有局限性，这个比喻也是如此。在一定程度上，它散布的是一种哀怨、自怜和悲观的情绪，仿佛编辑都处在被动和无奈的位置。“为他人做嫁衣裳”，出自南唐诗人秦韬玉《贫女》中的一句诗。整首七律描绘了一位手艺超群、品格清高的穷家女儿形象，她一边为自己嫁不出去伤心发愁，一边还得“苦恨年年压金线”，为富家女儿做嫁衣。这样深究下来，我们就会发现，把编辑和贫女相类比是不合适的。或许有的编辑确有贫女那样的愁苦情绪，但绝大多数编辑并不如此。别人且不说，据我对姚喜岱多年的了解，编辑工作是他的向往，他的追求，他对编辑工作一直很热爱。他把当编辑看成是学习的过程，劳动的过程，享受的过程，也是自我完善的过程。喜岱在一篇文章里就明确说过，当编辑“不是被动的工作，而是创造性的劳动”。

如果用“为他人”和“做嫁衣”不能概括、评价喜岱对编辑工作乐此不疲的态度，以及在编辑岗位上所做出的突出成绩，我更愿意把诗人同一首诗中的另一句诗送给喜岱，那就是：“敢将十指夸针巧。”这真是一句好诗，可惜很多读者把这句神来之笔忽略了。诗的意思是说，小小的绣花针是灵巧的，而穿针引线者的十根手指比绣花针还要灵巧。在人和器的关系上，诗句强调的是人的主观能动性，表明任何高超的技艺都是源自人的心灵。这个意思与我对喜岱的看法是吻合的，喜岱用心对待每一篇稿子，精雕细刻，一丝不苟，的确是一位难得的好编辑。在这部书里，喜岱有一篇文章，专门谈他从事编辑工作的一些心得，并总结出了“严、密、细、真、实”五字经。在文章中，喜岱结合自己的编辑实践，从五个方面逐一谈了自己的体会。这些体会虽然不是长篇大论，却有理有据，言简意赅，具有普遍的使用价值。这样的文章，不仅当编辑的可资借鉴，作者读一读，也会对编辑的心路有所了解，并加深理解编辑工作的甘苦。

喜岱的这部作品集由三个部分辑成，分别为“记人”、“记事”和“记怀”。“记人”里所收录的作品，我以前几乎都读过。我在煤炭报当副刊部主任的时候，设计过一个栏目，叫“煤海英才”，为煤炭战线做出过突出贡献的代表性人物立传。这些人物包括煤矿先驱、劳动英雄、共和国煤炭部的部长、科技专家和文学艺术家等，每位人物一个版。这个版由喜岱负责编辑。陆续推出一系列英才人物后，我有了一个想法，想把这些人物的事迹结集成书。后来因为工作调动，我的想法未能实现。让人感到欣慰的是，有些英才人物是喜岱采写的，他在本书中收录了进来。其中有抗日英雄节振国，煤矿泰斗孙越崎，从延安成长起来的著名作曲家刘炽，全国闻名的女高音歌唱家邓玉华，独具风采的煤矿诗人秦岭，如今仍活跃在舞台上的节目主持人瞿弦和，等等。每个人物都写得细节丰沛，情感饱满，生动感人，既有励志作用，也有史料价值。

在“记事”一辑里，我读到喜岱所采写的一些关于煤矿事故的通讯，还有骗官大案的庭审纪实作品。由于这些作品具有写实风格和文学色彩，并没有因为时过境迁而破碎，还结结实实地存在着。在安全生产的力度不断加强，在全面建设法治社会的今天，这些作品仍不失警醒意义。

“记怀”里的大部分作品，我是第一次读到。这些作品是喜岱回到自己，回到内心，写自己的身世和对人生的一些感悟。

我和喜岱同岁，我们都经历过“十年动乱”，都下过矿井，当过矿工，有着差不多相同的经历。读喜岱的这些作品，让我感同身受，并引发起对往事的一些回忆。我甚至觉得，喜岱的煤矿生活资源比我还要丰富，值得很好的挖掘。比如他的老矿工岳父及其七个子女的命运，就是一部书的素材。如果不能写成一部长篇小说，至少可以写成一部中篇小说或长篇散文。

如果喜岱不打算写虚构性的文学作品就不说了，要是打算写的话，我给他的主要建议是，一定要放松，要有一个自由的心态。编辑工作做久了，容易专注于字句，写东西容易手紧。而手一紧，文章就紧，就失去了力度。任何自然、优美、有力度的文艺作品，都是在放开手脚的状态下写出来的。不知喜岱兄以为然否？

1015年3月8日于北京和平里

图书在版编目（CIP）数据

野生鱼 / 刘庆邦著 . —北京：民主与建设出版社，2017. 10

（名家散文自选集）

ISBN 978-7-5139-1729-2

Ⅰ . ①野… Ⅱ . ①刘… Ⅲ . ①散文集－中国－当代 Ⅳ . ① I267

中国版本图书馆 CIP 数据核字（2017）第 243261 号

野生鱼

YESHENG YU

出 版 人 许久文

总 策 划 李继勇

责任编辑 刘树民

封面设计 宋双成

出版发行 民主与建设出版社有限责任公司

电　　话 （010）59417747　59419778

社　　址 北京市海淀区西三环中路 10 号望海楼 E 座 7 层

邮　　编 100142

印　　刷 三河市腾飞印务有限公司

版　　次 2017 年 10 月第 1 版　2017 年 11 月第 2 次印刷

开　　本 787mm × 960mm　1/16

印　　张 25 印张

字　　数 246 千字

书　　号 ISBN 978-7-5139-1729-2

定　　价 39.80 元

注：如有印、装质量问题，请与出版社联系。